Der überaus großartige ultimative Nahost-Friedensplan

Eran Katz

Der überaus großartige ultimative Nahost-Friedensplan

Roman

Aus dem Englischen von Edith Beleites

Eichborn

1 2 3 4 06 05

Illustration und Umschlaggestaltung: Christiane Hahn
Lektorat: Doris Engelke
Satz: FVA, Fulda
Druck und Bindung: Clausen & Bosse, Leck

ISBN 3-8218-5760-9

Verlagsverzeichnis schickt gern:
Eichborn Verlag, Kaiserstraße 66, 60329 Frankfurt am Main
www.eichborn.de

1

Uri Rosmans Büro lag im zweiten Stock eines Neubaus an der Queen-Shlomtzion-Straße, unweit der Hauptpost. Vermutlich würde sich die biblische Hoheit im Grabe umdrehen, wüßte sie, was für eine Drecksgegend nach ihr benannt worden ist: Ein tristes Wohn- und Bürohaus neben dem anderen, kein Baum und kein Strauch weit und breit, und die Ladengeschäfte im Erdgeschoß stehen überwiegend leer. Doch das ist typisch für Jerusalem. Biblischen Königinnen wie Shlomtzion oder Haleni und Königen wie Georg V. sind verwahrloste Straßen gewidmet, die vor Schmutz starren und im lärmenden, stinkenden Verkehrschaos ersticken, während die gepflegten Straßen zwischen Rehavia und Talbia beispielsweise »Gaza Street« heißen. Das ist ungefähr so, als würde man die 5th Avenue in New York in »El Quaida Boulevard« umbenennen.

Rosman war ein jüdischer Reiseveranstalter, der sich auf christliche Pilgerfahrten spezialisiert hatte. Sein Büro war klein und bescheiden und paßte also perfekt in die Umgebung. Die drei Räume waren einfach und spärlich möbliert: ein schwarzer Tisch, Bücherregale und ein paar Werbeplakate für das »Reiseland Israel«. Eins zeigte den Felsendom in der arabischen Altstadt von Jerusalem, ein anderes den Strand von Tel Aviv, ein drittes die engen Gassen von Safed. Die meisten vermittelten einen recht stimmigen Eindruck von der Gegend, nur das vom See Genezareth war vermutlich in Schottland fotografiert worden, denn es zeigte ein eindrucksvolles

Gewässer, das mit der Pfütze von Galiläa im Norden Israels nicht die geringste Ähnlichkeit hatte.

Rosman saß an seinem Schreibtisch. Er trug Bermudashorts, Sandalen und ein schlichtes weißes Hemd. Eine schimmernde Glatze zog sich von seiner Stirn bis zum Hinterkopf, unter seiner fleischigen Nase prangte ein üppiger, gepflegter Schnurrbart. Er war mittelgroß und überragte Eric Brant, der ihm gegenübersaß, nur knapp.

Brant war der Marketingdirektor des Internationalen Kongreßzentrums von Jerusalem. Er hatte mit Rosman Kontakt aufgenommen, weil er hoffte, durch ihn mehr christliche Kongresse nach Jerusalem holen zu können. Es war ihr erstes Meeting.

»Kann ich Ihnen einen Drink anbieten?« Sie hatten schon eine Zeitlang Small talk gemacht, als Rosman diese Frage einfiel. »Was kann ich Ihnen bringen?«

»Was haben Sie denn da?« fragte Brant.

Rosman stand auf und ging zur Kochnische hinüber. Erst da bemerkte Brant, daß Rosman humpelte.

Die Kühlschranktür quietschte, und Rosman rief: »Budweiser und Kakao.«

Brant lachte. »Ich soll mich zwischen Bier und Kakao entscheiden?«

»Ich liebe Kakao«, sagte Rosman, als wolle er sich entschuldigen. »Aber Sie können auch Wasser haben.«

»Kakao ist in Ordnung.«

Rosman kehrte mit einer Flasche Kakao und zwei hübschen großen Tassen zurück. »Ich lege Wert auf Tischsitten«, sagte er und setzte sich. Als er den Kakao einschenkte, senkte er den Kopf so tief, daß Brant seine Jarmulke sehen konnte.

»Sie sind ja gläubig«, sagte Brant überrascht. In Jerusalem wohnten Unmengen gläubiger Juden, und alle trugen eine Jarmulke, doch von Rosman hätte Brant das nicht erwartet.

Rosman hob den Kopf und grinste Brant schief an. »Eine kleine Reverenz an meine jüdischen Wurzeln.«

»Tut mir leid«, sagte Brant entschuldigend. »Ich fragte mich nur gerade, wie ein praktizierender Jude daran interessiert sein kann, christliche Touristen ins Heilige Land zu holen – in *ihr* Heiliges Land, nicht das der Juden.«

Rosman schob Brant eine Tasse hin und lehnte sich zurück. »Da fällt mir ein guter Witz ein.« Er trank einen Schluck Kakao. »Ein Lehrer in Amerika bietet demjenigen Schüler fünf Dollar, der ihm die wichtigste Person der Geschichte nennen kann. Ein Junge meldet sich und sagt: ›George Washington.‹ ›Der war wichtig‹, sagt der Lehrer, ›aber nicht der Wichtigste.‹ Ein Mädchen meldet sich und sagt: ›Julius Cäsar.‹ ›Der war auch wichtig‹, sagt der Lehrer, ›aber nicht der Wichtigste.‹ Noch mehr Schüler machen Vorschläge, bis sich der kleine David in der hintersten Reihe meldet, der einzige Jude in der Klasse. ›Nun, David?‹ sagt der Lehrer und schaut den Jungen mitleidig an. ›Jesus Christus‹, sagt David. ›Das ist richtig‹, sagt der Lehrer verwundert. ›Doch verrate mir bitte, wieso ausgerechnet du als Jude Jesus Christus für den wichtigsten Menschen der Geschichte hältst! Warum nicht Moses?‹ Der Junge verschränkt die Arme und sagt: ›Moses ist Moses, und Geschäft ist Geschäft.‹«

Rosman grinste und stellte seine Tasse ab. »Oder dachten Sie, die Leute machen nur mit etwas Geschäfte, von dem sie überzeugt sind?«

»Das klingt aber nach Betrug, finden Sie nicht?«

»Gott bewahre!« Rosman richtete sich kerzengerade auf. »Wenn jemand einen minderwertigen Fernseher verkauft, ist das Betrug. Aber wenn er einen Kunden hat, der einen minderwertigen Fernseher kaufen *möchte*, ist er einfach nur ein guter Geschäftsmann, denn er bietet genau das Produkt an, das der Kunde verlangt.«

»So denken Sie über das Christentum? Sie halten es für ein minderwertiges Produkt?«

»Hören Sie ...« Rosman hielt kurz inne, um seine Gedanken zu ordnen. »Fakt ist doch, daß es aus zweiter Hand stammt, praktisch ein Secondhandprodukt. Damit meine ich jetzt nicht die Philosophie, die dahintersteckt. Vielmehr geht es mir um die Chronologie. Zuerst gab es den Judaismus, und erst später entwickelte sich daraus das Christentum. Ich bin ein guter Geschäftsmann, folglich verkaufe ich den Christen, was sie haben wollen. Ich verkaufe den Christen das Heilige Land, das sie sehen wollen – den Ölberg, die Grabeskirche, Kapernaum und den Jordan. Jüdischen Touristen verkaufe ich die Geschichte des Zionismus mit Klagemauer und den Ruinen von Masada. ›Des Menschen Wille ist sein Himmelreich‹, heißt es doch immer, und daran halte ich mich.«

Er nahm noch einen Schluck Kakao. »Ausgezeichneter Jahrgang«, sagte er. »Wahrscheinlich von einer Hershey- Kuh.«

»Und wenn Sie vor christlichen Würdenträgern über Jesus sprechen ...« Brant sah Rosman interessiert an. »Ich meine, Sie als Jude ... Ist Ihnen das nicht irgendwie unangenehm?«

»Ha!« Rosmans Heiterkeitsausbruch kam von Herzen. »Sie ahnen ja nicht, was ich mit christlichen Würdenträgern alles gemeinsam habe! Immerhin leben sie genauso von Jesus wie ich. Jesus bedeutet Job und Geld. Ich bin kein Anhänger seiner Lehre, und ich würde auch nicht wie ein Christ leben wollen. Aber abgesehen davon habe ich keine Probleme mit Jesus. Ich weiß über ihn gerade mal soviel, wie mein Job es erfordert, sozusagen nur das Geschäftliche und nichts Persönliches. Mein Gesetz ist und bleibt die Thora.«

Einen Moment lang sah es so aus, als habe er alles gesagt, doch dann fügte er noch hinzu: »Ich glaube, da ich selbst ein religiöser Mensch bin, kann ich auch andere

Gläubige verstehen. Der Glaube hat etwas Verbindendes. Irgendwie.« Er sah Brant fragend an. »Wie geht denn ein Nichtgläubiger mit Gläubigen um? Oder gibt es etwas, woran Sie glauben?«

»Ich glaube an die Boston Celtics«, sagte Brant und grinste breit. »Obwohl sie die letzten Spiele fast alle verloren haben.«

»Auch Ungläubige haben wohl ein Himmelreich«, sagte Rosman, hob seine Tasse und prostete Brant zu.

Es war der Beginn einer merkwürdigen Freundschaft.

2

Die Stewardeß von British Airways war nicht mehr ganz jung und beherrschte ihren Job. Einen Packen Zeitungen im Arm, schritt sie durch den schmalen Mittelgang und blickte den Fluggästen aufmerksam ins Gesicht, um zu sehen, wer was lesen wollte.

Zwei Wochen waren seit Rosmans und Brants erstem Treffen vergangen. In der Zwischenzeit hatten sie noch dreimal miteinander konferiert und den Ablauf einer einwöchigen Reise festgelegt, bei der sie den US-Markt gründlich beackern wollten.

Noch ahnten sie nicht, daß diese Reise ihr Leben für immer verändern würde.

Als Rosman nach einer hebräischen Zeitung verlangte, nestelte die Stewardeß eine aus dem Packen und blickte unsicher auf die fremdartigen Schriftzeichen. Rosman nahm die Zeitung entgegen, aber als er erkannte, daß es sich um die neueste Ausgabe der *Haaretz* handelte, gab er sie gleich wieder zurück.

»Haben Sie nicht die *Yediot* oder die *Ma'ariv*?« fragte er.

Die Stewardeß ging in die Offensive. »Aber das hier *ist* doch eine hebräische Zeitung«, sagte sie mit deutlichem Cockney-Akzent.

»Das stimmt«, sagte Rosman freundlich. »Trotzdem hätte ich lieber eine andere.«

»Eine andere?« Die Stewardeß konnte sich offenbar nicht vorstellen, daß es in einem unterentwickelten Land in dem hebräisch gesprochen wird, mehr als eine Tageszeitung gab.

»Die *Haaretz*«, begann Rosman, »ist ein Blatt für intellektuelle, friedensbewegte Israelis, die den Palästinensern ein eigenes Land oder wenigstens eine warme Mahlzeit pro Tag gönnen. Ich hingegen bevorzuge Zeitungen, deren Leser die englische Königsfamilie lieben und für die Britannien gar nicht groß genug sein kann.« Er ließ sich nicht anmerken, daß das ein Witz sein sollte. »Ein Groß-Britannien gewissermaßen, zu dem Irland, Schottland, die Falklandinseln, der Irak, Palästina und die besetzten Gebiete gehören.« Er lächelte gewinnend. »Viele Menschen in meinem Land wünschen sich das britische Mandat zurück.«

Die Stewardeß hörte interessiert zu, lächelte höflich und sagte, sobald das Flugzeug gestartet sei, werde sie nachsehen, ob noch eine andere hebräische Zeitung an Bord sei.

Brant amüsierte sich köstlich, als er sah, wie die Britin vor Nationalstolz errötete, und fand es sehr nett von Rosman, daß er in diesen – auch für British Airways – schwierigen Zeiten das Selbstbewußtsein einer Stewardeß förderte.

Sie waren unterwegs nach Nashville, der Hauptstadt der Country-Music. Sie glaubten, Nashville wäre ein guter Ausgangspunkt für ihre PR-Tour, da die Stadt mitten im amerikanischen Bibelgürtel lag.

Ursprünglich hatten sie mit El Al fliegen wollen, aber die Flugverbindungen von British Airways hatten sich als günstiger erwiesen. Nach einem kurzen Zwischenstopp in London konnten sie nach Atlanta und weiter nach Nashville fliegen.

Trotzdem war ihnen die Entscheidung nicht leichtgefallen. Ein Lufthansa-Flug via Frankfurt war für Rosman nicht in Frage gekommen, da er den Deutschen den Holocaust nicht verzeihen konnte. Ein Flug mit Alitalia via Rom kam auch nicht in Frage, weil Mussolini ein Verbündeter der Deutschen gewesen war. Gegen einen Flug via Wien hatte Brant etwas einzuwenden gehabt, weil er es den Österreichern immer noch übelnahm, daß sich ihre Fußballnationalmannschaft beim Abspielen der israelischen Nationalhymne anläßlich eines Länderspiels überaus respektlos verhalten hatte. Sie hätten auch über Paris fliegen können, aber in dem Fall hätten sie mit Air France fliegen müssen. Das kam für Rosman nicht in Frage. Zum einen fand er die Franzosen einfach unmöglich. Zum anderen schauderte ihm bei dem Gedanken an die Bordverpflegung, die aus dreißig unkoscheren Käsesorten bestand und ihn an den Geruch des israelischen Innenministeriums erinnerte, was schlecht für sein Asthma war. Bei British Airways hingegen würde das Essen englisch sein, also geruch-, geschmack- und alles in allem harmlos.

Zwanzig Stunden später wurden sie am Flughafen von Nashville von einem schwarzen Lincoln abgeholt, der sie zum Opryland Hotel brachte.

Das Opryland Hotel in den Außenbezirken von Nashville war eins der größten Hotels der Welt. Auf zehn Quadratmeilen beherbergte es zweitausendneunhundert Zimmer, fast dreißig Restaurants, über hundert Läden, Gärten mit Wasserfällen, und durch die Hotellobby schlängelte sich ein künstlicher Wasserlauf, den man mit einem Boot befahren konnte.

Rosman und Brant bekamen die Zimmer 2890 und

2891, die, so kam es Brant jedenfalls vor, von der Rezeption ungefähr so weit entfernt lagen wie Venezuela. Tatsächlich brauchten sie eine halbe Stunde, um ihre Zimmer zu erreichen. Brant fragte sich schon, ob ihnen der Hotelboy, der die Koffer schob, fünf Dollar Trinkgeld geben und sich kurz in einem ihrer Zimmer ausruhen wolle, ehe er den beschwerlichen Rückweg zur Lobby antrat.

Brant öffnete seine Tür und blickte in ein riesiges, typisch amerikanisches Hotelzimmer. Alles in diesem Zimmer war groß. Das Bett war gigantisch, das Fenster eine Panoramafront, der Fernseher eine Sonderanfertigung in XXL. Brant warf sein Handgepäck aufs Bett, während der Hotelboy die größeren Gepäckstücke vom Kofferkuli ablud.

Als Brant das riesige Bett mit der pink-orangenen Tagesdecke sah, mußte er an das erste Hotelzimmer denken, das er in den USA je bewohnt hatte. Die Frau an der Rezeption hatte ihn damals gefragt, was für ein Bett er wünschte und ihm drei verschiedene Modelle angeboten, das größte in Doppel-King-size. Er hatte damals gerade seinen Militärdienst abgeleistet, und die einzigen ihm bekannten Betten waren »Lieutenant«-Size (mit Federung), »Sergeant«-Size (ohne Federung) und das Modell für Wehrpflichtige (Schlafsack). Als ihm klar wurde, daß die Amerikaner ihre Bettengrößen nach den Figuren von Spielkarten benannten, fragte er die Frau, ob es nicht ein Modell für alleinreisende Männer gebe, also so etwas wie Joker-Size.

Die Frau hatte sich als humorlos erwiesen und erwidert, die kleinste Größe sei Queen-Size.

Was Brant nun jedoch vorfand, war ein Bett, in dem nicht nur Luciano Pavarotti, sondern auch dessen komplette Familie und zwei weitere Tenöre bequem Platz gefunden hätten.

Als der Hotelboy das Gepäck abgeladen hatte, rieb er

sich die Hände und räusperte sich, um die Aufmerksamkeit der Gäste auf sich zu lenken.

»Okay«, sagte er. »Das da ist der Fernseher.« Er zeigte auf den Fernseher. »Dieses hier ist das Bett.« Er zeigte auf das Bett. »Da drüben finden Sie das Telefon und die Minibar. Das Badezimmer befindet sich gleich neben der Zimmertür.« Er machte eine Pause, um sich zu vergewissern, ob die Gäste seinen Ausführungen folgen konnten.

Brant nahm den jungen Burschen ins Visier. »Das ist das Bett?« Er zeigte auf das gigantische Möbelstück, ohne den Blick von dem Jungen abzuwenden.

»Yes, Sir«, erwiderte dieser eifrig. »Und das ist der Fernseher.« Er zeigte auf den Apparat.

»Na, so was!« Brant kratzte sich am Kinn und wandte sich an Rosman. »Warum glaubt er, uns das alles erklären zu müssen?« fragte er auf Hebräisch.

Der Boy schien zu begreifen, was da vor sich ging. »Ich wollte Ihnen nur helfen, sich in der fremden Umgebung zurechtzufinden«, sagte er entschuldigend.

»Verstehe.« Brant lächelte. »Dann kommt es wohl öfter vor, daß Gäste in der Rezeption anrufen und sagen: ›Hallo, ich bin in Zimmer 612 und wollte fragen, welches das Bett ist.‹ Und der Rezeptionist sagt dann: ›Einen Moment, Sir, ich schicke Ihnen gleich jemanden rauf.‹«

Der Boy zuckte mit den Schultern. »Ich befolge nur meine Anweisung, Sir.«

»Schon gut. Ich weiß. Das sollte ein Witz sein«, sagte Brant.

Im selben Moment klingelte das Telefon.

Rosman nahm den Hörer ab, während Brant dem Boy fünf Dollar Trinkgeld gab. Zwei Minuten später war das Telefonat beendet.

»Das war Josh. Er erwartet uns im Steakrestaurant des Hotels.«

3

Josh McGillis war Chef und Besitzer der Reiseagentur »Inspiration Unlimited«. Er war fünfzig, ein freundlicher, etwas naiver Mann, der aber schlagartig jeden Humor verlor, wenn es um Geld ging – und seien es lumpige zwei Dollar. Daher liefen seine Geschäfte gut, und sein Leibesumfang deutete darauf hin, daß er das Leben zu genießen wußte.

Rosman war einer seiner israelischen Partner und organisierte den Service vor Ort – Hotels, Transport, Verpflegung und Ausflüge – für die Reisegruppen, die McGillis rüberschickte. So funktionierte die Branche: einer schickte die Leute rüber, der andere mußte sie unterbringen.

»Wie geht's denn so?« McGillis schüttelte beiden die Hand, und man nahm Platz. »Was macht das Jerusalemer Kongreßzentrum?«

»Es wartet darauf, daß Sie Bill O'Brien und seine Jünger endlich mal rüberschicken.« Brant grinste.

»Ist bereits alles in trockenen Tüchern«, erwiderte McGillis großspurig. »In zwei Wochen startet die Gruppe nach Israel.«

»Dann sollte sie auch das Kongreßzentrum besuchen«, sagte Brant. »Ein Gottesdienst an einem renommierten Tagungsort wäre O'Brien doch bestimmt viel lieber als das Hinterzimmer irgendeines Hotels. Das hat doch einen ganz anderen Effekt und verkauft sich auch viel besser, glauben Sie mir! Diese Prediger treten lieber vor großem Publikum auf. Stellen Sie einen mittelmäßigen Prediger auf eine große Bühne – und aus einem Gremlin wird Darth Vader!«

McGillis schien dieser Gedanke einzuleuchten, und er tastete seine Jackentaschen nach einem Notizbuch ab. »Eine großartige Idee«, sagte er und kollidierte mit dem riesigen Kopf eines ausgestopften Büffels, der hinter ihm an der Wand hing.

Eine stark geschminkte Kellnerin kam an den Tisch und notierte mit einem aufgesetzten Lächeln die Bestellungen: ein vegetarischer Salat für Rosman, ein einpfündiges »Old Hickory«-Steak für McGillis und ein »Country Style«-Hamburger für Brant.

»Ist das ein echter Büffel?« Brant zeigte auf das ausgestopfte Etwas an der Wand.

»Ja, natürlich«, sagte die Kellnerin so enthusiastisch, als habe sie ihn mit eigenen Händen erlegt.

»Warum hat man dieses Ding hier wohl aufgehängt?« sinnierte Brant und sah zu McGillis hinüber.

McGillis drehte sich um und betrachtete das Kunstwerk liebevoll. »Das ist unser ganzer Stolz«, sagte er lächelnd. »Sehr imposant, nicht wahr?«

Brant mußte an seinen verstorbenen Großvater denken. Auch er war eine imposante Persönlichkeit und der Stolz der ganzen Familie gewesen, aber von ihm hatte man lediglich ein Foto an die Wand gehängt.

»Übrigens«, sagte McGillis plötzlich. »Abu Aziz wird ebenfalls an unserem Treffen teilnehmen. Ich habe ihn eingeladen. Er muß jeden Moment kommen.«

Rosman erbleichte. Diese Mitteilung traf ihn wie ein Schlag.

Riad Abu Aziz war ein arabischer Reiseveranstalter und Inhaber von »Orient Tours«, einem mittelgroßen Reisebüro in Ost-Jerusalem. Wie Rosman repräsentierte er McGillis' Unternehmen in Israel, allerdings auf der arabischen Seite. Dennoch waren die beiden direkte Konkurrenten.

Auch Brant wurde etwas unbehaglich zumute. Er wußte: Wenn es etwas Schlimmeres gab als einen gläubigen Juden und einen gläubigen Araber, die dasselbe Fleckchen Erde beanspruchten, so waren es ein gläubiger Jude und ein gläubiger Araber, die um denselben

Marktanteil kämpften. Es lag auf der Hand, daß Abu Aziz nicht zum Urlaubmachen ins Opryland gekommen war. Er war hinter denselben Predigern und Christengruppen her wie Rosman.

Und schon trat Abu Aziz an ihren Tisch. Er trug ein hellblaues Hemd, eine gelbe Krawatte mit Bildmotiven aus dem Nahen Osten und einen teuren weißen Armani-Anzug. Weder groß noch massig, wirkte er drahtig und kräftig. Das Auffallendste an ihm aber war sein linkes Auge, ein Glasauge. Sein heiles Auge war braun, das künstliche grün.

»Einen schönen guten Tag euch Siedlern.« Abu Aziz lächelte, als er Rosman als erstem die Hand schüttelte.

Verärgert sah Rosman zu McGillis hinüber: »Haben Sie das gehört? Ich wohne in West-Jerusalem. Er wohnt in Ost-Jerusalem. Aber *mich* bezeichnet er als Siedler. Was sagen Sie dazu?«

McGillis schmunzelte und verschränkte die Arme vor dem Bauch. »Daß ihr beide überhaupt miteinander redet, ist doch grandios«, meinte er versöhnlich.

»Trotzdem finde ich Rosmans Frage interessant«, sagte Abu Aziz und legte dem Konkurrenten eine Hand auf die Schulter, während er McGillis ansah. »Welchen von uns beiden mögen Sie lieber? Ich meine, wir arbeiten zwar beide für Sie, aber Sie bevorzugen doch bestimmt einen von uns beiden. Wen? Mal im Ernst.«

»Schwer zu sagen«, erwiderte McGillis. »Beide beantworten meine Faxe nicht rechtzeitig, und mit beiden schlage ich mich ständig wegen überzogener Honorarforderungen herum. Ihr seid doch alle gleich im Nahen Osten.«

»Wie können Sie so was sagen?« Abu Aziz wedelte erregt mit den Händen. »Sehen Sie doch bloß mal, wie gut ich gekleidet bin, im Gegensatz zu ihm mit seinen Jeans und Sandalen. Dem sieht man den Siedler doch schon von weitem an. Wo haben Sie übrigens Ihre Jarmulke gelassen, Rosman?« Abu Aziz wurde immer aggressiver.

Rosman hob unwillkürlich die Hand zum Kopf, aber mitten in der Bewegung hielt er inne. »Die trage ich doch nur in Israel.«

»Warum?« fragte Abu Aziz und mußte lachen. »Haben Sie Angst vor dem islamischen Dschihad?«

»Unsinn!«

»Wovor haben Sie denn dann Angst?« Abu Aziz ließ nicht locker.

Rosman seufzte und lächelte gereizt. »Mein Lieber«, sagte er und machte eine verächtliche Handbewegung, »sollten Sie nicht längst zu Hause sein? Um diese Zeit herrscht doch bereits Ausgangssperre.«

Abu Aziz versuchte zu lachen, aber das Lachen blieb ihm im Hals stecken. »Solange Nashville nicht zu den von Israel besetzten Gebieten gehört, bin ich hier ein freier Mann.«

»Ach, wirklich? In Israel sind Sie das auch. Schließlich hat Sie niemand an der Ausreise gehindert, oder?« Provozierend schob Rosman das Kinn vor und grinste.

»Wo ist denn nun Ihre Jarmulke?« kam Abu Aziz auf sein Thema zurück.

»Freunde ...« McGillis versuchte, die Streithähne zu beschwichtigen, aber Rosman kam ihm zuvor.

»Ich kann Ihnen genau sagen, warum ich meine Jarmulke hier nicht trage.« Aufgebracht fuchtelte er mit den Händen. »Weil ich Jude bin. Im Gegensatz zu Ihnen bin ich nämlich kein freier Mann, bin es nie gewesen. Abgesehen vom Dschihad sorgen auch die Hamas und andere Halunken dafür, daß ich in meinem eigenen Land nicht in Frieden leben kann, und wegen der verdammten Antisemiten bin ich auch anderswo auf der Welt nicht sicher.« Sein Ton verriet, daß er es ernst meinte.

Doch Abu Aziz reagierte nicht. Ein paar Sekunden lang starrte er Rosman reglos an. Dann verzog er das

Gesicht zu einem gemeinen Grinsen. »Nun ja ... Das liegt wohl daran, daß Ihre Leute Jesus auf dem Gewissen haben.«

Rosman haute mit der Faust auf den Tisch. »Josh!« schrie er. »Jetzt sagen Sie doch auch mal was!«

McGillis räusperte sich. »Gentlemen, lassen Sie uns übers Geschäft sprechen.«

»Ausgezeichnete Idee.« Abu Aziz zog seinen Stuhl näher zum Tisch und sah Rosman triumphierend an. »Sehen Sie? Josh streitet nicht ab, daß die Juden Jesus auf dem Gewissen haben, und Josh ist ein gottesfürchtiger Christ. Er weiß, wovon ich rede.« Selbstzufrieden blickte er in die Runde.

»Die Juden haben Jesus nicht auf dem Gewissen, das wissen Sie selbst.« McGillis schüttelte ungehalten den Kopf. »Sie haben ihn bloß an die Behörden ausgeliefert, diese Bastarde.« Er grinste versöhnlich und tätschelte Rosman die Schulter.

Rosman wollte es sich nicht mit seinem wichtigsten Geschäftspartner verderben. »Ihr habt nie verwunden, daß Jesus ein Jude war. *Das* ist euer Problem.«

»Jesus war Araber«, widersprach Abu Aziz.

Alle sahen ihn überrascht an.

»Er wurde in Bethlehem geboren und hat in Nazareth gelebt. Beide Städte sind zu hundert Prozent in arabischer Hand. Da gibt's nichts: Er war Araber.«

»Wäre er Araber oder Moslem gewesen, dann würden die Christen die Moslems heute viel mehr hassen als die Juden«, gab Rosman den Schwarzen Peter elegant zurück. »Aber das ist nun mal nicht der Fall. Die ganze Geschichte hindurch galten immer die Juden als die Bösewichter.«

»Das stimmt doch gar nicht, Uri. Wir hassen die Moslems genauso.« McGillis' Versuch, die Wogen zu glätten, drohte gründlich zu mißlingen.

»Vielleicht sollten wir uns jetzt tatsächlich dem Geschäft zuwenden«, schlug Brant vor. Er wußte, daß dieser Streit sonst noch stundenlang weitergehen konnte.

Abu Aziz nickte und beugte sich vor. »Das war doch nicht ernst gemeint«, sagte er, weil er merkte, daß Rosman das Ganze für bare Münze genommen hatte. »Schließlich stammen wir alle von Abraham ab. Wir sind alle Brüder.« Er legte die Hände zusammen und verschränkte die Finger wie zum Gebet. »Wie Kain und Abel.« Dann lachte er laut, und auch die Mienen der anderen entspannten sich.

»Wie laufen denn die Geschäfte im Kongreßzentrum unserer ewigen Hauptstadt?« Abu Aziz wechselte das Thema, nicht aber seinen anmaßenden Ton.

»Zufriedenstellend«, sagte Brant.

Abu Aziz nickte erfreut und fuhr wesentlich moderater fort, als er die Frage stellte, die Brant in den letzten Jahren so oft gehört hatte: »Und wie geht es Miss Ariela Ramon, der Geschäftsführerin?«

»Ausgezeichnet.«

»Großartig.« Abu Aziz geriet ins Schwärmen. »Was für eine Frau! Clever. Schön. Eine Granate. Ich sage euch ...«

»Sie ist Jüdin, Riad!« unterbrach ihn Rosman.

»Aber nicht irgendeine, sondern eine ungewöhnlich hübsche.«

»Es gibt viele gutaussehende Jüdinnen«, versuchte Brant die erneut hochkochenden Emotionen zu dämpfen.

»Stimmt.« Abu Aziz nickte und senkte den Blick. »Ehrlich gesagt, würde ich selbst gern mal ... ich meine, mit einer Jüdin ...«

»Dieser Araber ist doch krank!« zischte Rosman in McGillis' Richtung. »Wie können Sie mit so jemandem bloß zusammenarbeiten?«

McGillis grinste breit. Er kannte Abu Aziz nur zu gut.

Die Kellnerin brachte das Essen. Abu Aziz warf einen

Blick auf die verschiedenen Gerichte. »Was ist das denn für ein Salat, Uri?« fragte er.

»Ich esse koscher«, erwiderte Rosman.

Abu Aziz' Miene änderte sich. Er nickte und klopfte Rosman auf den Rücken. »Für derlei hege ich den größten Respekt«, sagte er. »Sie haben Prinzipien. Das ist etwas sehr Schönes.« Dann winkte er die Kellnerin zu sich.

»Ich hätte auch gern einen Salat.« Er zeigte auf Rosmans Teller. »Genau so einen wie der Jude da.«

Nehmen Sie einen beliebigen Menschen auf diesem Planeten, ob Jude, Moslem, Schwarzafrikaner, Chinese, Ire oder Franzose, und denken Sie sich sein nationales Drumherum weg – was bleibt, ist ein nackter, schutzloser Mensch, der sich nicht von anderen Menschen unterscheidet. Alles tritt dann offen zutage – der peinliche Bauchansatz, die Operationsnarbe ... Die ganze nationalistische Maskerade erweist sich als zwecklos.

Rosman und Abu Aziz hatten beide ein Handicap, das sie daran hinderte, Freunde zu werden. Im Grunde waren sie sich nicht unähnlich, und eigentlich mochten sie sich sogar. Doch Rosman quälte sich mit einem künstlichen Knie herum, seit ihn 1973 im Jom-Kippur-Krieg ein ägyptisches Sniper-Geschoß erwischt hatte, und Abu Aziz hatte 1967 im Sechstagekrieg das linke Auge durch einen Schrapnell-Querschläger verloren. Außerdem waren beide religiös geprägte, stolze Patrioten, was ihre Handicaps schier unüberwindlich machte.

McGillis hatte sich immer gewünscht, daß seine israelischen Partner wenigstens ab und zu miteinander kooperierten. Daher dieses Treffen. Es sollte zwischen den politisch wie wirtschaftlich verfeindeten Männern Vertrauen schaffen. Zusammenarbeit auf einer gemeinsamen wirtschaftlichen Basis würde sie gewiß miteinander versöhnen. Das glaubte er aus tiefstem Herzen.

Er konnte ja nicht ahnen, daß ihre Besuche bei christlichen Würdenträgern in einem wirtschaftlichen Desaster enden sollten.

Der Toyota Corolla rauschte auf dem Highway 40 von Memphis nach Nashville zurück.

Am Morgen hatten die drei Männer aus Jerusalem mit John Bering von der Weltorganisation der Baptisten gesprochen. Das Treffen war ein Riesenreinfall gewesen. Bering fand einen Kongreß in Jerusalem zu gefährlich. Selbst eine Reise auf ihre Kosten, bei der Bering das Land und die Tagungsstätte einmal in aller Ruhe in Augenschein nehmen konnte, hatte er ausgeschlagen.

»Ehe der Terror da unten nicht aufhört, ist uns das Risiko einfach zu groß«, hatte er gesagt.

Danach hatten sie sich mit Pastor Bob Walton von der St.-Christopher-Kirche getroffen.

»Das Problem ist die Sicherheitslage«, hatte er bedauert. »Ich kann meine Gemeinde nicht in eine Stadt schicken, wo der Terror zum Alltag gehört. Nur zu gern würde ich Ihr Angebot annehmen, aber die Verantwortung ist mir einfach zu groß.«

»Es ist nicht so schlimm, wie man es ständig im Fernsehen vorgeführt bekommt«, hatte Rosman seine Standardantwort runtergeschnurrt, da er diesen Einwand schon zur Genüge kannte. »Vor allem, wenn Sie einen Farbfernseher haben«, versuchte er, das Gespräch mit einem kleinen Scherz aufzulockern.

Trotzdem war Walton bei seiner ablehnenden Haltung geblieben.

Und er hatte ja recht. Genau wie John Bering. Wer

fuhr schon in dieser zugespitzten Situation freiwillig nach Jerusalem?

»Es ist sinnlos«, seufzte Rosman, als sie zum Hotel zurückkehrten. »Wir verschwenden unsere Zeit. Kein Mensch will zur Zeit nach Israel reisen.«

Zwischen Memphis und Nashville träumte Eric Brant zum Seitenfenster des Corolla hinaus und dachte an Agnes, Pastor Waltons bildschöne Tochter und Assistentin. Er brauchte sich nicht besonders anzustrengen, um ihr Bild vor seinem inneren Auge zu haben. Wie ein Leuchtzeichen war es in seine Erinnerung eingebrannt, und sogar wenn er die Augen schloß, sah er es deutlich vor sich. Agnes war von verwirrender Schönheit. Verwirrend war vor allem, daß Brant glücklich verheiratet war und eine wunderbare Frau hatte, die er sehr liebte. Aber er war weit weg von zu Haus, schon eine Weile unterwegs und ein Mann.

»Was halten Sie eigentlich von Agnes?« fragte er Rosman, um herauszufinden, ob es nur sein Problem war.

Rosman seufzte. »Sie sind doch verheiratet, und ich finde, das sollten Sie auch bleiben«, sagte er ausweichend.

»Es muß doch wohl erlaubt sein, eine schöne Frau eine schöne Frau zu nennen«, verteidigte sich Brant.

»So fängt es immer an.«

»Eine Zuckerpuppe«, brachte Abu Aziz die Sache auf den Punkt.

»Okay, sie ist wirklich eine Schönheit«, gab Rosman zu. »Und sie sieht Ihrer Frau sehr ähnlich, Eric.«

Brant erschrak, denn plötzlich wurde ihm klar, daß Rosman recht hatte. Agnes Walton sah seiner Frau tatsächlich erstaunlich ähnlich. Im Grunde hatte er das schon früher erkannt, aber er hatte sich geweigert, es zuzugeben. Nun hatte Rosman es mit schmerzhafter Deutlichkeit ausgesprochen.

»Finden Sie das nicht ein bißchen pervers?« fragte Rosman.

»Was?«

»Sich für eine Frau zu interessieren, die wie die eigene aussieht.«

»Überhaupt nicht!« verkündete Abu Aziz.

»Vielleicht ist es eine harmlose Form von Schizophrenie«, sagte Rosman scherzhaft.

Brant zog es vor, seinen eigenen Gedanken nachzuhängen.

»Oder es bedeutet, daß Sie Ihre Frau wirklich lieben«, überlegte Rosman weiter und schaltete das Autoradio ein.

Rosmans letzte Äußerung beruhigte Brant. Agnes war vermutlich nicht mehr als ein Hirngespinst, das sich schon bald verflüchtigen würde. Jedenfalls redete er sich das ein.

Kurz vor Nashville tauchte ein dramatischer Sonnenuntergang den Himmel in alle Schattierungen von Orange und erinnerte Abu Aziz an etwas Wichtiges.

»Könnten wir mal kurz anhalten?« fragte er und sah auf die Uhr.

»Müssen Sie auf die Toilette?«

»Nein, beten.«

Rosman blickte zum Himmel auf. »Ich auch«, sagte er. »Zeit fürs Sonnenuntergangsgebet.«

Bei der erstbesten Gelegenheit bog er auf den Parkplatz einer McDonald's-Filiale ein. Zusammen mit Abu Aziz stieg er aus, und beide Männer sondierten das Terrain.

»In welcher Richtung liegt Mekka?« fragte Abu Aziz.

Rosman schaute auf die untergehende Sonne, drehte sich dann schnell in die andere Richtung und zeigte nach Osten. »In der Richtung liegt Jerusalem«, sagte er und ließ Mekka Mekka sein. »Da ist Osten.« Er zeigte auf das Restaurant.

Abu Aziz ging ein paar Schritte zur Seite, legte einen kleinen Gebetsteppich auf den Asphalt und kniete darauf nieder. Rosman war es gewohnt, zusammen mit anderen zu beten, und folgte Abu Aziz instinktiv. Dann wurde ihm bewußt, daß er sich nicht in der richtigen Gesellschaft befand, wandte sich ab und stellte sich ein Stück weiter weg hin. Er holte eine Gebetskappe aus der Jackentasche und setzte sie auf. Er warf die Arme in die Luft, schloß die Augen und begann, sich vor und zurück zu wiegen, während seine Lippen die Worte des Sonnenuntergangsgebets formten.

Unterdessen ging Brant zum Restaurant hinüber. Ein Heißhunger auf einen Milchshake hatte ihn überkommen.

Einige Gäste verließen gerade das Restaurant und warfen neugierige Blicke auf das eigenartige Schauspiel, das sich am Rande des Parkplatzes bot – ein Moslem auf einem Gebetsteppich und ein Jude mit Gebetskappe, beide ins Gebet vertieft. Es war, als habe endlich der Messias Einzug gehalten, zumindest hier in Nashville. Oder als beteten ein Jude und ein Moslem auf amerikanischem Boden gemeinsam McDonald's an, den Herrn der Zwiebelringe und Schutzpatron des Kapitalismus und des Nihilismus, während Brant sein Heil bei einem eiskalten Schoko-Milchshake suchte.

5

Als Brant wieder herauskam, stand eine amerikanische Familie vor dem Restaurant und beobachtete die Betenden. Leise flüsterten Vater, Mutter und Sohn miteinander.

»Hallelujah«, sagte Brant. »Haben Sie so was schon

mal gesehen? Ein Araber und ein Jude beim gemeinsamen Gebet?«

»Welcher ist denn der Araber?« fragte der Sohn.

»Der auf dem Teppich.«

»Und wozu braucht er den Teppich?«

Brant dachte nach. »Hast du den Film ›Aladin‹ gesehen?« fragte er schließlich.

Der Junge sah ihn erstaunt an. »Was? Ist das echt ein fliegender Teppich?«

»Nur wenn man ganz innig betet.«

Alle schauten zu Abu Aziz hinüber, so als erwarteten sie, daß er jeden Moment abhöbe.

»Der kann gar nicht fliegen«, sagte der Vater plötzlich und grinste wie ein ertappter Schulbub.

»Möchtest du die beiden mal von nahem sehen?« fragte Brant den Jungen.

Der sah seine Eltern fragend an. Sie nickten. Zögerlich ging der Junge mit Brant auf die Betenden zu.

In diesem Moment beendete Abu Aziz sein Gebet, blieb aber noch auf dem Teppich hocken. Er schob die Arme nach hinten und streckte den Rücken. Als er Brant und den Jungen auf sich zukommen sah, lächelte er freundlich. »Hi«, sagte er und fragte den Jungen: »Wie heißt du denn?«

Der Junge verlangsamte seinen Schritt. »Äh ... Billy«, sagte er. Dann schluckte er.

»Hi, Billy!«

Billy und Abu Aziz beäugten einander neugierig.

»Ich habe noch nie einen echten Araber gesehen«, sagte Billy ganz begeistert. »Hier in Nashville gibt's nämlich keine.« Vorsichtig berührte er Abu Aziz' lockiges Haar. Dann wandte er sich Rosman zu. »Und was sind Sie für einer?« fragte er, als Rosman sein Gebet beendete und sich auf den Weg zum Corolla machen wollte.

»Was meinst du? Ob ich Jude bin? Klar.« Rosman wußte nicht, was der Junge von ihm wollte.

Billy war sichtlich beeindruckt. »Wow!« rief er. »Sie sehen überhaupt nicht aus wie ein Jude.« Dann wandte er sich wieder Abu Aziz zu. »Sind Sie ein Terrorist?«

Abu Aziz lächelte resigniert. »Nein, ich bin kein Terrorist«, sagte er freundlich. Der Junge konnte ja nichts dafür, sagte er sich.

6

Deprimiert und vom Scheitern ihrer Reise überzeugt, kehrten die drei Geschäftsleute in ihre Hotelzimmer zurück, ein paar Tüten Zwiebelringe im Gepäck. Nachdem sie sich ein wenig erfrischt hatten, trafen sie sich in Brants Zimmer.

Brant schaltete den Fernseher ein und zappte durch die Kanäle. Er hatte die Wahl zwischen Football, Country-Musik, Seifenopern und einer Bibelshow, »Der Club der 700«. Dort blieb er hängen und hörte sich eine Predigt von Pat Robertson über Noah an. Zwischendurch fiel immer wieder der Name Jesus, und dann ging es mit Noah weiter und was für ein gottesfürchtiger Mann er gewesen sei, dann ging es wieder um Jesus, der offenbar genauso gottesfürchtig gewesen war, dann ging es um Gott höchstpersönlich, dann wieder um die Arche, um die Taube, dann wieder um Jesus, der den Olivenzweig ... Brant schwirrte der Kopf.

Robertson war eine charismatische Persönlichkeit. Mit traumwandlerischer Leichtigkeit konnte er in seinen Predigten alles mit allem verknüpfen. Obwohl Brant Jude war und die Geschichte eigentlich kannte, hätte er momentan schwören können, daß Jesus und Noah Reeder waren, die sich auf Tiertransporte spezialisiert hatten. Aber vielleicht lag das am Jetlag, der ihm immer noch zu schaffen machte.

»Gibt's nichts Besseres?« Abu Aziz griff nach der Fernbedienung.

Es war spät, und sie hatten ein langes Gespräch über die Zukunft des Tourismus' im Heiligen Land hinter sich. Sie waren müde und frustriert von all den enttäuschenden Meetings, und sie hatten keine Ahnung, wie es weitergehen sollte.

Rosman kritzelte ein paar Notizen auf einen Block, und Abu Aziz saß mit der Fernbedienung am Fußende des Bettes.

»Hey, schalten Sie mal zurück!« sagte Brant plötzlich.

»Auf welchen Sender?« fragte Abu Aziz und drückte in umgekehrter Reihenfolge auf die Tasten.

»Da, stopp!«

Ein halbnackter Mann kroch durch einen Glastunnel voller Schlangen. Vorsichtig schob er die Tiere beiseite und bewegte sich auf ein gelbes Bassin am Ende des Tunnels zu. Abu Aziz und Brant schauten fasziniert zu.

»Unglaublich!« Abu Aziz schüttelte den Kopf. »Was die Leute alles tun, um ins Fernsehen zu kommen!«

Rosman blickte von seinen Notizen auf. Ekel verzerrte seine Züge. »Was ist in dem gelben Bassin?« fragte er mit zusammengepreßten Zähnen.

»Wofür halten Sie es denn?« Brant grinste.

»Nein!« Rosman wollte es nicht wahrhaben. »Sie wollen doch nicht ernsthaft behaupten, daß es … Nein!«

»Doch, das ist Urin«, sagte Abu Aziz ungerührt.

»Und da springt der gleich rein?«

Niemand antwortete.

Der Mann war am Ende des Tunnels angelangt, und plötzlich wechselte das Bild.

»*Während sich Jim durch den Schlangentunnel quält, wollen wir mal sehen, wie es Rachel ergangen ist*«, hörte man eine Stimme aus dem Off.

Eine gut gebräunte Frau hockte gefesselt in einem riesigen Kessel mit dampfendem Wasser, der auf einem lodernden Feuer stand.

»*Sie muß die Fesseln lösen, bevor das Wasser zu kochen beginnt*«, erklärte die Stimme aus dem Off.

Brant war schockiert. »Das ist ja kriminell!« schimpfte er.

»Warum tun sich Leute so was bloß an?« sagte Rosman fassungslos.

»Aus Langeweile«, sagte Abu Aziz. »Der Mensch braucht Action und immer neue Herausforderungen.«

Eine Weile war es still im Hotelzimmer. Und dann passierte es.

Abu Aziz sprang auf und schlug sich an die Stirn. »Warum ist uns das nicht früher eingefallen? Genauso müssen wir's machen!« Mit leuchtenden Augen blickte er auf den Fernseher. Dann zündete er sich mit zitternden Fingern eine Zigarette an. »Vergeßt Jesus! Vergeßt die Religion und das Heilige Land! Diese kindischen Amerikaner wollen Action! Also geben wir ihnen Action!« Strahlend blickte er in die Runde. »Sicher gibt es Leute, die zur Zeit nicht nach Israel kommen wollen, weil sie Angst vor den Kämpfen und dem Terror haben. Aber viele andere würden genau *deswegen* kommen, gerade *weil* es gefährlich ist. Wir müssen Action-Reisen anbieten ... Live-Terror ... Lebensgefahr ... Folter.«

»Genau wie bei dieser Show.« Brant nickte.

»Eben! Und zwar keins dieser üblichen Survival-Trainings, sondern der ultimative Kick, mit echter Gefahr für Leib und Leben. Nicht im Dschungel. Nicht auf einer einsamen Insel. Nein, zwei Wochen körperliche und seelische Folter im Nahen Osten, der gefährlichsten Gegend der Welt!«

»Eine hervorragende Idee!« Rosman fiel in die allgemeine Begeisterung ein. Mit seinem Geschäftssinn erfaßte er die Möglichkeiten dieses Unternehmens sofort. »Dafür lassen sich sogar Sponsoren finden«, sagte er.

Brant schüttelte Abu Aziz die Hand. »Die Fernsehsender werden sich darum reißen. Sie sind ein Genie, Riad!«

Abu Aziz errötete vor Stolz.

»Das muß gefeiert werden.« Brant klatschte in die Hände. »Lassen Sie uns was Außergewöhnliches tun! Drei Blocks von hier gibt es eine großartige Ku-Klux-Klan-Bar.«

»Genau das richtige«, sagte Abu Aziz begeistert. »Bringen Sie Ihre Jarmulke mit, Uri. Ich rufe Luis Farrakhan und Jesse Jackson an und lade sie ein.«

7

Josh McGillis' Gesicht war vor Aufregung gerötet. Schweiß tropfte ihm von der Stirn, und als er das Jackett auszog und es über die Stuhllehne hängte, sah man, daß sein Hemd unter den Armen völlig durchnäßt war.

»Habt ihr den Verstand verloren?« Er konnte nicht glauben, was er soeben gehört hatte. »Das soll doch wohl ein Witz sein, oder?«

Sie hatten gewußt, daß er Abu Aziz' bahnbrechende Idee nicht gleich schlucken würde. McGillis war überzeugter Christ. Er glaubte, einen göttlichen Auftrag zu erfüllen, wenn er Menschen ins Heilige Land brachte, und er wollte ihnen dort den Geist Jesu nahebringen. Nichts lag ihm ferner, als seine Kunden in masochistische Survival-Camps zu schicken, die sich ein paar religiöse Fanatiker anderer Provenienz ausgedacht hatten.

»Das wird uns viel Geld einbringen«, sagte Brant.

»Geld interessiert mich nicht«, sagte McGillis und

fuhr ganz verzweifelt fort: »Meine Botschaft ist Liebe, nicht Haß.«

Abu Aziz und Rosman warfen sich vielsagende Blicke zu.

»Liebe ...« Abu Aziz kratzte sich das unrasierte Kinn. »Ich glaube, das läßt sich in das Gesamtpaket einbinden.«

»Schluß mit dem Unsinn! Berichten Sie mir lieber von der Besprechung mit Bob Walton.«

McGillis griff nach der Speisekarte und begann, darin zu blättern. Offenbar wollte er nichts mehr von der neuen Geschäftsidee hören. »Gott, bin ich hungrig!« Er war immer hungrig, und mit Gott hatte das nichts zu tun.

»Sie hätten seine Tochter mal sehen sollen«, sagte Abu Aziz. »Was bestellen Sie sich heute, Uri?« Dann schaute auch er in die Speisekarte.

»Kann mir endlich mal jemand verraten, was bei dem Treffen mit Walton rausgekommen ist?« sagte McGillis ungehalten.

»Er ist 'ne ziemlich harte Nuß«, sagte Rosman vage. Dann studierte er wieder die Karte

Auch die anderen schwiegen. Das Stimmengewirr des Restaurants und die künstlichen Wasserfälle des Hotels schienen immer lauter zu werden.

»Es ist nicht ganz klar, ob er Interesse hat«, sagte Abu Aziz nach einer Weile, ohne von der Speisekarte aufzublicken.

»Was ist passiert?« hakte McGillis nach.

»Gar nichts«, sagte Rosman schnell, ohne McGillis anzusehen.

»Irgendwas muß doch passiert sein!« McGillis wandte sich an Brant und hoffte, von ihm eine Antwort zu bekommen.

»Nein, gar nichts«, sagte Brant. »Er hatte ein paar Einwände.« Auch Brant wollte nicht erzählen, wie das Treffen ausgegangen war.

»Was für Einwände?«

»Dagegen, daß Jesus Araber war«, murmelte Abu Aziz. »Ich nehme einen Toast mit Schafskäse.«

»Wie bitte?« fragte McGillis ganz entgeistert.

»Ich sagte, ich nehme einen Toast mit Schafskäse«, wiederholte Abu Aziz.

»Sie wollten Walton eine Tour verkaufen, in der Jesus als Araber dargestellt wird?« fragte McGillis mit aufgerissenen Augen.

»So hat er das nicht gesagt«, beschwichtigte Rosman.

»Wie hat er es denn gesagt?« wollte McGillis wissen.

»Er hat vorgeschlagen, eine Messe in der El-Aksa-Moschee abzuhalten, an der Grabstätte Jesu.« Rosman grinste hämisch.

»Stimmt das, Riad?«

Abu Aziz räusperte sich. »Ich habe nur gesagt, daß das Grab Jesu auf dem Tempelberg liegt. Haben Sie vielleicht was dagegen? Sie wissen doch selbst nicht, wo das Grab Jesu wirklich liegt. Kein Mensch weiß das. Aus diesem Grunde führen wir unsere Reisegruppen ja sowohl zum Gartengrab als auch zur Grabeskirche. Das ist der springende Punkt, Josh: Wir kriegen die Leute dazu, so gut wie alles zu glauben.«

McGillis kniff die Augen zusammen und strich sich mit den Fingern übers Doppelkinn.

»Wir können machen, was wir wollen, Josh«, fuhr Abu Aziz fort. »Wir könnten zum Beispiel eine Passionstour speziell für Christen anbieten, wie es sie noch nie gegeben hat. Wir lassen die Leute ein Kreuz durch die Straßen von Gaza schleifen. Wir nageln sie ans Kreuz und lassen sie sechs Stunden lang ohne Wasser in der Sonne hängen. Das ist doch heute der Trend! Alle Welt sehnt sich nach Qualen und Gewalt. Wußten Sie übrigens, daß Jesus auch mal in Gaza war?«

»Was soll das alles?« fragte McGillis irritiert.

»Ich will nur beweisen, daß sich Jesus eine Zeitlang in Gaza aufgehalten hat.«

»Da hat er recht«, sagte Rosman und löste damit nachdenkliches Schweigen aus.

»Jesus war nämlich tatsächlich Araber«, sagte Abu Aziz schließlich und fixierte Rosman. »Das ist Teil der religiösen Survival-Touren für Christen. Wir müssen sie davon überzeugen, daß Jesus Araber war, und dann beobachten wir, wer im Laufe der Tour seinen alten Glauben behält.«

»Ihr seid doch alle verrückt«, sagte McGillis.

»Sind wir nicht, Josh«, sagte Rosman. »Betrachten Sie's doch mal so: Wir bieten den Leuten eine erstklassige Möglichkeit, herauszufinden, ob sie wahre Christen sind. Warum nennt man sie Gläubige? Weil sie letzten Endes alles glauben. Wir liefern ihnen die ultimative Prüfung. Wir füttern sie mit falschen Thesen und bieten ihnen die einzigartige Gelegenheit, ihren Glauben unter Beweis zu stellen. Wie viele, glauben Sie, werden wissen, wo die Grenze ist? Wer erweist sich als wahrer Christ, der sich in seinem Glauben durch nichts erschüttern läßt? Aus so einer Prüfung geht ein wahrer Christ doch gestärkt hervor!« Vergnügt zwinkernd blickte er in die Runde.

McGillis entspannte sich sichtlich. Endlich war er bereit, sich das Projekt näher erläutern zu lassen.

»Unsere religiösen Themenreisen für Christen und Juden verfolgen ein klares Konzept«, sagte Brant. »Wir bedienen die Blutrünstigen, Verrückten und Gelangweilten, die schließlich den größeren Teil der Menschheit ausmachen. Manager, die in Routine ersticken und sich nach Abenteuern sehnen. Junge Menschen, die finden, Illinois hätte ihnen nichts zu bieten. Schießen Sie los, Riad!«

Abu Aziz beugte sich zu McGillis vor und legte die

Hände auf den Tisch. »Oder wollen Sie es lieber doch nicht hören?«

McGillis signalisierte Einverständnis, wenn vielleicht auch nur aus Verzweiflung.

»Wir holen Menschen aus aller Welt in unsere Camps – Japaner, Briten, Amerikaner, Deutsche … Eric hat sogar schon einen Namen für das Sommercamp der Deutschen.« Abu Azis sah Brant auffordernd an.

»Mein Camp.« Brant sprach es so aus, daß es wie ›Mein Kampf‹ klang, und grinste.

McGillis lachte.

»Alle Teilnehmer durchlaufen dasselbe Training«, fuhr Abu Aziz fort.

»Training? Was für ein Training?«

»Eine Woche in einem Ausbildungslager der israelischen Armee, dann eine Woche in einer jüdischen Siedlung und einem Palästinensercamp, in der Nähe von Nablus. Ein Cousin von mir ist Lastwagenfahrer. Er arbeitet für die Rote Amal Bewegung und fährt Sachen für sie durch die Gegend.« Abu Aziz grinste vielsagend.

McGillis lehnte sich zurück und hörte jetzt aufmerksam zu. »Was sollen unsere Reisegruppen denn von den Palästinensern lernen?« fragte er skeptisch.

»Eine Menge«, sagte Abu Aziz. »Bombenbau, die Kunst der politischen Infiltration, Einschüchterungsrhetorik. Die Terroristen sind darin einfach unschlagbar.« Er machte eine kleine Pause, um sich zu vergewissern, ob er verstanden wurde. »Sie wissen schon … haltlose Drohungen, vor denen die westliche Welt regelmäßig in die Knie geht. Bin Laden ist doch Schnee von gestern. Der aktuelle Hit sind Tonbänder und Videos mit erfundenen Drohungen. Die Palästinenser stellen sie her, schicken sie an Al Dschasira, und prompt werden in den USA soundso viele Flughäfen geschlossen. Man muß nur das entsprechende Know-how haben. Wenn es darum geht,

Angst und Schrecken zu verbreiten, verfügen diese arabischen Terroristen über unschätzbare Talente. Es ist eine Kunst, die einen am Arbeitsplatz oder in Verhandlungen enorm weiterbringt.«

McGillis schüttelte ungläubig den Kopf.

»Und dann können unsere Reisegruppen von den Palästinensern natürlich das Schauspielern lernen«, fuhr Abu Aziz fort.

»Das Schauspielern?«

»Wie, glauben Sie, gelingt es den Palästinensern, die Checkpoints der israelischen Armee zu passieren? Doch nur durch ihre schauspielerischen Fähigkeiten. Wir könnten beispielsweise einem japanischen Geschäftsmann beibringen, in die Rolle einer schwangeren Palästinenserin zu schlüpfen oder in die eines asthmatischen Greises, der dringend in ein israelisches Krankenhaus eingeliefert werden muß. Mit solchen Tricks kochen sie jeden israelischen Soldaten weich. Das sind doch sowieso alles nur Weicheier.«

»Und was lernen unsere Leute in dem israelischen Ausbildungslager?«

Rosman ergriff das Wort. »Bei uns lernen sie das genaue Gegenteil von alledem. Bomben entschärfen, falsche Identitäten aufdecken, ohne Schlaf und Nahrung auskommen, harmlose Gummigeschosse zu tödlichen Waffen umfunktionieren und sich dabei aller Welt überlegen fühlen. Vor allem letzteres. Das ist ja überhaupt der Kern der israelischen Kultur.«

»Das stimmt«, sagte McGillis. »Die Israelis haben wirklich vor nichts und niemandem Respekt.«

»Das lernen sie von Kindheit an, Josh. Die Lehrer in der Schule werden nicht respektiert. Im Straßenverkehr achtet niemand auf den anderen, in der Armee werden junge Rekruten von den Ausbildern physisch und psychisch gequält, damit sie das Know-how erwerben und die nachrückenden Rekruten genauso quälen können, ganz abgesehen von allen anderen, die ihnen unterlegen sind, wie etwa die Palästinenser, illegale afrikanische Einwanderer und die amerikanischen Intellektuellen. Das ist der Kern des israelischen Erziehungssystems. Seinen reinsten Ausdruck findet es natürlich an Flughäfen.«

Als jemand, der seinen Lebensunterhalt mit Tourismus verdiente, war McGillis damit bestens vertraut. Die demütigenden Kontrollen, die seine Reisegruppen an israelischen Flughäfen über sich ergehen lassen mußten, hatten ihn schon viel Zeit und Arbeit gekostet. Wie oft hatte er die Flughafenbehörden ersucht, die Reiselust der Israelbesucher nicht durch fortgesetzte Schikanen zu dämpfen? Aber es war ein Kampf, den man nur verlieren konnte.

»Die Flughafenkontrollen sind übrigens Punkt eins des Survival-Programms«, mischte sich Brant ein.

McGillis sah ihn interessiert an.

»Vor allem die Sicherheitskontrollen. Unsere Teilnehmer müssen sich schon vor der Landung einer Sicherheitskontrolle unterziehen, die alle real existierenden übertrifft.«

»Was soll denn da gemacht werden?«

»Ach, da haben wir eine Menge Ideen. Wir werden ihnen beispielsweise Potenzpillen und Vibratoren ins Gepäck schmuggeln und sie dann vor der ganzen Reisegruppe bloßstellen, indem wir die Sachen auspacken und den Betroffenen peinliche Fragen über ihre Sexualpraktiken stellen.«

Einen Moment lang herrschte Schweigen, alle versuchten, sich diese Szene vorzustellen.

»Bei deutschen Touristen wird zum Beispiel eine Art Darmspiegelung vorgenommen«, ergänzte Abu Aziz.

McGillis wurde blaß. »Eine Darmspiegelung? Wer soll so eine Untersuchung denn durchführen?«

Rosman räusperte sich und beugte sich vor. »Ein

Freund von mir ist Arzt im Hadassah-Hospital. Seine Eltern sind Holocaust-Überlebende. Schon seit Jahren entwickelt er Methoden, mit denen er sich an den Deutschen rächen kann. Er würde uns seine Dienste kostenlos zur Verfügung stellen.«

McGillis war sich nicht ganz sicher, ob er richtig verstand. »Es geht doch um diese optische Sonde, die zur Früherkennung von Krebs ins Rektum eingeführt wird, oder?« fragte er.

Wieder räusperte sich Rosman. »Von einer Sonde war nicht die Rede.«

8

McGillis war nicht völlig naiv. Auch wenn er es nicht wahrhaben wollte, wußte er tief in seinem Herzen, daß viele Menschen nur zu bereit waren, sich auf masochistische Experimente einzulassen. Daß es dafür kaum eine geeignetere Region als den Nahen Osten gab, leuchtete ihm ebenfalls ein. Seine drei Partner hatten genügend Ideen entwickelt, um ein ganzes Sortiment von Survival-Touren auf den Markt zu bringen. Jeweils zwei Wochen Qualen, Schmerzen und Demütigungen.

»Wir stellen ein paar schöne Programme zusammen«, sagte Abu Aziz und klopfte ihm auf die Schulter. »Unsere Kunden werden Höllenqualen leiden. Eine Neuauflage der Inquisition. Ich bringe sie in ein Flüchtlingslager im Gazastreifen. Und Rosman begleitet sie auf ein israelisches Postamt.«

Dann schilderten die drei, wie sie die Touristen zwingen würden, in Jerusalem öffentliche Verkehrsmittel zu benutzen, nachdem ein Selbstmordattentat angekündigt worden war – das bekannte Jerusalem-Roulette, den Einheimischen seit Jahren vertraut.

»Nach dem Training teilen wir die Leute in Gruppen ein, die gegeneinander kämpfen müssen. Amerikaner gegen Japaner, Engländer gegen Franzosen, buddhistische Mönche gegen Baptisten. Alles mit modernen Kampftechniken, die wir ihnen von den härtesten Kämpfern der Region beibringen lassen.«

»Buddhistische Mönche ...?« McGillis konnte es nicht fassen.

»Aber ja doch! Wie lange hält ein normaler Mensch ein friedliches Leben aus, ohne verrückt zu werden? Auch buddhistische Mönche brauchen Action, meinen Sie nicht?«

»Und warum sollen Amerikaner ausgerechnet gegen Japaner kämpfen?«

»Warum nicht? Die Amerikaner haben den Japanern doch bis heute Hiroshima und Nagasaki nicht verziehen ... wegen ihres schlechten Gewissens, meine ich.«

»Und wie ist es mit Unterbringung und Verpflegung?«

Abu Aziz schüttelte mitleidig den Kopf. »Sie denken immer noch wie ein Reiseveranstalter, dem das Wohlergehen der Kunden am Herzen liegt. Seien Sie doch mal kreativ!«

McGillis versuchte, kreativ zu sein, aber ihm fiel nichts ein.

»Keine Unterbringung, keine Verpflegung«, sagte Rosman schließlich. »Das ist Teil der Selbsterfahrung, die wir den Leuten ermöglichen. Der normale Tourist erwartet ein gutes Hotel mit Vollpension. Unsere Kunden hingegen werden das Doppelte dafür bezahlen, daß sie all das nicht bekommen. Das ist ja gerade das Schöne an unserem Plan. Die Leute müssen halt sehen, wie sie selbst zurechtkommen.«

»Und wie steht's mit der Logistik, den Transporten und der ganzen Koordination?«

»Das wird sich finden. Die Palästinenser koordinieren ihre Termine mit den jüdischen Siedlern und den anderen Beteiligten jeweils etappenweise.«

»Wie bitte? Die Palästinenser sollen mit den Israelis zusammenarbeiten?«

»Das tun sie doch schon die ganze Zeit. Entspannen Sie sich, Josh! Viele Palästinenser haben jüdische Chefs. Und die Siedler gehen zum Einkaufen auf arabische Märkte. Es gibt jede Menge Berührungspunkte zwischen Palästinensern und Israelis, besonders auf wirtschaftlichem Gebiet. Das ist quasi wie in einer großen Familie. Sie hassen sich, aber sie sind voneinander abhängig und brauchen sich gegenseitig. Absurd, aber wahr.«

Wieder kam eine stark geschminkte Kellnerin an ihren Tisch, um die Bestellungen aufzunehmen.

»Uri, nehmen Sie doch dieses Mal den Großen Opry-Salat, dann können wir teilen. Mein Toast besteht aus zwei Scheiben. Ich gebe Ihnen eine ab. Okay?« sagte Abu Aziz.

Rosman sah ihn skeptisch an. »Was ist in dem Salat drin?«

»Eisbergsalat, Tomaten, Speck, Frischkäse und Johnny Walker. Sagen Sie mal, vertrauen Sie mir etwa nicht? Glauben Sie, ich würde jeden Scheiß essen, den die Amis auftischen?«

McGillis lenkte die Kellnerin ab. »Darf ich Sie mal was fragen?«

»Gerne«, sagte sie.

»Wen finden Sie besser – die Palästinenser oder die Israelis?«

Die junge Frau lächelte unsicher und klappte den Bestellblock zu. »Ich weiß nicht, Sir«, sagte sie errötend. »Was spielen die denn so? Meine Lieblingsband sind eigentlich die Nashville Predators.«

9

Zehn Überwachungskameras verfolgten das Geschehen im Jacobson-Einkaufszentrum von Salt Lake City und übertrugen die Aufnahmen auf zehn 17-Zoll-Monitore im Security-Raum im dritten Stock des Einkaufszentrums. Es war ein ruhiger Dienstagnachmittag, und die Käufer bummelten gemächlich durch die langen Passagen. Nichts Ungewöhnliches war zu sehen. Eigentlich war auf den Monitoren nie etwas Ungewöhnliches zu sehen. Alles lief ganz normal. Immer. Aber das war es gerade, was Mitch Taylor auf die Palme brachte.

Seit sieben Jahren saß er auf seinem braunen Stuhl im angenehm klimatisierten Security-Raum und starrte auf die Monitore. Er war siebenundvierzig Jahre alt, ein breitschultriger Mann in Topform. Auf dem College war er der Star des Football-Teams gewesen. Später hatte er bei der Marine gedient. Jetzt war er Security-Mann und sehnte sich nach Action. Jeden Tag ging er nach der Arbeit ins Fitneßcenter und arbeitete am Aufbau seiner Muskeln. Schließlich wollte er bereit sein für den großen Moment, der gewiß eines Tages kommen würde, wenn es beispielsweise galt, einen Ladendieb zu stellen, einen Betrunkenen abzuführen oder einen Randalierer festzunehmen. Vielleicht mußte er eines Tages sogar Terroristen aus dem Einkaufszentrum entfernen, die Toys'R'Us besetzen wollten und die Säuberung Utahs von den Mormonen forderten. Er wäre jedenfalls bereit. Aber leider passierte so was nie.

Mitch kratzte sich die behaarten Arme und furzte leise. Sein Kollege Jason Midler hörte es trotzdem. Er drehte sich zu ihm um, rollte seine Zeitung zusammen und haute sie ihm scherzhaft auf den Kopf.

»Laß das sein, Mitch!«

»Tut mir leid. Ich hab vorhin einen Taco gegessen.«

Mitch grinste und produzierte einen künstlichen Rülpser.

»Gott, du ekelst mich an!«

»Ich muß dringend aufs Klo.«

»Dann geh doch.« Midler breitete seine Zeitung wieder aus und blätterte zum Sportteil.

»Bist du verrückt? Stell dir vor, es passiert was, während ich weg bin!« Mitch zeigte auf einen der Monitore.

Midler lachte und nahm einen Schluck Kaffee, ohne seinen Blick von der Zeitung abzuwenden. Zwei Minuten später wurde er von hinten am Ohr gekitzelt. Wieder rollte er seine Zeitung zusammen und wollte sie Mitch erneut über den Kopf ziehen, doch der duckte sich weg.

»Sorry«, sagte Mitch und lachte. »Ich konnte der Versuchung einfach nicht widerstehen.«

»Du langweilst dich unendlich, was?«

»Hey, guck mal!« Mitch zeigte auf einen Monitor.

Beide Männer starrten gebannt auf den Bildschirm.

»Schnell!« rief Midler. »Monitor 5!«

Mitch brauchte Midlers Ratschläge nicht. Er hatte bereits die Hand an den Reglern.

»Zoom da voll drauf!« Midler wurde ganz hektisch.

Einen Moment lang wurde das Bild unscharf.

»Schneller!« schrie Midler. »Zoom da voll rauf!« Er klebte förmlich am Bildschirm.

Mitch gab sich Mühe, die Kamera richtig einzustellen, aber er war so aufgeregt, daß es nicht gleich klappte. Als die Kamera endlich tat, was sie sollte, sank er in seinen Stuhl und betrachtete atemlos das Geschehen.

»Nicht zu fassen«, sagte Midler.

Mitch sagte nichts. Er war so schockiert, daß es ihm die Sprache verschlug.

10

Abu Aziz' 92er VW-Transporter quälte sich die Straße hinauf, die zu der abgelegenen jüdischen Siedlung Mavo Dotan, dreizehn Kilometer südlich von Nablus, führte. Rosman umklammerte haltsuchend den Sicherheitsgurt. Nacktes Felsgestein und ein paar dürre Büsche säumten den Straßenrand. Die biblische Landschaft weckte in beiden Männern religiöse Gefühle.

»Vaterland«, seufzte Rosman.

»Mutterland«, sagte Abu Aziz mit leuchtenden Augen.

Nach weiteren fünf Kilometern kam der Stacheldraht in Sicht, der die Siedlung einzäunte. Abu Aziz hielt vor dem Tor und sah sich vergeblich nach einem Lebenszeichen um. Dann hupte er, und ein verschlafener israelischer Soldat steckte den Kopf aus dem kleinen Fenster seines Wachhäuschens. Lässig schwang er sich das automatische M16-Gewehr über die Schulter. Dann schlurfte er auf den Wagen zu.

»Wohin?« schnarrte er gegen die Sonne anblinzelnd.

»Nirgendwohin«, sagte Abu Aziz.

»Dann sind Sie hier richtig«, sagte der Soldat. »Können Sie sich ausweisen?«

Beide Männer zeigten ihre israelischen Pässe.

»Scheiße!« sagte der Soldat, als ihm klar wurde, daß Abu Aziz Araber war. Die Regularien sahen für diesen Fall eine Fahrzeugdurchsuchung vor. Es war Nachmittag. Die Sonne brannte. Und der junge Soldat hatte keine Lust zu arbeiten.

»Sagen Sie einfach Arie Plotnick Bescheid«, versuchte Rosman zu helfen.

»Sie wollen zu Plotnick?«

»Ja.«

Der Soldat wußte nicht recht, was er tun sollte. »Kennen Sie das Paßwort?« fragte er schließlich.

»Natürlich«, sagte Abu Aziz ungeduldig.

Der Soldat kratzte sich die sonnenverbrannte Haut vom Arm. »Na gut. Dann kann ich Sie wohl reinlassen.« Er schlurfte auf das Tor zu. Genauso wenig wie Abu Aziz kannte er das Paßwort. Er wußte nur eins: Wenn diese beiden Neuankömmlinge gefährlich wären, also palästinensische Terroristen, hätten sie ihn längst getötet.

Da er aber nicht tot war, öffnete er mit überheblicher Miene das Tor.

11

»Sollten wir das nicht irgendwie dokumentieren?« fragte Midler.

Mitch antwortete nicht. Er wollte sich in diesem wichtigen Moment durch nichts stören lassen.

Midler schüttelte fassungslos den Kopf. »Mann, da haben wir aber wirklich Schwein!«

Mitch nickte und wischte sich den Schweiß von der Stirn. Natürlich wußte er, daß es so was tatsächlich gab, aber noch nie war er selbst dabeigewesen. Nicht zu fassen, daß es ausgerechnet in seiner Schicht passierte!

Jessica Holloway, die scharfe, nicht mehr ganz junge Brünette von Pollys Parfümerie schob eine Nummer mit Brad Klover vom Musikladen. Sie saß auf ihm und legte einen flotten Ritt hin.

Midler wollte gerade ein neues Band einlegen, als das Telefon klingelte. »Scheiße!« Er biß sich auf die Lippen. Genauso wenig wie Mitch konnte er den Blick vom Monitor abwenden.

Sechs nervtötende Klingeltöne später hob Mitch den Hörer ab. »Security-Raum«, sagte er und verschluckte sich fast vor Aufregung.

»Hi, hier ist Nathan von Barnes & Noble. Uns fehlt eine Lieferung.«

»Hä?«

»Wir haben Ware bestellt, aber sie ist nicht gekommen. Wir glauben, daß sie geklaut wurde.«

Mitch fiel auf die Schnelle nichts ein, und er konzentrierte sich weiter auf die verheiratete Jessica, die den geschiedenen Klover nun leidenschaftlich küßte.

»Hallo ...?«

»Um welche Waren handelt es sich denn?« fragte Mitch, unsanft aus seiner Betrachtung gerissen.

»Harry-Potter-Bücher.«

Mitch zog hörbar den Atem ein. »Wissen Sie eigentlich, wie viele Harry-Potter-Bücher schon verkauft worden sind? Und WAS diese Frau damit verdient? Und da kommen Sie und jammern, weil Sie nicht noch ein paar mehr verkaufen? Für wen halten Sie sich eigentlich, Nathan?«

»Aber Mr. Taylor ...«

»Kein Aber, Nathan! Vielleicht fehlt Ihnen eine Lieferung, aber glauben Sie mir: Joanne K. Rowling wird den Verlust nicht bemerken!« Dann legte er auf.

Zehn Sekunden später – Jessica Holloway wechselte gerade die Stellung – klingelte das Telefon wieder.

»Nathan noch mal. Wenn ich diese Lieferung nicht auftreibe, verliere ich vielleicht meinen Job ...«

»Ich hätte nichts dagegen, Nathan.« Mitch knallte den Hörer auf.

Jessica Holloway zog sich das T-Shirt aus, als das Telefon zum dritten Mal klingelte.

»Ich glaub's nicht!« Mitch lief vor Wut rot an.

»Was?« brüllte er ins Telefon.

»Kommt schon, Leute! Ich bin mir ganz sicher, daß jemand die Ware geklaut hat. Ihr müßt mir helfen, sonst ...«

Jetzt konnte man Jessicas schöne, runde Brüste sehen.

Mitch legte die Hand auf die Sprechmuschel. »Nathan von Barnes & Noble schon wieder«, sagte er zu Midler.

»Was will er denn?«

»Eine Lieferung Harry-Potter-Bücher ist nicht angekommen.«

Ohne den Monitor aus den Augen zu lassen, sagte Midler: »Die wird bestimmt auf wundersame Weise wieder auftauchen. Schließlich ist Harry Potter Zauberer. Sag Nathan, er soll sich keine Sorgen machen.«

Mitch grinste. »Es ist schon das dritte Mal in diesem Monat, daß denen eine Lieferung verlorengeht. Ich glaube, der Typ braucht wirklich Hilfe.«

Midler versuchte, noch näher ans Geschehen heran zu zoomen, während Mitch den vom Pech verfolgten Buchhändler vertröstete.

Eine Viertelstunde später – Jessica Holloway war mittlerweile zum Höhepunkt gekommen – durchsuchten Mitch und Midler das Lager der Buchhandlung.

»War die Tür zur Laderampe offen?« fragte Mitch.

»Weiß ich nicht«, erwiderte Nathan. »Ich kann doch nicht die Pakete prüfen und gleichzeitig die Tür im Auge behalten.«

»Und was wurde beim letzten Mal gestohlen?«

Nathan kratzte sich am Kinn und schaute an die Decke des Lagerraums. »Ich glaube, eine Palette Jerry-Springer-Biographien.«

Midler staunte. »Wer klaut denn eine ganze Palette Jerry-Springer-Biographien?« Er warf einen Blick in den Korridor jenseits des Lagerraums. »Welcher Idiot liest so einen Scheiß?«

Während sich Midler über die Lesegewohnheiten seiner Mitmenschen wunderte, fiel Mitchs Blick auf eine alte Zeitung, die aufgeschlagen auf Nathans Schreibtisch lag. Zuerst sprang ihm die Überschrift eines Berichts über den letzten Sieg der Yankees ins Auge, der schon einige Tage zurücklag, dann bemerkte er eine ungewöhnliche Anzeige, die ihn aber nicht sonderlich interessierte. Er wollte den Blick schon wieder von der Zeitung abwenden, als eine innere Stimme ihm sagte, daß er sich diese Anzeige genauer ansehen sollte.

Schnell wurde ihm klar, daß er sich nicht getäuscht hatte. Es war tatsächlich eine höchst ungewöhnliche Anzeige. Mitch glaubte, seinen Augen nicht trauen zu können.

12

Abu Aziz saß auf dem braunen Cordsofa in Arie Plotnicks Wohnwagen. Stirnrunzelnd sah er sich in dem winzigen Wohnbereich um, während Rosman seinen Cousin in die Küche begleitete.

Plotnick, ein amerikanischer Zionist, war vierundzwanzig Jahre alt. Er hatte beschlossen, sich in der Gegend niederzulassen, die von den Palästinensern als die besetzten Gebiete bezeichnet wurden. Denn gerade diese Gegend betrachtete Plotnick als sein von alters her angestammtes Heimatland. Schließlich hatte Gott seinem Volk befohlen, jeden Quadratzentimeter Erde zwischen Jordan und Mittelmeer zu besiedeln. Abu Aziz konnte nicht nachvollziehen, warum jemand freiwillig wie ein Gefangener leben wollte, abgeschnitten von der Außenwelt und umgeben von Stacheldraht und feindlichen Nachbarn. Doch Plotnick war hier glücklich. Zusammen mit fünf jüdischen Familien, die ebenfalls beschlossen hatten, auf das komfortable Stadtleben zu verzichten und ohne Wasser und Strom auszukommen, war er seiner religiösen Verpflichtung nachgekommen, und genau wie die anderen sprühte er vor Spiritualität. Allerdings war er der einzige Junggeselle der kleinen Siedlung.

Nachdem die Cousins die neuesten Familiengeschichten ausgetauscht hatten, stellte Plotnick die Frage, auf die Rosman schon gewartet hatte: »Sag mal, wie kommt man eigentlich mit einem arabischen Partner zurecht?«

Rosman grinste gequält, während Plotnick heißes Wasser in drei kleine Glastassen goß.

»Er ist gar kein richtiger Araber, er ist ... irgendwie anders.«

»Inwiefern?«

Rosman lehnte sich an die Wand. »Nun ja, wie soll ich dir das erklären? Er mag beispielsweise Beethoven.«

»Beethoven?«

»Und er mag keinen Hommos.«

»Ach, wirklich?«

»Er ist dagegen allergisch«, Rosman sagte einfach das erstbeste, was ihm in den Kopf kam.

Plotnick staunte. Er hatte mal von einem Engländer gehört, der gegen Earl-Grey-Tee allergisch war, aber ein Araber, der gegen Hommos allergisch war, übertraf dieses Kuriosum bei weitem.

»Und was ist das für eine Geschäftsidee, für die ihr mich braucht?«

Rosman half, die Tassen in den Wohnbereich hinüberzutragen, und begann zu erklären. »Kurz gesagt, sollst du unseren Reisegruppen ein drei- bis viertägiges Training verpassen.«

Plotnick holte kleine Schüsseln mit Sesampaste, marinierten Auberginenscheiben, Kopfsalat, Hommos, Tomaten und Paprika und einen kleinen Korb Pitabrot aus der Küche und stellte sie auf den Tisch.

»Was denn für ein Training?«

Plötzlich fiel ihm Abu Aziz' Hommosallergie ein, und er stellte das Schüsselchen ans andere Ende des Tisches, wo Rosman Platz genommen hatte.

Abu Aziz hatte sich bereits ein Stück Brot abgebrochen und wollte es in den Hommos dippen. Seine Bewegung ging ins Leere, und er machte ein enttäuschtes Gesicht. Während Rosman erklärte, was Plotnick den Touristen beibringen sollte, bediente sich Aziz von den Speisen, die in seiner Reichweite standen. Doch sein Appetit auf Hommos war groß, und schließlich langte er quer über den Tisch danach.

»Und was bekomme ich dafür?« fragte Plotnick.

Rosman griff nach der Hommosschüssel, damit sich Abu Aziz nicht bedienen konnte.

»Hundert Dollar pro Person.«

Plotnick lehnte sich zurück und rechnete.

»Kann ich bitte auch etwas von dem Hommos haben?« sagte Abu Aziz irritiert.

»Das wären ja bis zu dreitausend!« Plotnick war schwer begeistert.

»Wenn wir die maximale Gruppengröße von dreißig Personen erreichen«, schränkte Rosman ein, den Mund voll Hommos.

»Nicht übel.« Plotnick staunte immer noch. Der Durchschnittslohn lag in Israel bei tausenddreihundert Dollar im Monat. Die Aussicht, mehr als das Doppelte in einer halben Woche zu verdienen, war äußerst verlockend. Außerdem brauchte er dringend Geld.

»Uri, können Sie mir mal den Hommos rüberreichen?« sagte Abu Aziz höflich und versuchte, sich seinen Frust nicht anmerken zu lassen.

Rosman stopfte sich jetzt doppelt so schnell Hommos in den Mund und strich so viel davon auf sein Brot wie irgend möglich, bis er alles aufgegessen hatte. Dann stellte er die leere Schale zurück.

»Wo sollen die Leute denn schlafen?« fragte Plotnick.

»Hier«, sagte Rosman mit vollem Mund.

»Was? Hier? Zwanzig, dreißig Leute in den paar Wohnwagen?«

»Sie können ja auch draußen schlafen. Das überlasse ich ganz dir.«

Abu Aziz hielt sein Pitabrot in die Luft und sah Rosman verärgert an. »Jemand anders hätte vielleicht auch gern was davon gegessen«, sagte er. Dann seufzte er und wandte sich an Plotnick: »Sagen Sie, haben Sie noch mehr davon? Hommos, meine ich.«

Plotnick war in Gedanken noch ganz bei dem unerwarteten Geldsegen und brauchte einen Moment, um zu reagieren. »Klar«, sagte er und stand auf. Dann hielt er inne und setzte sich wieder. »Ach nein, doch nicht.«

Abu Aziz sah ihn verständnislos an. »Was nun? Ja oder nein?«

»Eigentlich nicht.«

Abu Aziz wußte, daß man den Juden Geiz nachsagte, aber das hier war ... einfach nur lächerlich. »Was soll das heißen: eigentlich nicht?«

Plotnick sah Rosman hilfesuchend an und überlegte, ob Abu Aziz' Allergie vielleicht doch nicht so schlimm war, wie Rosman glaubte.

Rosman sah indessen Abu Aziz nachdenklich an. Dann sagte er zu seinem Cousin: »Na ja, ein bißchen kannst du ihm wohl ruhig geben.«

Plotnick war froh, daß er etwas für seinen Gast tun konnte. »Wirklich zu dumm mit dem Hommos, nicht wahr?« sagte er.

Abu Aziz sah ihm kopfschüttelnd nach.

Kurz darauf ließ er den VW-Transporter an. Vor dem Wagen umarmten sich die Cousins zum Abschied.

»Und überlaß den Touristen das Patrouillegehen und die Nachtwachen. Das erspart unserem Staat 'ne Menge Geld und verschafft den Soldaten eine Verschnaufpause.« Rosman zeigte auf den müden Soldaten am Tor.

»Und wenn's wirklich ernst wird? Ich meine, wenn sie von palästinensischen Terroristen angegriffen werden«, fragte Plotnick.

Rosman nickte eifrig. »Das will ich hoffen.«

Plotnick wurde ganz blaß.

»Keine Sorge!« sagte Rosman. »Das ist Teil des Überlebenstrainings, das wir ihnen vertraglich zusichern. Jetzt müssen wir aber los. Mustafa Adaui, der Fatah-Kommandant in Nablus, erwartet uns.«

13

Rosman wagte nicht, das von der Fatah kontrollierte Gebiet zu betreten. Er wußte in etwa, wie viele Israelis in dieser Todeszone schon ums Leben gekommen waren, sogar wenn sie in Begleitung arabischer Freunde unterwegs gewesen waren. Er bat Abu Aziz, ihn in der Nähe eines israelischen Militärpostens abzusetzen. Dort wollte er warten, bis Abu Aziz von der Besprechung zurückkam.

Vier maskierte Schützen umringten den Transporter, als er sich dem geheimen Unterschlupf Adauis näherte. Sie zwangen Abu Aziz anzuhalten und zerrten ihn gewaltsam vom Fahrersitz.

Abu Aziz war wütend und fluchte laut. »Mustafa Adaui ist ein alter Freund von mir, ihr Idioten!« schrie er und versuchte, sie abzuschütteln.

»Woher wissen wir, daß du kein israelischer Spion bist?« schrie einer der Männer. Ein schwarzes Tuch verbarg den größten Teil seines Gesichts.

»Feiger Hund! Warum fragst du Mustafa das nicht selbst?«

»Feiger Hund« war die schlimmste Beleidigung, die es für einen Araber gab. Normalerweise fing man mit etwas Harmlosem wie »Hurensohn« oder »Fick deine jüdische Großmutter« an und arbeitete sich dann langsam hoch. Abu Aziz riskierte also eine Menge. Besonders, da es sich um bewaffnete Kämpfer handelte, die ihren Lebenssinn darin sahen, treu wie feige Hunde der heiligen palästinensischen Sache zu dienen. Der Mann mit dem schwarzen Tuch hatte schon mehrere Menschen getötet, Israelis und arabische »Kollaborateure«. Er hatte nichts dagegen, auch Abu Aziz zu töten, am besten gleich auf der Stelle. Stolz bezeichnete er sich als palästinensischen »Freiheitskämpfer«, und das bedeutete im wesentlichen, daß er all jene vom Leben befreite, die ihm irgendwie dumm kamen.

Er warf Abu Aziz zu Boden und entsicherte sein Gewehr, als hinter einem Baum eine Stimme ertönte: »Es reicht, Ali!«

Mustafa Adaui trat hinter dem Baum hervor und ging auf die Männer zu. Er war groß, nicht maskiert und sah verdammt gut aus. »Was sollte das denn werden?« fragte er den schießwütigen Ali.

»Wir sollen Sie doch beschützen! Das ist ein israelischer Spion«, erwiderte er.

»Das ist Riad Abu Aziz, du feiger Hund!« Adaui schlug Ali ins Gesicht. »Ein alter Freund von mir.«

Er half Abu Aziz auf die Füße und klopfte ihm den Straßenstaub von den Kleidern. »Tut mir sehr leid, mein Freund«, sagte er.

Dann wandte er sich wieder Ali zu. »Wo, glaubst du, sind wir hier? In Kolumbien? Wir können doch nicht unsere eigenen Brüder abknallen, nur weil sie uns irgendwie verdächtig vorkommen!«

Ali fühlte sich sichtlich unwohl in seiner Haut. Verlegen trat er von einem Bein aufs andere. »Na ja ... ich dachte ... Also, eigentlich machen wir das immer so. Letzte Woche habe ich Hassan Mugrabi erschossen, den Feinkosthändler.«

»Was?« schrie Adaui. »Und warum?«

»Weil er ein zionistischer Spion war. Jedenfalls dachte ich das.«

Adaui schüttelte verzweifelt den Kopf. Dann wandte er sich an Abu Aziz. »Bitte, vergib meinen Brüdern. Sie sind einfach übervorsichtig.«

»Das ist doch vollkommen verrückt, Mustafa!« sagte Abu Aziz. »So benimmt sich doch kein anständiger Moslem!«

»Laß uns ein Stück gehen«, sagte Adaui und ignorierte die Kritik an seinen Männern. Natürlich benahmen sie sich nicht wie anständige Moslems, aber das war ihm egal. Sein Ziel war ein eigenständiges Palästina. Und im Gegensatz zu den moderateren Palästinensern sah er dafür nur einen Weg: Israel von der Landkarte des Nahen Ostens zu tilgen, um Platz zu machen für einen Palästinenserstaat, der sich vom Mittelmeer aus so weit wie irgend möglich nach Osten erstreckte.

»Wie geht es dir, alter Freund?« Adaui umarmte Abu Aziz. »Wir haben uns seit der ersten siegreichen Intifada nicht mehr gesehen.«

»Welcher Sieg? Es hat sich doch überhaupt nichts verändert. Alles ist wie vor zwanzig Jahren.«

»Das stimmt. Aber inzwischen liebt alle Welt die Palästinenser und haßt Israel. Das ist doch wunderbar!«

»Ist es das, worauf du aus bist? Geliebt zu werden? Ich dachte, du wolltest die Lebensbedingungen des palästinensischen Volkes verbessern.«

Adaui seufzte. »Nun ja, das auch. Aber wenn ich mich darauf beschränken wollte, würde heute kein Mensch mehr gegen Israel kämpfen.«

»Na und? Was wäre daran so schlimm?«

»Wovon sollte ich dann leben? Ich habe mein Leben lang gegen Israel gekämpft. Es ist das einzige, wovon ich etwas verstehe und womit ich meinen Lebensunterhalt verdienen kann.«

Abu Aziz breitete die Arme aus. »Es gibt durchaus andere Möglichkeiten. Ich kann dir zu 'ner Menge Geld verhelfen, wenn du bereit bist, deine Gewaltspielchen auf ein anderes Feld zu verlagern, ein wesentlich lukrativeres.«

»Etwa in der Tourismusbranche?«

»Genau da. Ich möchte, daß du den Touristen das Kämpfen beibringst, und zwar genauso wie den echten Freiheitskämpfern.«

Adaui kickte einen Pinienzapfen aus dem Weg. »Was, genau, meinst du mit 'ner Menge Geld?«

Abu Aziz legte seinem Freund beide Hände auf die Schultern und schaute ihm geradewegs in die Augen. »Fünfzig Dollar pro Person.«

Adaui war sichtlich verblüfft. Gleichzeitig sah man ihn rechnen. »Das wären ja ...«

»Tausendfünfhundert bei einer Gruppenstärke von dreißig«, unterbrach ihn Abu Aziz. »Für eine halbe Woche Arbeit.«

Es waren nicht die dreitausend, die sie Plotnick angeboten hatten, dennoch waren tausendfünfhundert Dollar für eine halbe Woche Arbeit viel Geld für einen Palästinenser, der sonst zirka dreihundert Dollar im Monat verdiente.

Adaui war begeistert. Aber eins machte ihm noch Sorgen. Geld war schließlich nicht alles im Leben. »Du kollaborierst doch mit einem Juden, nicht wahr?«

Abu Aziz biß sich auf die Lippen. »Kollaborieren« war ein schlimmes Wort in der arabischen Welt. Er persönlich sprach, wenn es um Rosman ging, lieber von »gemeinsamen Geschäften«. Adauis Frage machte ihn ganz verlegen. Nicht weil er Adaui nur die Hälfte von dem angeboten hatte, was sein israelischer Kollege bekam, und auch nicht weil er ein israelischer Araber war, dessen Lebensstandard deutlich höher war als der seiner palästinensischen Brüder. Nein, es lag an seinen ambivalenten Gefühlen gegenüber den Menschen, die Adaui so gründlich haßte – den Juden. Auch Abu Aziz war von Kindheit an dazu erzogen worden, sie zu hassen, und dennoch hatte er eine tiefe Zuneigung zu ihnen gefaßt. Eine ziemlich tiefe. Deshalb fühlte er sich hin und her gerissen. Seine Lehrer hatten ihm beigebracht, die Juden als das Böse schlechthin zu verteufeln, weil sie den Arabern ihr Land gestohlen hatten. Andererseits hatten sie ihn aber immer gut behandelt und gingen freundlich mit ihm um. Er hatte jüdische Freunde. Er arbeitete mit Juden zusammen. Und das Schlimmste war: Er hatte viel gelesen und nach und nach rausgekriegt, daß sie dasselbe Land mit demselben Recht für sich beanspruchten wie die Palästinenser. Selbst Mohammed hatte im Koran erklärt, daß das heilige Buch der Juden, die Thora, von Gott stammte und die ultimative Wahrheit enthielt.

Hilflos sah er Adaui an und sagte entschuldigend: »Eigentlich ist er gar kein richtiger Jude.«

Adaui sah ihn fragend an. »Was soll das heißen … kein richtiger Jude?«

Abu Aziz kratzte sich am Kinn. »Nun ja, er ist nicht clever genug.«

Adaui schien zu verstehen und grinste.

»Er hört zum Beispiel überhaupt keine klassische Musik.« Abu Aziz fand, er sei Adaui noch eine Erklärung schuldig. »Und von Brahms oder Strawinsky hat er noch wie was gehört.«

Adaui lachte. Dann legte er die Hände auf den Rücken und wurde wieder ernst. »Und wer sind Bams und Sawinki?«

Abu Aziz stutzte einen Moment, dann sagte er leichthin: »Jüdische Kollaborateure.«

Zornig kniff Adaui die Augen zusammen. »Töte sie, wenn sie dir das nächste Mal über den Weg laufen!«

14

Dreimal hatte Mitch die Anzeige studiert. Noch nie hatte ihn eine Reisebeschreibung so erregt. Sein Job frustrierte und unterforderte ihn, und der ehemalige Marineoffizier in ihm lechzte nach einer echten Herausforderung.

Er war einmal verheiratet gewesen. Die Ehe war kinderlos geblieben. Nach der Scheidung war er wieder nach Salt Lake City gezogen, wo er aufgewachsen war. Da er keine Familie zu versorgen hatte, konnte er genug Geld sparen für die Dinge, die ihm am Herzen lagen: die neuesten Accessoires für seine Harley Davidson und Weltreisen zu den entlegensten und unwirtlichsten Gegenden der Erde. Er hatte die Kon-Tiki-Tour von Peru nach Galapagos mitgemacht und mit dem Schilfboot den Pazifik durchquert. Er gehörte zu den wenigen Glücklichen, die die Paris-Dakar-Rallye geschafft hatten. Und im Winter '85 hatte er bei Temperaturen von bis zu 20 Grad minus eine Motorradtour zu den sibirischen Mönchsklöstern gemacht. Seither war er stets auf der Suche nach neuen Abenteuern.

Mitch hielt die aufgeschlagene Zeitung mit ausgestreckten Armen vor sich. Im ersten Moment hatte er die Anzeige für einen Spendenaufruf von Amnesty International oder der UN gehalten. Jetzt las er sie zum vierten Mal, vom ersten bis zum letzten Wort.

»Würden Sie als Palästinenser überleben? Ertragen Sie so viel Haß und Angst wie ein Jude in Israel? Wie lange würden Sie es im Nahen Osten aushalten?«

Doch erst im nächsten Absatz wurde ihm klar, wie er seinen nächsten Urlaub verbringen würde:

»Was können Sie Ihrem Körper zumuten? Wie stabil ist Ihre Psyche? Testen Sie Ihre Fähigkeiten und bereiten Sie sich auf den Fundamentalismus des 21. Jahrhunderts

vor! Im härtesten Survival-Camp der Welt. Zwei Wochen Nahen Osten. Kein Dschungel, keine Schlangen – nur Haß und Terror und unerträgliche Lebensbedingungen. Für $ 2.999 können Sie Ihr Leben komplett neu definieren.«

Mitch faltete die Zeitung zusammen. Seine Augen funkelten.

»Kann ich die mitnehmen?« fragte er den Buchhändler.

Nathan von Barnes & Noble hob den Kopf aus einem der Pakete, die er gerade inspizierte.

»Die ist von Montag«, sagte Mitch.

Nathan klopfte sich den Staub vom Anzug, hustete und fragte: »Und was ist nun mit Harry Potter?«

15

An der Heinrich-Heine-Universität in Düsseldorf war an diesem Abend nicht viel los. Nur wenige Studenten befanden sich noch auf dem Campus. Aus den Lautsprechern der Unibibliothek ertönte die Ansage, die Bibliothek werde in zehn Minuten schließen, als Eva Braunschweig den Raum verließ. Sie steckte die beiden Bücher, die sie ausgeliehen hatte, in eine große schwarze Handtasche. Sie war sechzig Jahren alt und Gasthörerin im Fachbereich Geschichte. Seit sie als Sekretärin der Bundesbank in den Vorruhestand getreten war, hatte sie alle Zeit der Welt, sich ihren beiden Hobbys zu widmen – dem Studium der Geschichte und dem Verführen von jungen, gutaussehenden Studenten.

Sie war groß und naturblond, hatte blaue Augen und Silikonbrüste. Im *Dungeon*, einem Sadomaso-Club in der Düsseldorfer Innenstadt, hatte sie jahrelang als

Domina gearbeitet. Einige der Besucher, die sich nachts im Club von ihr quälen ließen, kannte sie als zahlungskräftige Bankkunden. Mehrere Jahre lang hatte sie die beiden Jobs parallel ausgeübt, bis der Clubmanager sie rausschmiß, weil Kunden sich beschwert hatten, sie werde langsam weich. Sie schwang die Peitsche nicht mehr kräftig genug, und sie konnte ihre Stilettos nicht mehr so in die Hoden der Kunden rammen, wie diese es von ihr gewohnt waren. Dabei hatten ihre körperlichen Kräfte nicht nachgelassen; sie hatte sich lediglich verändert, war leidenschaftlicher und zärtlicher geworden. Je älter sie wurde, desto mehr bedeuteten ihr andere Menschen – vor allem die Angehörigen von Minderheiten. Ihre Libido war keineswegs erloschen, aber mittlerweile bevorzugte sie Schwache, Bedürftige und menschlich Gereifte. Deswegen liebte sie die Universität. Hier wimmelte es von süßen Studenten mit Babygesichtern, sexuell unerfahren und auf die Hilfe einer reifen, liebevollen Frau angewiesen, die ihnen ungewöhnliche Wege zum Glück eröffnete. Am liebsten waren ihr junge Ausländer – türkische und indische Studenten, Pakistanis, die in der Cafeteria jobbten, und der marokkanische Elektriker der Bank. Sie war immer noch Fetischistin, und ihr Kleiderschrank war voll von Latexsachen. Ihre fetischistische Ader hatte sich schon in ihrer Jugend gezeigt.

Ihre Eltern waren Hans und Greta Braunschweig, ehemalige Mitglieder der NSDAP. Eva war eine Woche nach Hitlers Selbstmord geboren und nach dessen Lebensgefährtin Eva Braun benannt worden. Man hatte sie dazu erzogen, Hitler und alles, was den Nazis eigen war, zu idealisieren. Als kleines Mädchen war sie abends heimlich aufgestanden und zur Wohnzimmertür geschlichen, um die Gespräche zu belauschen, die ihre Eltern mit Freunden und Verwandten führten. Meistens ging es um den Krieg. Je mehr Schnaps sie tranken, um so besser wurden ihre Geschichten. Es war die Rede von Orgien im »Adlerhorst« und brutalen Sexspielen. Nach und nach prägten diese Geschichten ihren Charakter.

Ihren ersten Sex hatte sie mit einem Nachbarsjungen, Alfred Kuntz, einen dreizehnjährigen, unterernährten Jungen, der nie ein Wort sprach. In einer kalten Winternacht des Jahres 1967 kletterte sie durchs Fenster in sein Zimmer und machte mit ihm das, worüber sich ihre Eltern mit deren Freunden unterhalten hatten. Sie fesselte Alfred an einen Stuhl und peitschte ihn mit dem schwarzen Gürtel aus, den sie in seinem Kleiderschrank gefunden hatte. Sie wußte, daß etwas Sensationelles passieren mußte. Ihre Mutter hatte sich deutlich genug darüber ausgelassen, welche Lust sie empfand, wenn Evas Vater sie auspeitschte. Doch das einzige, was geschah, war: Alfreds Penis wurde immer größer, je härter sie zuschlug. Sie staunte über dieses biologische Wunder und ließ den Gürtel, so fest sie konnte, auf seinen knochigen Körper knallen, um zu sehen, wie groß Alfreds Penis werden konnte. Am selben Tag passierte ein anderes Wunder: Alfred Kuntz begann zu sprechen.

Jener Tag hatte ihre sexuelle Ausrichtung geprägt. Seither wurde sie von Wollust und Gewaltphantasien getrieben.

Nur eins änderte sich grundlegend: Hitler und die Nazis bedeuteten ihr nichts mehr. Je älter sie wurde, desto klarer wurde ihr, welch schreckliche Vergangenheit ihre Eltern hatten. Am schlimmsten war für sie die Erkenntnis, daß ihr geliebtes Heimatland Millionen Menschen ausgelöscht hatte, einfach nur weil sie anders waren. Mit der Zeit fing Eva sogar an, sich selbst schuldig zu fühlen. Ihre Eltern, fand sie, hatten ihr eine grauenvolle Hypothek hinterlassen.

Folglich versuchte sie, sich Erleichterung zu verschaffen, indem sie sich um Minderheiten kümmerte, vor allem Juden. Sie beteiligte sich an projüdischen Demonstrationen und spendete Geld für wohltätige Zwecke. Doch sie fühlte sich immer noch schuldig.

Eines Tages las sie einen jüdischen Lehrsatz: Wenn es dir gelingt, einen einzigen Menschen zu verändern, veränderst du die ganze Welt. Von da an wußte sie, was sie zu tun hatte: Sie mußte einen Juden dazu bringen, sie zu mögen, sich vielleicht sogar in sie zu verlieben. Ein Jude, der sich in eine Deutsche verliebte, würde den aus den Fugen geratenen Weltenlauf wieder in die rechten Bahnen bringen. Wenn ein Jude die Tochter eines Nazis liebte, wäre ihre Schuld vergeben und ihre Seele gerettet.

Von da an verfolgte Eva ihr neues Lebensziel beharrlich und machte sich auf die Suche nach einem gläubigen Juden, vielleicht gar einem Rabbi, der sich mit ein wenig Nachhilfe in sie verliebte. Die meisten Männer konnten ihr nicht widerstehen – wieso sollte es bei jüdischen Männern anders sein?

Als sie in der Cafeteria neben der Unibibliothek einen Café Latte trank, dachte sie darüber nach, wie sie die Suche nach diesem Juden fortsetzen sollte. Dabei fiel ihr Blick auf eine ungewöhnliche Anzeige. Zuerst hielt sie es für eins der zahllosen Flugblätter, die auf den Tischen der Cafeteria herumlagen.

»Mein Camp«, stand da.

Sie fischte das Flugblatt heraus und begann zu lesen.

16

Fünfundvierzig Personen hatten sich für das Survival-Camp angemeldet, aber nur zwanzig wurden zugelassen, denn beim ersten Mal sollte alles klappen.

Um eine perfekte Gruppe zusammenzustellen, hatten Rosman und Abu Aziz Auswahlkriterien festgelegt und wollten mit allen Interessenten persönliche Interviews durchführen. Es sollten gleich viele Männer und Frauen unterschiedlicher Nationalität und Religionszugehörigkeit ausgewählt werden. Außerdem sollten alle Teilnehmer möglichst fit sein, körperlich wie geistig.

Weder Rosman noch Abu Aziz waren psychologisch geschult, aber Abu Aziz behauptete, er verfüge über eine gute Menschenkenntnis. Vor allem für psychische Störungen habe er ein Auge, schließlich kenne er sich da aus wegen seiner Frau.

Das Auswahlverfahren hatte den Vorteil, daß es die Nachfrage anheizte. Das Gerücht, nur die Besten würden zugelassen, schien das Programm noch attraktiver zu machen.

Rosman nahm sich die amerikanischen Bewerber vor, während Abu Aziz einen Zwischenstopp in London nutzte, um die drei britischen Aspiranten unter die Lupe zu nehmen.

Terry Hampton stand in der Lobby des Royal Grosvenor Hotels und hielt Ausschau nach Abu Aziz. Schließlich glaubte sie, ihn am anderen Ende der Hotelhalle zu entdecken. Er saß auf einem Sofa, inmitten eines Wusts von Papieren.

»Verzeihung, sind Sie Mr. Abu Aziz?« fragte sie mit einem schüchternen Lächeln.

»Sie können Riad sagen.« Abu Aziz erhob sich und reichte Terry die Hand. Was er sah, gefiel ihm. Sie war weiß, von kräftiger Statur und hatte wahnsinnig große Brüste. Damit entsprach sie Abu Aziz' Schönheitsideal in hohem Maße.

»Wie sind Sie zu uns gekommen?« fragte Abu Aziz, als sie sich gesetzt hatten.

»Mit dem Bus. Es ist ja ein schöner Tag.« Terry verschränkte die Arme.

Abu Aziz nickte zufrieden. Sie war also keine große

Leuchte. Das war gut. Sie wollten keine Klugscheißer in den Gruppen haben, sondern ganz normale Leute, die einfach ein Abenteuer suchten.

»Wieso interessieren Sie sich für ein Survival-Camp im Nahen Osten? Ist Ihnen klar, daß Sie ein ziemliches Risiko eingehen?«

»Ja, natürlich. Ich habe keine Angst vor gefährlichen Gegenden. Ich bin in Liverpool aufgewachsen«, sagte Terry stolz. »Meine Brüder sind beide in der Armee. Einer von ihnen ist momentan sogar in den besetzten Gebieten stationiert.«

»Ach, tatsächlich?«

»Ja, beim vierten Panzerbataillon in Faludja.«

Abu Aziz lachte. »Das ist doch im Irak!«

»Ich dachte, vielleicht könnte ich ihn während des Camps einmal besuchen.«

»Das ist aber nicht gerade in der Nähe. Israel und der Irak liegen ungefähr 2000 Kilometer voneinander entfernt.«

»Aber beide liegen doch im Nahen Osten, oder?«

»Na ja, eigentlich nicht. Der Irak liegt noch ein bißchen weiter östlich.«

Terry Hampton zuckte mit den Schultern. »Ich dachte, das wäre alles dicht beieinander – Palästina, der Irak, Ägypten, Marokko, die Türkei ... und all die anderen Länder.«

»Welche anderen Länder?«

»Die von den Israelis besetzt gehalten werden, Sie wissen schon.«

Abu Aziz atmete tief durch. »Israel ...«, begann er, brach dann aber ab. Er hatte keine Lust, einen geopolitischen Vortrag zu halten. Außerdem hatte er kein Interesse daran, Israel zu verteidigen. Er bekam jedoch Mitleid mit Rosman, wenn er sich vorstellte, daß der ständig solche Vorträge halten mußte. Wenn die Menschen glaubten, Marokko läge im Nahen Osten und Israel würde das Land bedrohen, hatte Israel definitiv ein Imageproblem. Vielleicht, überlegte Abu Aziz, waren die Juden doch gar nicht so clever, wie allgemein behauptet wurde.

»Erzählen Sie mir etwas von sich«, sagte er. »Was machen Sie beruflich?«

Terry schlug die Beine übereinander und machte es sich bequem. »Ich bin Rechtsanwältin.«

Das überraschte Abu Aziz. »Oh, wie ... interessant.«

Terry kniff die Augen zusammen. »Wieso? Was soll daran interessant sein?«

Am liebsten hätte Abu Aziz gesagt: »Weil Sie dafür nicht clever genug wirken.« Statt dessen fragte er: »Sie stammen also aus Liverpool?«

»Ich wurde in Wales geboren, aber den größten Teil meines Lebens habe ich in Liverpool verbracht.«

»Wales!« rief Abu Aziz aus. »Eine wunderschöne Gegend.«

»Finde ich nicht.« Terry holte ein Päckchen Zigaretten aus der Handtasche. »Es ist total langweilig. Stört es Sie, wenn ich rauche?«

»Nein, machen Sie nur.« Abu Aziz lächelte unwillkürlich, als er die Marlboro-Schachtel sah. Diese Frau hatte was.

Terry zündete eine Zigarette an, zog gierig daran und stieß eine Rauchwolke aus. »Wissen Sie überhaupt, wo Wales liegt?« fragte sie provokant.

Abu Aziz zuckte mit den Schultern. »So einigermaßen«, sagte er und versuchte, sich eine Karte des Vereinigten Königreichs zu vergegenwärtigen.

»Was soll das heißen: so einigermaßen?« hakte Terry nach. »Wissen Sie's, oder wissen Sie's nicht?«

»An der Westküste von England«, sagte Abu Aziz. »Stimmt's?«

»Sind Sie mal dagewesen?«

Abu Aziz schüttelte den Kopf.

»Woher wollen Sie dann wissen, ob es dort schön ist?«

Abu Aziz errötete. Langsam hörte sich die Frau wirklich wie eine Anwältin an. »Ich habe 'ne Menge Fotos gesehen«, log er.

»Kennen Sie irgendwelche berühmten Waliser?«

Abu Aziz kramte in seinem Gedächtnis, aber ihm fiel niemand ein. »Tut mir leid«, sagte er kopfschüttelnd.

Terry zog an der Zigarette. »Samuel Beckett, Tom Jones, Richard Burton …«

»Was? Das sind Waliser?«

Terry nickte und setzte sich gerade auf. »Ist doch wirklich interessant«, sagte sie nachdenklich.

»Was ist interessant?«

»Wenn ich nicht so genau weiß, wo der Irak liegt oder wie das Verhältnis von Israel zu Marokko ist, schauen Sie mich an wie eine bemitleidenswerte Idiotin. Aber wenn Sie keine Ahnung von Wales haben, wo immerhin zehn Millionen Menschen wohnen, also mehr als in Israel, wie ich mal annehme, dann finden Sie das vollkommen in Ordnung.«

Abu Aziz rutschte unbehaglich auf dem Sofa herum und hüstelte. »Ich will Ihnen ja nicht zu nahetreten«, sagte er. »Aber Israel und der Irak kommen wohl häufiger in den Nachrichten vor als Wales.«

»Nicht in Wales.«

Dieser Punkt ging eindeutig an Terry Hampton. Abu Aziz war sich nicht mehr sicher, ob sie besonders dumm oder besonders clever war. Ihm war immer noch nicht klar, worauf sie hinauswollte, aber er merkte, daß da noch mehr kommen würde.

»Nur weil Sie aus einer Region kommen, über die man ständig was in den Nachrichten hört, fühlen Sie sich wichtig. Als ob Sie der Nabel der Welt wären. Wie ein Popstar, der vor einer ausverkauften Konzerthalle steht und denkt, alle Welt würde ihn kennen.«

Abu Aziz machte sich klar, wie arrogant eine solche Haltung wäre.

»Der Mittelpunkt der Welt ist Greenwich«, sagte Terry. »Nicht Jerusalem.«

Abu Aziz lächelte entschuldigend. »Dann verraten Sie mir doch bitte, warum Sie an einem Survival-Camp in einer unbedeutenden, weit abgelegenen Gegend teilnehmen wollen.«

Terry rieb die Hände aneinander und nickte eifrig. »Ich habe da so eine Theorie«, begann sie.

»Eine Theorie?«

Wieder nickte sie. »Ich möchte etwas unter Beweis stellen.«

Abu Aziz wurde neugierig. »Und das können Sie im Rahmen unseres Survival-Programms im Nahen Osten tun?«

»Ja«, sagte Terry ganz begeistert. »Nur da ist es möglich. Nur in diesem wunderbaren Survival-Camp, das Sie veranstalten.«

Abu Aziz fühlte sich geehrt. Es geschah nicht alle Tage, daß ihm eine Frau mit so bemerkenswerten Brüsten ein Kompliment machte. Damit hatte sie den Test bestanden.

17

»Ist da jemand?« Suliman Katib schlug die Augen auf, als er Geräusche an der Tür hörte. Die Umrisse von drei Männern zeichneten sich deutlich an der Wand gegenüber seines Bettes ab.

»Guten Morgen«, hörte er eine irgendwie vertraute Stimme. Dann wurde die rostige Jalousie an seinem Fenster hochgezogen.

Katib nahm die Brille von dem schmalen Regal neben dem Bett und setzte sie umständlich auf.

»Weißt du, wie spät es ist?«

An der Stimme erkannte Katib seinen alten Kampfgefährten Mustafa Adaui.

»Ist doch völlig schnuppe, wie spät es ist.« Katib gähnte und streckte sich. »Ich leide unter schweren Depressionen und will nicht aufstehen.«

»Depressionen? Was ist es denn diesmal?« Adaui klang amüsiert.

Katib zog sich die durchlöcherte, schmutzige Decke über den Kopf. »Ich schlafe aus Protest gegen die Situation der Palästinenser. Es ist ein symbolischer Akt, um der Welt zu zeigen, daß es für einen Palästinenser keinen Grund gibt, morgens aufzustehen, solange es kein Palästina gibt, über dem morgens die Sonne aufgeht.«

Adaui grinste jetzt übers ganze Gesicht. »Was für ein Blödsinn! Ist dir eigentlich klar, was für einen Blödsinn du redest?« Er zog seinem Freund die Decke weg.

»Ja.« Katib gähnte erneut.

»Du bist einfach nur unglaublich faul.«

»Ich weiß.« Katib rührte sich nicht.

»Jetzt steh endlich auf! Es gibt Arbeit.«

»Nein, es gibt keine Arbeit. Unsere Arbeitslosenquote liegt bei 90 Prozent.« Katib drehte sich auf die andere Seite und streckte den drei Eindringlingen das Konterfei von Winnie Pu entgegen, das die Rückseite seines Pyjamas zierte.

Ali und Ahmed lachten, und Adauis Grinsen wurde breiter. Er griff nach dem einzigen Stuhl im Zimmer, zog ihn zu sich heran und setzte sich.

»Nicht zu fassen, daß unser geistiger Anführer und Gründer der Roten Amal Bewegung so einen lächerlichen Pyjama trägt!«

»Immerhin hat der Bär ein rotes Hemd an.«

»Ach, Suliman! Das liebe ich so an dir: Sogar im Pyjama machst du eine gute Figur.«

»Kommt später wieder. Ich habe noch nicht ausgeträumt.«

»Was hast du denn geträumt?«

»Etwas Schreckliches.« Katib drehte sich zu Adaui um. »Furchterregend. Ich habe geträumt, Tel Aviv wäre eine israelische Stadt mit lauter Hebräisch sprechenden Juden. Die Straßen trugen jüdische Namen. In den Restaurants gab es Gulasch und andere jüdische Gerichte. Ein Albtraum!« Langsam rappelte er sich hoch und setzte sich auf die Bettkante. Dann grinste er.

»Sei froh, daß es nur ein Traum war! Heute schreiben wir das Jahr 2210, und Tel Aviv ist fest in arabischer Hand.« Adaui tätschelte Katib die Schulter.

»Kannst du mal Wasser aufsetzen? Kaffee ist in der linken Schublade. Tassen müßten über der Spüle stehen.«

Suliman Katib war fünfundfünfzig Jahre alt und hatte früher an der Bir-Zeit-Universität Politikwissenschaft gelehrt. Während dieser Zeit hatte er die Rote Amal Bewegung gegründet – das bedeutete »rote Hoffnung«. Sein Forschungsschwerpunkt waren fernöstliche Religionen, und darauf basierte auch die Ideologie seiner Bewegung, wenn auch in einer sehr eigenwilligen Interpretation dieser Religionen. Er bewunderte Gandhi und Martin Luther King, aber nicht wegen ihrer Philosophie der Gewaltlosigkeit. Gewaltlosigkeit war für ihn ein Zeichen von Schwäche. Was er an diesen Männern bewunderte, waren ihre rhetorischen Fähigkeiten. Er versuchte, sie zu imitieren und mit Demagogie die Massen zu beeinflussen.

Im Laufe der Zeit hatte er eine Menge studentischer Verehrer um sich geschart. Einer von ihnen war Mustafa Adaui gewesen, den er zum Einsatzleiter für die praktische Arbeit der Bewegung gemacht hatte. Jahrelang waren sie ein erfolgreiches Team gewesen. Zahlreiche Guerillaanschläge auf Israelis waren auf ihr Konto gegangen, und profitable Drogengeschäfte hatten die Basis für einen angenehmen Lebensstil und politische Handlungsfähigkeit geschaffen. Doch mit der Zeit war Katib der Elan abhanden gekommen.

Er fühlte sich müde und verbraucht, war frustriert und schaute sich im Fernsehen gerne »24« mit Kiefer Sutherland oder »L.A. Law« an. Mittlerweile verbrachte er mehr Zeit mit Fernsehen als mit der Bewegung, die Adaui zu seiner vollsten Zufriedenheit weiterführte. Wäre Adaui jetzt nicht zu ihm gekommen, hätte er bis weit in den Nachmittag geschlafen.

Dennoch war und blieb er der spirituelle Anführer der Bewegung. Immer noch war er geistreich und rhetorisch versiert und verfügte trotz aller Faulheit über Charisma und Charme.

»Also gut.« Er stand auf, klatschte in die Hände und suchte das Zeug zusammen, das er gestern getragen hatte. »Wen bringen wir heute um?«

Alis Augen weiteten sich in freudiger Erwartung, als er Adaui anblickte. »Wir bringen jemanden um? Heute? Wen? Wo? Davon haben Sie uns ja noch gar nichts gesagt, Kommandant.«

Adaui nahm einen Schluck von dem starken schwarzen Kaffe, den Ahmed inzwischen gemacht hatte. »Für so was haben wir keine Zeit.«

»Und was war mit Hassan Mugrabi, dem Feinkosthändler? Habt ihr den nicht kürzlich erledigt?« fragte Katib und sah Ali an.

»Ja«, sagte Ali ganz stolz. »Sie haben davon gehört?«

Katib zog sich ein Sweatshirt über den Kopf und fuhr mit den Händen in die Ärmel. »Eine Woche lang konnte ich keine Milch kaufen. Das nächste Mal bringt ihr gefälligst einen Ladenbesitzer in eurer eigenen Gegend um!«

»Oh, das tut mir leid, Abu Amal«, sagte Ali und senkte den Kopf. Abu Amal, »Vater der Hoffnung«, war Katibs Ehrentitel.

»Nächste Woche kommt eine Touristengruppe hierher«, sagte Adaui. »Riad Abu Aziz hat das organisiert. Wir haben einiges vorzubereiten.«

»Richtig, die Touristen«, erinnerte sich Ali. »Ich habe nur noch nicht verstanden, *wie* wir sie umbringen sollen.«

»Wir bringen sie nicht um, Ali. Unser Job besteht darin, ihnen ein paar Tage lang das Leben zur Hölle zu machen.«

»Aber danach darf ich sie doch umbringen, oder?«

»Nein, Ali, darfst du nicht. Und damit eins klar ist: Von nun an bringst du niemanden mehr um, es sei denn, ich befehle es dir ausdrücklich. Hast du das verstanden?«

Ali zog eine Liste aus seiner Hosentasche und blickte unglücklich darauf. »Nicht mal Marwan Iben Halil?« fragte er traurig. »Oder Juan-Paolo Rossetti?«

»Wer, zum Teufel, ist Juan-Paolo Rossetti?«

»Der UN-Mitarbeiter, der für die Verpflegung in den Flüchtlingslagern zuständig ist.«

»Warum willst du ausgerechnet den umbringen?«

Ali versuchte sich zu erinnern. »Na ja ...« Er kratzte sich hinterm Ohr. »Weil ... Ich weiß genau, daß es irgendeinen Grund gab.« Unsicher blickte er zu Katib hinüber. »Er fällt mir bestimmt gleich ein.«

Alle sahen Ali erwartungsvoll an.

Als Alis Überlegungen kein Ergebnis zeitigten, ging Katib zur Spüle und wusch sich das Gesicht. »Wir steigen also in die Tourismusbranche ein?« Er lachte, als er sich abtrocknete. »Wo wollt ihr die Leute denn hinführen? Sollen sie eine Rafting-Tour in der Kläranlage von Halledia machen? Oder an der Dienstagsparade der maskierten Hamas teilnehmen?«

»Gute Idee!« sagte Adaui und nahm einen Notizblock aus der Tasche, um den Gedanken festzuhalten.

Katib setzte sich wieder aufs Bett und begann,

geräuschvoll seinen Kaffee zu schlürfen. »Der ist gut geworden, Ahmed, schön stark.«

Ahmed fühlte sich sichtlich geehrt und verbeugte sich.

»Ich glaube, der ist schwul«, sagte Ali ganz unvermittelt.

Die drei Männer sahen ihn verdutzt an.

»Rossetti, der UN-Mitarbeiter«, sagte Ali. »Ich bin mir ganz sicher, daß er schwul ist.«

»Deswegen willst du ihn umbringen?« fragte Katib erstaunt.

»Das verstößt gegen den Islam«, erklärte Ali sichtlich erregt. »Es ist mir ein persönliches Anliegen, ihn umzubringen. Darf ich?«

»Na gut«, sagte Katib. »Wenn dir so viel daran liegt. Aber laß die Finger von meinem neuen Feinkosthändler. Zufällig ist das genau der Marwan Iben Halil, den du da auf deiner Liste stehen hast. Ist das klar?«

»Aber er ist ein Kollaborateur!«

»Ist er nicht.«

»Er verkauft Milchprodukte aus Israel.«

Adaui seufzte. »Aber das tun doch alle, Ali! Es gibt keine Kühe in Palästina. Wir haben keine Molkereien und keine milchverarbeitende Industrie.«

»Trotzdem ist es falsch, israelische Produkte zu verkaufen. Oder welche zu kaufen. Das verstößt gegen den Islam«, protestierte Ali.

Adaui legte ihm eine Hand auf die Schulter. »Schluß mit Töten! Ist das klar?«

»Und Rossetti?« Hilfesuchend blickte Ali zu Katib hinüber.

»Das war nicht ernst gemeint«, sagte Katib.

Ali war die Enttäuschung deutlich anzumerken. »Darf ich dann wenigstens Rossettis Katze töten?«

»Nein, Ali.«

Ali stieß einen inbrünstigen Fluch aus und verließ wüend den Raum. Kurz darauf hörte man die Haustür krachen.

»Der kriegt sich wieder ein«, sagte Katib und stellte seine Tasse in die Spüle. »Was ist meine Rolle bei dieser Touristensache?«

»Du mußt die Eröffnungsrede halten. Gehirnwäsche kann niemand so gut wie du. Nebenbei fällt ein bißchen PR für unsere Bewegung ab. Das kann in der heutigen Lage nicht schaden.«

»Wann?«

»Nächste Woche, wahrscheinlich Donnerstag abend.«

Katib verzog unwillig das Gesicht.

»Erst gegen Mitternacht. Vorher kannst du dir noch in aller Ruhe ›L. A. Law‹ ansehen«, beruhigte Adaui ihn.

Katib atmete tief aus. Dann sagte er: »Apropos Donnerstag abend. Wie weit ist eigentlich der Drogendeal mit diesem Israeli in Beer Sheva gediehen?« Plötzlich war ihm eingefallen, daß Adaui zur selben Zeit diesen Deal abschließen sollte. Drogenhandel war immer noch die wichtigste Geldquelle ihrer Aktivitäten.

»Laß mich nur machen«, sagte Adaui geheimnisvoll. »Das läßt sich alles ganz hervorragend miteinander verbinden.«

Katib kniff die Augen zusammen und verstand. »Die Touristen …«, sagte er, und seine Miene erhellte sich.

Adaui grinste und nickte.

18

Der Aufruf für den El-Al-Flug 002 vom John F. Kennedy Airport nach Tel Aviv stand unmittelbar bevor, als Mitch Taylor plötzlich seinen Namen aus dem Flughafenlautsprecher hörte. Mit stolzgeschwellter Brust stand er auf, stopfte sein schwarzes Cordhemd in die Jeans und ging auf den El-Al-Schalter an Gate 33 zu.

Die Wartehalle war voller Fluggäste, die auf die Aufforderung zum Boarding warteten. Einige waren schon aufgestanden, damit sie, wenn es soweit war, ganz vorne in der Schlange standen. Etwas abgesetzt von den anderen stand eine Gruppe strenggläubiger Juden und unterhielt sich auf jiddisch. In einer anderen Ecke jagten ein paar Jungen mit Kippot und langen, ungeschnittenen Haaren hinter Mädchen in Kleidern aus dem achtzehnten Jahrhundert her. Farben und Muster erinnerten Mitch an die Küchentapete seiner Großmutter.

»Ich bin Mitch«, sagte er zu der El-Al-Mitarbeiterin und fügte hinzu: »Taylor.«

Zwei Sicherheitsbeamte kamen auf ihn zu, einer trug eine Plastiktüte. »Sie sind Mr. Taylor?« sagte der größere der beiden so laut, daß es etwas Bedrohliches hatte. Dabei schaute er sehr ernst.

»Genau«, sagte Mitch etwas verunsichert.

Die umstehenden Fluggäste schauten neugierig herüber. Selbst die Chassidim verstummten und wandten sich dem Geschehen mit unverhohlener Neugier zu.

»Können Sie mir das hier erklären?« fragte der Sicherheitsbeamte und zog eine aufblasbare Gummipuppe aus der Plastiktüte. Dann faltete er sie auseinander. Sie war lebensgroß und nackt, und ihr Mund bildete ein großes O.

Mitch wäre am liebsten im Fußboden versunken. Das Ding gehörte ihm zwar nicht, aber er wußte, worum es sich handelte. Nur wer wirklich verzweifelt war, kaufte sich so etwas in einem Sexshop. »Tut mir leid, aber das gehört mir nicht«, sagte er und merkte, wie er rot wurde.

Alle starrten ihn an.

»Was, glauben Sie, ist das?« fragte der Sicherheitsbeamte, als hätte er Mitchs Bemerkung nicht gehört.

»Keine Ahnung. Außerdem gehört mir das Ding

nicht«, sagte Mitch mit Nachdruck und wurde noch roter.

Der Sicherheitsbeamte fand die Aufpumpvorrichtung und betätigte sie.

Mitch konnte es nicht fassen. Passierte das alles wirklich? Ihm? Gab es etwas Peinlicheres für einen hartgesottenen Biker als gedemütigt vor einer Gruppe Juden zu stehen, die ihn anstarrten und denken mußten, diese Liebespuppe gehöre ihm?

Als sich die Brüste der Puppe aufrichteten, befahlen die Chassidim ihren Kindern wegzugucken. Für sie gab es kaum ein schlimmeres Sakrileg, kaum eine größere Sünde. Daß ultraorthodoxe Juden nackte Frauen so fürchten, liegt daran, daß sie sie attraktiv finden. Deswegen mußten sie unter allen Umständen vor diesem Anblick geschützt werden. Wenn sie mitbekamen, daß Kleider etwas so Faszinierendes verbargen, wäre es das Ende des Judaismus. Sie würden aufhören, Gott zu fürchten, und ihn statt dessen lieben. Auf so eine Einstellung konnte man schließlich keine Religion aufbauen. Diese Kinder durften auf keinen Fall herausfinden, daß man gar nicht blind wird, wenn man eine nackte Frau sieht, und daß Gott einen dafür nicht bestraft. Alles andere wäre einem agnostischen Desaster gleichgekommen.

»Und warum«, sagte der Sicherheitsbeamte und drehte die Puppe auf den Bauch, »steht hier hinten ›Mitch Taylor‹ und darunter Ihre Telefonnummer?«

Tatsächlich! Dort standen wirklich Mitchs Name und Telefonnummer.

»Verlieren Sie Ihre Puppe öfter?« fragte der Sicherheitsbeamte hämisch. »Wir fanden sie auf der Herrentoilette und haben die Passagierlisten nach Ihrem Namen durchsucht.«

Die Kinder waren ganz aus dem Häuschen und umringten Mitch in der Hoffnung, doch noch einen Blick auf die Puppe zu ergattern.

Mitch klopfte das Herz bis zum Hals. Verzweifelt schaute er sich um, ob auch niemand zuschaute, den er kannte. Als er tatsächlich ein vertrautes Gesicht erblickte, traf es ihn wie ein Schlag: Nathan von Barnes & Noble.

Mitch fragte sich, ob das alles wirklich passierte. Doch dann dämmerte ihm, daß Nathan die Zeitung mit der Anzeige wohl deswegen tagelang aufbewahrt hatte, weil er sich selbst für die Reise interessierte. Dann gehörte er also zu seiner Reisegruppe, und Mitch war um so blamierter.

»Hi, Mitch!« Nathan freute sich offenbar, ein bekanntes Gesicht zu entdecken.

»Was machen Sie denn hier?« sagte Mitch und wurde ganz blaß.

»Was wollten Sie mit der Puppe in der Herrentoilette anstellen?« fragte der Sicherheitsbeamte.

Nathan wollte auf Mitch zugehen, bemerkte die Puppe und blieb stehen. Er blickte zwischen Mitch und der Puppe hin und her, dann zog er sich kopfschüttelnd zurück.

»Sie gehört mir nicht«, sagte Mitch zum dritten Mal.

Fast im selben Moment hörte er jemanden rufen: »Da bist du ja! Ich habe dich schon überall gesucht.«

Ein dünner blonder Mann kam auf ihn zu und umarmte ihn.

Mitch stand da wie gelähmt.

»Warum hast du unsere Puppe verschleppt?« fragte der blonde Mann.

Blitzlichter zuckten auf. Jemand fotografierte die ganze Szene.

Mitch stand völlig hilflos da.

Zwei Stunden nach Flugbeginn begannen die Flugbegleiter zwanzigtausend Fuß über dem Atlantik, das Abendessen zu servieren. Mitchs Sitznachbar faltete seine Zeizung zusammen und steckte sie ins Handgepäck. Mitch selbst stand noch unter Schock. Die anderen Fluggäste warfen ihm verstohlene Blicke zu.

Plötzlich sprach ihn der Mann neben ihm an. »Es kann nur besser werden. Brechen Sie bloß nicht gleich am Anfang der Reise zusammen!«

Mitch drehte sich zur Seite und sah den Mann an. »Machen Sie auch diese Survival-Tour mit?«

Josh McGillis grinste. »Ich bin der Veranstalter. Ich fand's toll, wie Sie vorhin versucht haben, diese peinliche Situation zu meistern. Was, glauben Sie, erwartet Sie erst, wenn Sie wieder nach Hause kommen?«

Mitch verstand nicht.

»Sie haben zwei Wochen Zeit, sich eine Erklärung zurechtzulegen.«

»Eine Erklärung? Wieso?«

»Wegen des Fotos, das in der Zwischenzeit im *Salt Lake City Chronicle* erschienen ist ...«

Wieder wurde Mitch blaß.

»... mit Ihnen und der Puppe unter der Überschrift ›Einwohner von Utah wegen Erregung öffentlichen Ärgernisses in Flughafentoilette von JFK-Airport aufgegriffen‹. Zeitungen können wirklich rufschädigend sein. Sie müssen lernen, sich gegen so etwas zur Wehr zu setzen. Betrachten Sie es als eine Sonderleistung von uns, eine Art Post-Survival-Training.«

Mitch wollte etwas sagen, fand aber nicht die richtigen Worte. Langsam zog er die Folie von seinem Essen und enthüllte einen Klacks grauen Rühreis mit Champignons. Er griff nach dem trockenen Bagel, der daneben lag, und merkte, wie ihm der Appetit verging. »Gehört das auch zum Überlebenstraining?« fragte er.

McGillis grinste. »Nein. Das ist schon seit dreißig Jahren fester Bestandteil der El-Al-Cuisine.« Dann biß er herzhaft in seinen Bagel.

19

Der Jeep hielt mit quietschenden Reifen, als Arnon Arad, Major der israelischen Armee, neben einem jungen Rekruten auf die Bremse trat. »Wo haben Sie Ihr Barett gelassen, Soldat?«

Der Rekrut erschrak. Er nahm Haltung an und salutierte. »Ich ... ich habe es verloren, Sir.«

»Melden Sie sich umgehend im Hauptquartier. Ich werde ein Disziplinarverfahren gegen Sie einleiten.«

»Aber, Sir ...«

»Wie heißen Sie?« Arad holte ein Notizbuch hervor.

»Sir, ich kann Ihnen alles erklären ... Es passierte auf der Beerdigung meiner Großmutter, als ...«

»ICH HABE SIE GEFRAGT, WIE SIE HEISSEN!«

»Vladimir, Sir. Sie müssen mir glauben, Sir. Ich war so erschüttert, daß ich es nicht bemerkt habe. Die Beerdigung war so überwältigend und ...«

»Nachname?«

»Cagan, Sir. Ich habe meine Großmutter sehr geliebt. Sie war wie eine Mutter für mich, nachdem meine Eltern bei einem Autounfall ums Leben kamen. Wenn sie nicht gewesen wäre, hätte ich weder mein Alkohol- noch mein Drogenproblem in den Griff bekommen.«

»Punkt 15 Uhr findet die Anhörung statt. Ist das klar?«

»Haben Sie denn gar kein Mitleid, Sir? Mein Gehirntumor macht mir das Leben doch ohnehin schon so schwer!«

»Sie haben einen Gehirntumor?«

Vladimir seufzte. »Ja. Er wurde am selben Tag diagnostiziert, an dem mein Bruder in der Schlacht bei Jenin fiel.«

»Das ist ja furchtbar.«

»Glücklicherweise war meine Schwester an diesem

Unglückstag bei mir. Ohne sie wäre ich verrückt geworden. Die gute Olga … möge sie in Frieden ruhen.«

»Ist sie denn auch schon tot?«

Der Soldat nickte. »Von einem Kamel totgetrampelt, als sie einen verwundeten Hund in der Wüste verarztete.«

»Scheiße. Gehen Sie einfach zum Zeugmeister und lassen sich ein neues Barett geben.«

»Ich werde es versuchen, Sir.«

»Wieso versuchen?«

»Mein rechter Fuß ist gelähmt, aber ich werde einen Freund bitten, mich zu stützen.«

Arad gab Gas, und der Jeep schoß, in eine Staubwolke gehüllt, davon.

Disziplin war Arads oberste Maxime. Als patriotischer Soldat war sein Weltbild simpel: Die Dinge waren entweder schwarz oder weiß, gut oder böse. Seine Lebensaufgabe sah er darin, Israel zu verteidigen – und zwar koste es, was es wolle. Einst hatte er einer Eliteeinheit angehört, aber nach einem höchst unheroischen Unfall mußte er sich versetzen lassen. Eine rasende Kuh war von einem Lastwagen gesprungen und auf seinem Bein gelandet. Dabei hatte sie seine Ferse zertrümmert. Es war vollkommen unerklärlich, wie die Kuh über die eineinhalb Meter hohe Lastwagenklappe springen konnte. Für eine Kuh war es ein phantastischer Stunt, aber Arad hatte es die Karriere versaut. Er war versetzt und einer Einheit für Geheimoperationen zugeteilt worden, deren Aufgabe es war, Informationen über die Anführer von Terroristengruppen in der West Bank und in Gaza zu sammeln. Seither hatten sie über zweihundert Terroristenführern das Handwerk gelegt. Trotzdem handelte es sich um eine Sisyphusarbeit, weil für jeden erledigten Terroristen zwei neue nachwuchsen. Im übrigen war es Arad immer noch nicht gelungen, den Mann zu stellen, auf den er es am meisten abgesehen hatte, Israels meistgesuchten Schurken in der West Bank, der gleichzeitig die Interpol-Liste der Drogenhändler im Nahen Osten anführte. Er war ein Meister der Verkleidung, ein hervorragender Stratege und Organisator, der sich jedesmal in Luft auflöste, kurz bevor seine Verfolger ihn schnappen konnten. Sie nannten ihn den ›Fuchs‹. In seinen Kreisen galt er als Held, und sein richtiger Name war Mustafa Adaui, Kommandant der Roten Amal. Arad hatte ihn noch nie persönlich gesehen. Im Grunde wußte niemand vom israelischen Geheimdienst, wie er aussah. Er war wie ein Phantom.

Diese Woche erwartete Arad jedoch eine neue Herausforderung, und er freute sich darauf, einer Touristengruppe, die auf Action aus war, das geeignete Training zu verpassen. Er hielt das für eine gute Gelegenheit, Israels Image ein wenig aufzupolieren, eine Aufgabe, die einen Patrioten wie ihn nur mit Stolz erfüllen konnte. Darüber hinaus war es eine gute Gelegenheit, eine nette *Schickse* kennenzulernen, eine Nichtjüdin mit lockeren Moralvorstellungen, umgänglich, sexy und alles in allem der Traum jedes jüdischen Mannes.

Arad erreichte Camp 80, ein abgelegenes Trainingslager der israelischen Armee für neue Rekruten. Die Touristen standen auf dem gepflasterten Paradeplatz herum, inmitten ihres Gepäcks. Eine Frau fiel Arad sofort ins Auge. Sie war blond, nicht mehr ganz jung, aber jung genug für ein kurzes Abenteuer, eine Schickse, wie sie im Buche stand. Er hatte eine Woche Zeit, sie mit seinem militärischen Charme einzuwickeln. Kein Problem. Frauen standen auf seine stramme Figur in der hautengen olivgrünen Uniform, das wußte er. Auch seine tiefe Stimme kam gut an. Überdies war er braungebrannt und hatte eine gewisse Ähnlichkeit mit Clint Eastwood. Bestimmt würde sich die Blonde in Null Komma nichts in ihn verlieben.

Er stieg aus dem Jeep und winkte seinem alten Freund Eric Brant zu. Dann schwang er sich die M16 über die Schulter und ging auf die Gruppe zu, als er einen neuen Rekruten bemerkte, der damit beschäftigt war, einen nahe gelegenen Zaun zu streichen.

»Nehmen Sie Haltung an, Soldat!« schrie er.

Der Soldat steckte den Pinsel in den Farbeimer, nahm Haltung an und salutierte.

»Wo haben Sie Ihr Barett gelassen?«

»Ich … habe es verloren, Sir.«

»Das wird Sie einiges kosten.« Arad holte sein Notizbuch aus der Tasche.

»Bitte, Sir, ich … Es ist nicht meine Schuld, Sir.«

»Was Sie nicht sagen!«

»Ich muß Medikamente einnehmen, die meine Konzentrationsfähigkeit mindern, vor allem das Kurzzeitgedächtnis. Aber wenn ich diese Medikamente nicht regelmäßig einnehme, werde ich wieder blind.«

»Blind?«

»Ja, ich habe Brustkrebs.«

»Wie bitte?«

»Ich weiß, Sir. Das ist unheimlich peinlich für einen Mann. Jetzt können Sie bestimmt verstehen, warum ich mich nicht konzentrieren kann.«

Arad steckte sein Notizbuch wieder ein und ging weiter auf die Touristen zu.

20

Jedes Mitglied der Reisegruppe bekam ein Zweimannzelt und einen Satz Lebensmittelkonserven, bestehend aus ein paar Dosen *Loof*, jenem haltbaren Fleisch, das es nur in der israelischen Armee gibt. Dieses Loof zu essen, war Teil des Überlebenstrainings. Noch nie war es jemandem gelungen, eine ganze Dose Loof herunterzuwürgen. Nicht mal seinem Erfinder, einem jüdischen Immigranten aus Rußland, der das Rezept der gehobenen Gulag-Küche entlehnt hatte.

Die Touristen waren müde und hungrig von der langen Reise, und sowohl die wissenschaftliche Forschungsabteilung der israelischen Armee als auch Rosman, Abu Aziz und Brant wollten rauskriegen, was passierte, wenn jemand nach einem 12-Stunden-Flug mit koscherer El-Al-Verpflegung Loof aß.

Da war sie also, die erste Reisegruppe, die das Survival-Training gebucht hatte: Mitch und Nathan aus Salt Lake City, Utah, Eva Braunschweig aus Deutschland, Terry Hampton aus Großbritannien und sechzehn andere, unter ihnen Kozo Yamamoto, ein fünfzigjähriger japanischer Industrieller, das Ehepaar Jean und Valerie Pirette, das in Paris einen Blumenladen führte, Jane Goldman, eine vierzigjährige ledige Friedensaktivistin aus New Jersey, und Ravi Kumar, ein buddhistischer Mönch aus Indien.

»Könnten Sie mir wohl bitte zur Hand gehen?« sagte Eva Braunschweig zu Rosman.

»Das widerspricht unseren Grundregeln«, sagte Rosman.

»Nur dieses eine Mal, bitte! Ich kriege das Zelt einfach nicht aufgestellt.«

Rosman überlegte, was er tun sollte, als er eine tiefe, schneidige Stimme hinter sich hörte.

»Ich werde Ihnen helfen.« Major Arad bückte sich und griff nach der Zeltstange.

Eva schaute in ein Paar grüner Augen, das ihr gut gefiel. »Danke«, sagte sie und merkte, daß sie rot wurde.

Arad nahm den 5-Kilo-Hammer und schlug ihn auf

die Zeltstange, bis sie fest im Boden steckte. »Wie heißen Sie?« fragte er Eva, ohne sie dabei anzusehen.

»Eva.« Sie zog die grüne Zelthaut über die Stange. »Und Sie?«

»Arnon.«

»Wo kommen Sie her?«

»Aus Deutschland.«

»Aha.«

Beide überlegten, was sie als nächstes sagen sollten.

»Ich mag Deutschland«, sagte Arad. Das war gelogen, aber so was tun Männer nun mal, wenn sie auf ein amouröses Abenteuer aus sind. Er überlegte, was er Nettes über Evas Heimat sagen konnte. »Ihr habt da ein paar tolle Filmstars in Deutschland.«

»Finden Sie?« Eva war überrascht.

»Schwarzenegger. Der gefällt mir wirklich gut.«

»Der ist aber Österreicher.«

»Trotzdem ist er ein toller Schauspieler. Haben Sie ihn in ›Conan – der Bayer‹ gesehen?«

»Sie meinen ›Conan – der Barbar‹!«

»Ich finde es toll, wie er versucht, einen deutschen Akzent zu imitieren. Ein toller Schauspieler!«

Eva hätte beinahe gelacht, wenn Arad nicht so ernst gewesen wäre. »Das ist sein Problem: Er kann seinen deutschen Akzent nicht ablegen.«

»Doch, natürlich kann er das. Haben Sie ihn in ›Der Terminator‹ gesehen?«

»Da spricht er ja kaum.«

Arad half Eva, die Dose Loof zu öffnen. »Das ist was Gutes. Kosten Sie nur! Sie müssen sehr hungrig sein.«

»Stimmt. Das Essen im Flugzeug war nicht so besonders.«

»Mit welcher Gesellschaft sind Sie denn geflogen?«

»El Al.« Eva nahm einen Bissen Fleisch.

Arad fühlte sich beleidigt. »El Al ist eine wunderbare Fluggesellschaft«, sagte er. »Nach so vielen Jahren Verfolgung und Exil haben die Juden endlich eine eigene Fluggesellschaft. Das macht uns unabhängig von den Fluggesellschaften anderer Nationen, wenn wir mal das Bedürfnis haben, dieses verfluchte Europa zu besuchen.«

Eva lächelte und nahm noch einen Bissen Loof. »Wieso sollten Sie das verfluchte Europa besuchen, wenn Sie es so hassen?«

Arad lächelte zurück. »Manchmal fühlt man sich hier ziemlich einsam. Schließlich ist man auf allen Seiten nur von Scheißarabern umgeben. Der Unterschied zwischen unseren zwei größten Feinden, den Europäern und den Arabern, ist doch, daß die Europäer vor fünfzig Jahren aufgehört haben, uns zu vernichten. Deshalb sind uns die Europäer lieber.«

Eva stellte die Dose auf den Boden. Mehr als zwei Bissen bekam sie von diesem Loof nicht runter. »Gibt es denn gar nichts, was Ihnen an Europa gefällt?«

Arad setzte sich neben sie und schaute ihr in die Augen. »McDonalds.« Er setzte sein charmantestes Lächeln auf. »Und Sie scheinen auch ziemlich nett zu sein.«

Eva überlegte. *Ziemlich nett* hatte er gesagt. Das bedeutete, er verfügte über Selbstvertrauen und Selbstbeherrschung. Andere Männer hätten Superlative bemüht, um sie anzubaggern. »Ich mag Israel«, sagte sie.

Arad strahlte. »Sehen Sie!« sagte er und klatschte in die Hände. »Da haben wir ja schon etwas gemeinsam.«

In einiger Entfernung gingen zwei Soldaten vorbei. Arad blinzelte gegen die untergehende Sonne an und versuchte, die beiden besser zu sehen. »Tragen die ihre Baretts?« fragte er Eva.

Sie schaute in die Richtung. »Ich glaube nicht.«

Verärgert stand Arad auf. »Ich bin gleich zurück.«

21

Ravi Kumar saß auf einem Hügel und schaute über das Gelände. Seine Reisegefährten waren dabei, die von der israelischen Armee zur Verfügung gestellten Zweimannzelte aufzubauen. Es war eine schöne Tageszeit zum Meditieren. Der Himmel war in Orange getaucht wie sein Sari. Kumar seufzte. Er hatte eine Mission zu erfüllen. Der Dalai Lama selbst hatte ihn nach Tibet gerufen. Ihm war zu Ohren gekommen, daß im Nahen Osten neuerdings bedenkliche Survival-Camps veranstaltet wurden. Das Programm sah vor, den Teilnehmern die Grundbegriffe von Gewalt und Gegengewalt beizubringen. Es ging um Überlebenstechniken in einer hektischen, irrationalen Welt voller Haß und Mißtrauen. Durch diese Camps würden sich Haß und Mißtrauen noch weiter verbreiten. Tod und Verzweiflung wären die Folgen. Der Dalai Lama konnte diesen Gedanken nicht ertragen. Gott war gut. Auch der Mensch war im Grunde gut. Es war falsch, ihm das Gegenteil beizubringen. Deshalb sollte Kumar an so einem Camp teilnehmen, Alternativen aufzeigen und die anderen Teilnehmer davon überzeugen, daß die Welt gut war, daß Frieden die einzige Lösung war und daß die Liebe am Ende siegen würde.

Er saß auf dem Hügel und beobachtete die verlorenen Seelen, während er für sie betete und Gott um Erleuchtung bat, um Klugheit und Kraft für seine ebenso wichtige wie schwierige Aufgabe. Er fühlte sich frisch, rein und vital. Energie durchströmte ihn, strömte aus ihm heraus, in die Welt hinein, und verbreitete eine universelle Botschaft.

Kumar atmete tief durch, seufzte und tauchte langsam wieder aus der Meditation auf. Immer noch saß er im Lotussitz auf dem Boden, als er eine Dose Loof öffnete und genußvoll den ersten Bissen zum Mund führte. Abrupt brach der Energiefluß ab.

22

F u n k e n   s p r ü h t e n aus dem lodernden Feuer, um das die Touristen saßen und sich wärmten. Rosman brachte ihnen eine Tüte Marshmallows, und abwechselnd hielten sie sie zum Rösten an dem einzigen Stock, den sie gefunden hatten, ins Feuer.

Schon seit über einer Stunde sangen sie »Hava Nagila«, das Lied der Freude. Rosman hatte es ihnen beigebracht, um sie nach ihrer ersten Begegnung mit dem Loof aufzumuntern. Als sie das Lied zehnmal gesungen hatten, hatte Kozo Yamamoto, der Japaner, gefragt, ob man nicht mal was anderes singen könnte, aber Rosman hatte erklärt, es sei ein unverzichtbares Kernstück des Umerziehungsprogramms für Touristen. In den dreißig Jahren, die er als Reiseleiter tätig war, hätten ihn alle, die das Heilige Land bereisten, gebeten, ihnen dieses Lied beizubringen. Offenbar sei es das einzige israelische Lied, das auf der ganzen Welt bekannt war. »Hava Nagila« sei für Israel das, was »Frère Jacques« für Frankreich, »Old McDonald« für Amerika, »Heal the World« für Somalia und »Born in the USA« für den Irak sei. Je länger sie das Lied sängen, desto größer würde ihr Widerwillen dagegen, und sie würden endlich aufhören, ihm damit auf die Nerven zu gehen.

Major Arad hob einen mit Sekt gefüllten Plastikbecher. »Ich heiße Sie willkommen im Land der Milch, des Honigs und der Falafel«, sagte er. »Und ich wünsche Ihnen viel Erfolg für das nun beginnende Training. Es wird Ihnen helfen, sich in einer Welt zu behaupten, die immer stärker von durchgeknallten Moslems bestimmt sein wird, die Sie und Ihre Familien vernichten wollen.« Er prostete der Gruppe zu und nahm einen Schluck, ehe er fortfuhr: »Wir werden Ihnen Verteidigungsstrategien beibringen und Sie in die Lage versetzen, potentielle Terroristen zu entlarven, damit Sie den Schrecken des neuen Milleniums furchtlos begegnen können.«

»Ist das nicht etwas übertrieben?« fragte jemand skeptisch.

»Wer war das?« Arad blickte in die Runde.

Jane Goldman hob die Hand und sagte: »Sie wollen doch wohl nicht behaupten, daß alle Moslems gefährlich sind? Das ist ein unerträgliches Vorurteil.«

Arad verschränkte die Arme vor der Brust. »Wie heißen Sie, Schätzchen?«

»Jane Goldman. Und nennen Sie mich nicht Schätzchen!«

»Goldman ... Das hätte ich mir denken können.«

»Wieso?«

Arad grinste verächtlich. »Nur eins ist schlimmer als ein fanatischer Moslem: ein jüdisch-amerikanischer Friedensaktivist.« Wie zur Bestätigung dieser Aussage nahm er einen großen Schluck aus dem Pappbecher. »Ich hasse diese Leute.«

»Ich glaube, Sie hassen alle Menschen.«

»Nein, das stimmt nicht.« Arad zeigte auf Eva Braunschweig. »Sie mag ich, dabei ist sie sogar eine Deutsche.«

»Welche Rolle spielt es, ob sie eine Deutsche ist?«

»Was ist das denn für eine Frage? Deutsche mögen ist nicht leicht. Aber ich mag sie. Ihr amerikanischen Juden denkt doch alle, wenn ihr reich und mächtig seid und einen Haufen Geld nach Israel schickt, könnt ihr bestimmen, was wir zu tun und zu lassen haben. Das ist euer Problem.«

Jane schüttelte fassungslos den Kopf. »Gott, sind Sie arrogant!«

»Und Sie haben keinen Mann.«

Jane mußte schlucken. So etwas hatte sie nicht erwartet. Dann sagte sie erregt: »Woher wollen Sie wissen, ob ich einen Mann habe oder nicht?«

Arad grinste. »Das ist nicht so schwer zu erraten.« Er blickte ihr forsch ins Gesicht. »Aber lassen Sie mich eins klarstellen: Wenn Sie dieses Camp mitmachen, weil Sie auf ein sexuelles Abenteuer hoffen, muß ich Sie leider enttäuschen. Ich für meinen Teil werde Sie nicht anrühren. Vielleicht haben Sie mit dem französischen Pärchen dort drüben mehr Glück und werden zu einem flotten Dreier eingeladen.«

Jean und Valerie Pirette sahen einander überrascht an.

Rosman beugte sich zu Arad hinüber und flüsterte ihm ins Ohr: »Wird das nicht ein wenig zu persönlich?«

Arad hob die Hand vor den Mund und flüsterte zurück: »Ich muß das tun. Eigentlich hat sie ja eine gute Figur, aber ich muß ihr eine Lektion erteilen. Die jüdischen Amerikanerinnen denken immer, die ganze Welt gehört ihnen und sie könnten sich nehmen, was sie wollen. Aber ich bin nun mal viel schärfer auf die Deutsche.«

Rosman verstand. Eigentlich hatte er von Arad nichts anderes erwartet. Man hatte ihn als Leiter der ersten Trainingswoche ausgesucht, weil er einschlägige Qualitäten besaß: Er war undiplomatisch, taktlos und unhöflich, und er interessierte sich für niemanden außer sich selbst. Er war der ultimative Israeli.

»Värssei'ung«, sagte Pirette und hob die Hand.

»Keine Sorge«, kam Arad seiner Frage zuvor. »Sie müssen nicht mit ihr schlafen.«

»Isch wollte fragen etwas anderes«, sagte Pirette mit starkem französischem Akzent. »Es gibt auch Sekt für die Teilnehmer?«

Arad füllte seinen eigenen Becher auf. »Nein.« Er grinste und trank. »Das 'ier ist eine Überlebenstraining. Swei Wochen lang keine Sekt für die Franzosen.« Übertrieben imitierte er Pirettes Akzent. Dann nahm er einen großen Schluck.

»Vielleischt eine Woche ist genüg?« sagte Pirette hoffnungsvoll und bemühte sich vergebens um eine bessere Aussprache.

Arad schüttelte den Kopf. »Keine Chance, Quasimodo. Sekt ist nicht gut für Franzosen. Er steigt euch zu Kopf. Denken Sie bloß an die vielen Ausländer in Ihrem Land! Da hat jemand zuviel getrunken und dann vergessen, die Grenzen dichtzumachen.«

Enttäuscht senkte Pirette den Kopf. »D'accord, mon ami. Aber vielleischt wir können bekommen mehr Loof, diese Paté von tote Tier?«

Arad ignorierte die Bitte, öffnete seinen Rucksack, nahm Papier und Bleistifte heraus und verteilte sie.

»Wir beginnen die Ausbildung mit einem Test. Es handelt sich um einen Test, mit dem Sie Ihr individuelles Überlebenspotential ermitteln können. Bitte notieren Sie die Nummer der jeweiligen Frage und fügen Sie den Buchstaben der Antwort hinzu, die Ihnen richtig erscheint. Alles klar?«

»Värssei'ung, meine Bleistift ist gebrochen ab«, sagte Pirette.

Arad sah ihn gereizt an. »Ansprüche stellen, was? Mann, sind Sie verweichlicht!« Angewidert schüttelte er den Kopf. »Was würden Sie tun, wenn Sie sich mitten in Bagdad verlaufen hätten und um Sie herum tobten Bin Ladens, El Sarquais und Donald Rumsfelds Horden? Würden Sie da auch nach 'nem Bleistift jammern?«

»Wossu isch brauche in Bagdad eine Bleistift?«

Arad seufzte ungeduldig. »Um Ihre Memoiren zu schreiben, damit wenigstens *etwas* von Ihnen übrigbleibt.«

»Aber Sie werden uns doch beibringen, wie wir in Bagdad überleben, nicht wahr?« fragte Yamamoto.

Arad sah ihn erstaunt an. »Sie sind doch ein wohlhabender Fabrikant, Pikachu! Was kümmert Sie Bagdad?«

»Die Amerikaner haben mir einen Auftrag für den Bau von fünfzig öffentlichen Gebäuden erteilt. Ich werde oft dorthin müssen, um die Bauarbeiten zu beaufsichtigen.«

Arad kratzte sich am Kinn. »Da kann ich Ihnen nur einen guten Rat geben: Bleiben Sie lieber zu Hause!«

Yamamoto lächelte. »Ich weiß. Aber ich muß trotzdem hin.«

»Schicken Sie ein anderes Pokemon! Sie haben doch genug davon. So, nun zurück zum Test.« Er knipste seine Taschenlampe an und richtete sie auf ein Heft in seiner Hand. »Frage Nummer eins.« Er blickte in die Runde, und als alle ihn gespannt ansahen, fuhr er fort: »Am 11. September 2001 stürzten zwei Flugzeuge in die Zwillingstürme des World Trade Center. Wer waren die Piloten? A) Evangelische Pastoren, B) Oppositionelle Kardinäle, C) Frustrierte Hare-Krishna-Anhänger, D) Durchgeknallte Moslems? Notieren Sie bitte die richtige Antwort.«

Er wartete einen Moment, ehe er die zweite Frage vorlas.

»1985 wurde Leon Klinghoper, ein gelähmter alter Mann, der im Rollstuhl saß, auf einem Kreuzfahrtschiff ermordet und über Bord geworfen. Wer war dafür verantwortlich? A) Mark Spitz, B) Captain Cook, C) Die Mennoniten oder D) Durchgeknallte Moslems?«

Dann ging er sofort zur dritten Frage über.

»1979 wurde die amerikanische Botschaft in Beirut in die Luft gesprengt. Mehr als einhundert Menschen kamen dabei um. Wer bekannte sich zu dem Anschlag? A) Jean-Claude Van Damme, B) Sylvester Stallone, C) Die Carpenters, D) Durchgeknallte Moslems?«

»Ich glaube, wir haben verstanden«, rief Jane Goldman.

»Ach ja? Und wieso unterstützen Sie sie dann immer noch?«

»Ich unterstütze sie nicht. Ich setze mich für die armen Palästinenser ein, die ...«

»Schätzchen, Sie brauchen einen Psychiater«, unterbrach Arad sie. »Sie haben jeglichen Realitätsbezug verloren.«

»Ich habe doch wohl das Recht, mich ...«

»Ihr reicher jüdischer Vater wird schon für die Therapiekosten aufkommen.«

»LASSEN SIE MICH AUSREDEN!« schrie Jane.

Arad warf ihr einen amüsierten Blick zu. »Sie haben doch gerade ausgeredet.«

Jane wurde rot und war sichtlich um Haltung bemüht.

»Vergessen Sie nicht, daß ich Israeli bin, Schätzchen! Ein göttliches Gesetz befiehlt uns, andere Leute nur in den seltensten Fällen ausreden zu lassen.«

Kumar, der buddhistische Mönch, räusperte sich. »Ich glaube, ein wenig Höflichkeit und zivilisierte Umgangsformen wären angebracht.«

Arad riß die Augen auf und sah ihn entsetzt an. »Zivilisierte Umgangsformen? Ich verstehe ... Sie denken, wir veranstalten hier ein *nettes* Überlebenstraining, ein *Wohlfühl*-Camp.«

»Ich denke, wir erreichen wahrscheinlich mehr, wenn wir freundlich und gelassen miteinander umgehen«, sagte Kumar und verbeugte sich leicht.

»Wir sind hier nicht in Bollywood, Curry! Das hier ist der wilde, wilde Osten!«

»Sollten wir es nicht trotzdem versuchen?«

»Sie hätten lieber ein Seminar beim YMCA buchen sollen: ›Wir adoptieren einsame Großmütter‹.«

Kumar verbeugte sich erneut. »Ich werde mich nicht

wieder einmischen. Verzeihen Sie, bitte«, sagte er ruhig.

Arad war schockiert. Er ging auf Kumar zu und packte ihn an den Schultern. »Wachen Sie auf, Curry! Und mischen Sie sich ein, überall und jederzeit! Treten Sie für Ihre Überzeugungen ein! Und entschuldigen Sie sich niemals! So etwas tut ein Mann nicht. Eigensinn ist die Mutter aller Überlebensstrategien!«

Kumar lächelte und legte Arad liebevoll eine Hand auf die Schulter. »Ich kann ein Mann sein und trotzdem versuchen, Konflikte zu vermeiden, rhetorisch wie körperlich. Ich folge dem göttlichen Weg: Liebe, Mitgefühl und Gewaltverzicht.«

Arad schüttelte den Kopf. »Gott kennt kein Mitgefühl. Und auf Gewalt verzichtet er nur selten. Fragen Sie nur die Millionen, die durch Kriege, Unfälle, Naturkatastrophen oder den Verzehr von Sojamilch umkommen. Alles Menschen, die auf die göttliche Liebe vertrauen, auf religiöses Mitgefühl und Gottes Schutz.«

Er ging zu seinem Platz zurück, griff nach den Trainingsunterlagen und schaute ins lodernde Feuer. »Wir beginnen mit der ersten Lektion: Wie man einen Araber behandelt, der einem zufällig unter die Räder … äh … unter die Hände kommt.«

23

»Es ist mir eine große Ehre, Ihnen Yitshak Malul vorzustellen, den gefürchtetsten Rekrutenausbilder des Nahen Ostens. Bereits dreimal stand sein Name auf der Liste der Menschenrechtsverletzer von Amnesty International. Sergeant Malul wird Ihre Grundausbildung im Umgang mit Arabern übernehmen. Bitte sehr, Sergeart!« Galant winkte Arad den Ausbilder zu sich heran. »Du hast das Wort.«

Festen Schritts trat Malul auf Arad zu, drückte ihm kurz die Hand und bat ihn auf ein Wort zur Seite.

»Arnon«, flüsterte er. »Ich hatte überhaupt keine Zeit, mich auf diese Unterrichtsstunde vorzubereiten.«

»Hast du irgendwas anderes in petto?«

»Das schon.« Malul klang unsicher. »Hast du nicht gesagt, daß ich Überlebensstrategien skizzieren soll?«

»Richtig.«

»Gestern abend habe ich mir darüber was aus dem Internet runtergeladen. Ist das okay?«

»Großartig!« Arad klopfte ihm auf die Schulter.

Sergeant Malul trat vor die Gruppe und räusperte sich. »Guten Abend«, sagte er mit starkem hebräischem Akzent und hustete. »Ich möchte Sie mit einigen wichtigen Überlebensstrategien vertraut machen.«

Er zog ein Notizbuch aus der Uniformjacke und schlug die erste Seite auf.

»Okay.« Wieder hustete er. »Die erste Aufgabe heute ist ...« Er sah von dem Notizbuch auf und blickte etwas besorgt in die Menge. »Wie überlebe ich einen Hai-Angriff?«

Er machte eine kurze Pause und wartete auf Reaktionen, die jedoch ausblieben. Alle waren höchst erstaunt. Vor allem Arad. Dann faltete Malul die Hände hinterm Rücken und fuhr zögernd fort:

»Nehmen wir also an, Sie schwimmen im offenen Meer und werden plötzlich von einem großen Hai angegriffen. Wie verhalten Sie sich?« Er blickte in die ratlosen Gesichter und wartete auf Vorschläge.

Nathan, der Buchhändler, hob die Hand, ehe er sagte: »Bitte entschuldigen Sie, aber ... Gibt es im Nahen Osten viele Haie?«

Rosman, Brant und Arad, die etwas abseits standen, fragten sich dasselbe.

Malul wirkte verlegen. Arad ging zu ihm und bat ihn um eine kurze Unterredung.

»Wovon, zum Teufel, redest du eigentlich?«

»Es tut mir leid«, sagte Malul. »Das war das erste, was mir der Computer anbot, als ich ›Survival‹ als Suchbegriff eingegeben hatte.«

»Diese Leute wollen etwas über Überlebenstechniken im Nahen Osten lernen, über Terroristen, die Hamas, Bomben, Kidnapping. Irgendwelche Scheißhaie interessieren hier doch überhaupt nicht, genausowenig wie Grizzlybären oder Giftpflanzen!«

»Es tut mir wirklich leid, Arnon. Im Fernsehen lief gestern das Viertelfinale, ich hatte keine Zeit mich vorzubereiten.«

Arad seufzte. »Dann nimm das, was du hast, aber versuch bitte, irgendwie eine Verbindung zum Nahen Osten herzustellen.«

Malul trat wieder vor die Gruppe. »Okay«, sagte er und lächelte gezwungen. Dann wandte er sich an Nathan.

»Zurück zu Ihrer Frage: Ja, hier gibt es eine Menge Haie.«

»Wo genau?« Nathan glaubte dem Ausbilder offenbar. »Das ist wichtig zu wissen, damit wir diese Gebiete meiden.«

»Da haben Sie recht. Das Wichtigste im Umgang mit Haien ist natürlich, eine Begegnung von vornherein zu vermeiden. Deswegen sollte man niemals in den Abendstunden schwimmen gehen, da Haie zu dieser Zeit am aktivsten sind. Außerdem sollte man stets als Gruppe zusammenbleiben. Ein Hai wird nicht angreifen, wenn seine Opfer in der Überzahl sind.«

»Und was sind nun die Gebiete, die wir meiden sollten?« hakte Nathan nach. »Wo findet sich die größte Hai-Dichte in der Region?«

Malul hustete. »Ähm ... Viele Haie ... ähm ... leben im Toten Meer«, improvisierte er.

Nathan war ein belesener Mann und wunderte sich. »Ich dachte, im Toten Meer existiert überhaupt kein Leben. Deswegen heißt es doch Totes Meer.«

»Korrekt«, sagte Malul. »Die Situation ist wirklich ernst. Die Haie töten alles, was ihnen vors Maul kommt.« Er nickte ernst. »Es sind besonders gefährliche. Wenn Sie nun also im Toten Meer schwimmen oder tauchen und von einem Hai angegriffen werden, müssen Sie – im Gegensatz zur landläufigen Meinung – den Kampf aufnehmen. Versuchen Sie, auf den Hai einzuschlagen und ihn zwischen den Augen oder an den Kiemen zu treffen. Das sind seine verwundbarsten Stellen.«

»Stimmt«, warf Mitch ein. »Das hat man uns bei der Marine auch beigebracht.«

»Sehr schön.« Malul freute sich über das positive Feedback und blickte auf seine Notizen. »Soviel zu Haien. Unser nächstes Thema ist ebenfalls sehr wichtig.« Er blickte die Gruppe an und tat sein Bestes, um seinen Vortrag Dramatik zu verleihen. »Vorausschicken möchte ich, daß es Sie das Leben kosten kann, wenn Sie sich in dieser Situation falsch verhalten. Ich werde Ihnen die wirkungsvollsten Techniken erläutern, mit denen man dieser furchtbaren Gefahr begegnen kann. Sie wurden von führenden israelischen Militärs entwickelt.«

Malul wirkte auf die Zuhörer weder selbstsicher noch glaubhaft.

»Die Rede ist von … ähm … Grizzlybären.« Malul biß sich auf die Lippen, als er hilflos zu Arad hinüberblickte und dessen Reaktion testete.

Arad glaubte seinen Ohren nicht. Die ganze Sache drohte in die Lächerlichkeit abzugleiten.

Malul verschränkte die Arme hinterm Rücken und reckte sich. »Grizzlybären sind eine wachsende Gefahr für uns. Immer häufiger benutzt die Hamas Bären als Sprengstoffträger, um israelische Busse und Cafés in die Luft zu jagen.«

Arad sah zu Rosman hinüber und zuckte mit den Schultern.

»Sir?« Terry Hampton bat ums Wort. »Ist es in Israel denn normal, daß Bären frei auf der Straße herumlaufen und Bus fahren?«

Malul nickte. »Wie die Kühe in Indien«, sagte er. »Bären gelten in Israel als heilig.«

»Davon habe ich noch nie etwas gehört«, sagte Nathan verwundert.

»Jedenfalls müssen Sie folgendes berücksichtigen, wenn Sie auf einen Grizzly treffen«, sagte Malul, der die Sache möglichst schnell hinter sich bringen wollte. »Verhalten Sie sich ruhig, rollen Sie sich zu einer Kugel zusammen, und signalisieren Sie dem Bären, daß Sie keinerlei Aggressionen haben. Lassen Sie sich von dem Bären beschnüffeln, damit er sich davon überzeugen kann, daß Sie nicht gefährlich für ihn sind. Dasselbe Verhalten sollten Sie übrigens gegenüber einem Araber zeigen.« Er war froh, den Bogen zum Mittleren Osten geschlagen zu haben. »Wir halten also fest: Grizzlybären und Araber erfordern dieselben Strategien.«

»Araber im allgemeinen?« fragte Mitch.

Wieder nickte Malul. »Wenn Sie einem Araber begegnen ... ich meine natürlich einen arabischen Terroristen ...« Er lächelte verlegen. »Natürlich sind nicht alle Araber Terroristen. Es gibt auch arabische Kellner und Reinigungskräfte ... Jedenfalls versuchen Sie Ruhe zu bewahren, wenn Sie einem arabischen Terroristen begegnen.«

»Woran *erkennt* man denn einen arabischen Terroristen?« fragte Mitch dazwischen. »Gibt es rein äußerliche Unterschiede zwischen einem ganz normalen Araber und einem Selbstmordattentäter?«

»Gute Frage«, sagte Malul anerkennend. »Arabische Terroristen sind sogar recht einfach zu erkennen. Im Sommer tragen sie zum Beispiel zu viel Kleidung, ganz unpassend für das hiesige Klima. Statt eines kurzärmeligen Hemdes würde ein Selbstmordattentäter also beispielsweise einen weiten Mantel tragen, um den Sprengstoffgürtel zu verbergen.«

Etliche Teilnehmer machten eifrig Notizen und nickten verständig.

»Wenn Sie einen potentiellen Terroristen auf sich zukommen sehen, vermeiden Sie Blickkontakt, rollen Sie sich zur Kugel zusammen, und signalisieren Sie ihm, daß Sie ungefährlich sind. Andernfalls könnte der Terrorist in Panik geraten und die Bombe aktivieren. Wenn er näher kommt, lassen Sie sich von ihm beschnüffeln. Sehen Sie aber davon ab, ihn Ihrerseits zu beschnüffeln. Araber mögen es nicht, wenn man an ihnen schnüffelt und könnten das als Aggression mißverstehen. Senken Sie den Kopf, um Respekt und Unterordnung zu signalisieren. Noch Fragen dazu?«

Als niemand etwas sagte, richtete Malul die Taschenlampe auf seinen Notizblock.

»Okay«, sagte er und fuhr mit dem Finger über die Seiten. »Wir haben also Haie, Grizzlys und Araber durchgenommen. Kommen wir nun zu einem weiteren Szenario.« Er blätterte weiter und hustete, wie immer, wenn er unsicher war. Dann warf er einen ängstlichen Blick auf Arad, atmete tief durch und blickte wieder auf seine Notizen.

»Hier geht es um etwas sehr Ernstes und sehr Blutiges, etwas, das über den Fortbestand der menschlichen Rasse entscheidet, ein absolutes Muß im Kanon der Überlebensstrategien. Jeder kann in diese Situation geraten. Deshalb sollte man für den entscheidenden Moment gerüstet sein.«

Er sah von seinen Notizen auf und warf Arad erneut einen unsicheren Blick zu.

»Das Thema ist … Geburtshilfe im Taxi.«

24

E v a   B r a u n s c h w e i g entrollte im Zelt ihren Schlafsack, als jemand sie leicht an der Schulter berührte.

»Wie geht's Ihnen, Eva?«

Sie drehte sich um und erkannte Major Arad. »Gut«, sagte sie und lächelte. »Sehr müde.«

Arad lächelte zurück, wenn auch ein wenig enttäuscht. »Keine Lust, mit mir auf einen kleinen Drink auszugehen?«

»Ich dachte, das wäre verboten.«

»Ich könnte Sie rausschmuggeln.« Seine grünen Augen waren das einzig Leuchtende in dem dunklen Zeltlager.

»Värssei'ung, Major«, sagte jemand leise.

Arad schaute sich um und sah Pirette im Eingang von Evas Zelt. »Was wollen Sie, Quasi?« fragte er barsch.

»Nun ... meine Frau und isch ... wir 'aben 'unger.«

Arad seufzte und wandte sich wieder zu Eva um. »Bitte entschuldigen Sie die Unterbrechung«, sagte er zu ihr und ignorierte den Franzosen. »Was meinen Sie? Nur ein kleiner Drink. Die nächste Bar liegt nur drei Kilometer entfernt an der Hauptstraße.«

Er war rüde und überheblich, aber genau das fand Eva so anziehend. Als langjährige Domina, die sich schon lange nach der Rolle der Unterwürfigen in diesem Spiel sehnte, war Arad genau der Richtige für sie. Nur zu gerne hätte sie seinem Drängen nachgegeben. Aber sie mußte sich zusammenreißen, denn sie wollte, daß er sich in sie verliebte. Mit dieser Strategie würde sie die Schuld ihrer Familie tilgen und ihre Seele retten. Allerdings war er nicht der Typ Mann, der sich so einfach verliebte. Sie würde einiges aufbieten müssen. Ihre größte Chance lag darin, seinen Jagdinstinkt anzustacheln, indem sie sich ihm immer wieder entzog. Wie lange würde sie das durchhalten?

»Major Arad, bitte, nur eine kleine 'appen!« bettelte Pirette.

»Nein, Quasi! Sie haben doch noch Loof! Was haben Sie gesagt, Eva?«

»Tut mir leid, Major«, sagte Eva.

»Sie können mich Arnon nennen ... oder Feldmarschall Arad, was Ihnen lieber ist.«

»Ich bin wirklich müde.«

»Soll ich Ihnen etwas zu essen bringen?«

Eva schenkte ihm das hilflose Femme-fatale-Lächeln, das sie so perfekt beherrschte. »Vielen Dank, Feldmarschall Arad. Ich möchte mich lieber ans Programm halten. Ich habe diese Reise gebucht, weil ich meine Selbstdisziplin verbessern möchte. Schließlich ist dies ein Survival-Camp.«

»Aber ich möchte, daß Sie sich wohlfühlen.«

»Wenn Sie ein gutes Werk tun wollen, wüßte ich was.«

»Was immer Sie wünschen.«

»Geben Sie den armen Franzosen etwas zu essen.«

Arad zuckte zusammen. »Quasi? Das kann ich nicht machen. Das verstößt gegen die Regeln.«

»Ach, kommen Sie schon!«

»Aber die Franzmänner sind es gewohnt, wenig zu essen. Deswegen haben sie ja die *nouvelle cuisine* erfunden.«

Arad wandte sich zu Pirette um. »Was würden Sie und Marie Antoinette denn gerne speisen?«

»Was gibt es denn?«

»Was es gibt?« Arad stand auf. »Na, Loof, natürlich. Loof con carne, Loof light und Loofthansa-Cocktail.«

Eva kicherte. Sie wußte, daß Arad den Witz für sie gemacht hatte.

»Isch würde, ärrlisch gesagt, präferieren etwas anderes«, sagte Pirette.

Arad ging langsam auf ihn zu. Seine Pose war so einschüchternd, daß Pirette ein paar Schritte zurückwich.

»Sie würden präferieren etwas anderes?« Arad tat erstaunt. »Mögen Sie unsere Loof-Spezialitäten etwa nicht? Lassen Sie mich überlegen … Unser Koch hat bestimmt ein Drei-Sterne-Gericht aus dem Michelin für Sie in der Kantine parat.« Hämisch grinste er den Franzosen an.

Pirette versuchte, höflich zu bleiben, und sagte nichts. Er hatte wirklich großen Hunger und wollte Arad keinesfalls verärgern. Doch Arad verhöhnte ihn weiter. »Vielleischt eine kleine Vorspeis, Salat von die Rosendorn, Fledermaustitte mit Sesam oder frittierte Papageienschnabel? Danach ’aben Sie die Wahl zwischen gebackene Seelöwe, gefüllte Gorilla, Giraffen-Gratin, Koala-Fondue, flambierte Stinktier und marinierte Grizzlybär in eine Bett von Gürteltierscheiße. Darf isch betone, daß unsere Koch erlegt die Tiere persönlisch?«

Unbehaglich trat Pirette von einem Fuß auf den anderen. »Isch … isch …«

Arad legte ihm eine Hand auf die Schulter. »Was halten Sie von einem Butterbrot mit Marmelade?« Er hatte aufgehört, einen grotesken französischen Akzent zu imitieren. »Das ist alles, was die Küche um diese nachtschlafende Zeit zu bieten hat.«

»Merci, Major!« Pirette schien wirklich dankbar und ging zu seinem Zelt zurück, während Arad in Evas Zelt zurückkehrte.

Eva lag bereits im Schlafsack.

»Wie steht es mit Ihnen?« fragte Arad und beugte sich zu ihr hinunter. »Haben Sie auch noch Appetit auf gegrillte Pandas? Ich kann uns ein paar fangen.«

»Sehr nett von Ihnen, aber ich glaube, ich bleibe bei Loof.«

Arad lächelte. »Sie sind eine mutige Frau, Eva. Ich weiß das zu schätzen.« Er richtete sich wieder auf.

»Schlafen Sie gut. Ich fange dann nur einen Panda für mich.«

Eva hörte, wie sich seine Schritte entfernten. Ein Militärfahrzeug kam näher, bremste geräuschvoll, und gleich darauf hörte Eva eine Tür knallen. Dann wurde Arad von jemandem militärisch begrüßt.

»Ich muß Sie dringend sprechen, Major«, sagte der Neuankömmling. »Wir haben gerade ein Fernschreiben abgefangen, nächste Woche soll in der Nähe von Beer Sheva ein Drogengeschäft abgewickelt werden. Es geht um den Fuchs, Sir, Mustafa Adaui.«

25

Um vier Uhr morgens beschloß Arad, die Touristen zu wecken. Es ging ihm nicht darum, sie an Schlafentzug zu gewöhnen oder ihnen um nachtschlafende Zeit irgendwelche körperlichen Aktivitäten abzuverlangen. Es war einfach so, daß Arad selbst nie sehr lange schlief. Er hatte angefangen, sich zu langweilen, und nun sehnte er sich nach Gesellschaft, besonders nach der von Eva. Er wollte sie bei dem herrlichen Sonnenaufgang an seiner Seite haben, der in Kürze hinter den Rauchschwaden des ans Trainingslager angrenzenden Chemiewerks zu sehen sein würde.

»Alle aus den Zelten! Antreten in zwei Minuten!«

Einer nach dem anderen kamen alle aus ihren Zelten gekrochen, rieben sich die Augen und zitterten in der kühlen Nachtluft.

Langsam schritt Arad die Zelte ab und inspizierte die schlaftrunkene Schar.

»Guten Morgen, Eva. Haben Sie gut geschlafen?«

»Guten Morgen«, erwiderte sie und machte einen

frischen Eindruck. »Danke, ich habe sehr gut geschlafen.«

»Was Interessantes geträumt?« Arad lächelte anzüglich.

Eva lächelte genauso anzüglich zurück.

»Und Sie, Schätzchen?« Arad blieb vor Jane Goldman stehen.

»Ich bin müde«, murmelte sie.

Arad schmunzelte und schob ihr die schwarzen Haare aus dem Gesicht. »Ist nicht gerade das Marriott, in dem Sie sonst mit Mami und Papi absteigen, nicht wahr?«

»Ich mache mir nichts aus Luxus«, sagte sie. »Sie wissen doch gar nichts von mir und meiner Familie!«

Arad verschränkte die Arme und bohrte die Stiefelspitze in den Boden. »Jane Goldman«, memorierte er ihr Dossier. »Vierzig Jahre alt, Single, wohnt mit vier Katzen in der Upper Westside von Manhattan. Tochter des US-Senators Donald Goldman, Greenpeace-Aktivistin, Mitglied bei Amnesty International und GJWUABA – Gelangweilte Juden winseln um Akzeptanz bei Antisemiten. Mit anderen Worten: Sie sind eine verlorene Seele, die sich nach Liebe sehnt, wahrscheinlich das schwarze Schaf der Familie.« Er grinste sie unverschämt an. »Stimmt's? Sie sind doch das schwarze Schaf der Familie, Schätzchen?«

»Wofür, zum Teufel, halten Sie sich?«

»Ich? Ich bin das weißeste Schaf der Familie«, sagte Arad stolz. »Ich diene meinem Land und meinen jüdischen Brüdern und Schwestern – lauter Dinge, die Sie nicht tun.« Das Grinsen verschwand aus seinem Gesicht.

»Nehmen wir mal Quasimodo.« Arad ging weiter zu dem französischen Paar. »Er ist stolz, ein Franzose zu sein. Stimmt doch, Quasi?«

Jean Pirette nickte. »Stimmt«, sagte er.

»Jeden Morgen singt er aus vollem Halse die *Marseil-*

laïse, wie jeder gute französische Christ. Er steht zu Frankreich. Wenn er die *Tricolore* auf dem Triumphbogen wehen sieht, geht ihm das Herz auf, und wenn Lance Armstrong die *Tour* zum sechsten Mal in Folge gewinnt, ebenfalls. Wenn er Froschschenkel ißt, überkommen ihn tiefe Gefühle. Wenn er einen Renault, einen Peugeot oder einen anderen von diesen bescheuerten französischen Wagen mit zwanzig Vokalen fährt, die alle zwei Kilometer zusammenbrechen, hüpft sein Herz vor Freude. Er gerät völlig aus dem Häuschen, wenn er ein Bistro, eine Brasserie oder ein Bordell sieht, wo man diesen geruchs- und geschmacksfreien *Café au lait* bekommt, den die Italiener nicht mal ihren Toten zu trinken geben würden. Er ist stolz, ein Franzose zu sein, und das wird auch immer so bleiben. Daß sein Land in den letzten fünfzig Jahren nichts zum Wohle der Menschheit beigetragen hat, interessiert ihn nicht. Für ihn ist und bleibt Frankreich der Mittelpunkt der Welt. Es ist ihm eine Ehre, Mitglied der *grande nation* zu sein. Und das ist etwas sehr, sehr Schönes, nicht wahr, Quasi?« Zu seiner eigenen Überraschung umarmte ihn Arad. »Wirklich schön.«

Dann trat Arad zwei Schritte zurück.

»Nachdem Quasimodo uns nun alle mit seinem frommen Patriotismus angesteckt hat und endlich alle wach sind, lassen Sie uns diesen schönen Tag mit einem Lied beginnen.« Er klatschte in die Hände. »Wie wäre es mit ›Hava Nagila‹?«

Yamamoto schnaubte hörbar und schlug sich verzweifelt an die Stirn. »Nicht schon wieder!« stöhnte er.

»Kommen Sie schon, Pikachu! Bleiben Sie locker! Wir singen nur fünfundvierzig Minuten, okay?«

Als Arad den Mund erneut zu einem Grinsen verzog, brachen die ersten Sonnenstrahlen durch die Morgenwolken.

»Anschließend beginnt das Vormittagsprogramm

Ihres Survival-Trainings mit einem interessanten Vortrag. Hier habe ich eine Überraschung für Sie!« Er winkte jemanden heran.

Ein winziger Chinese, den bislang noch niemand bemerkt hatte, trat vor. Er trug einen eleganten Anzug und wirkte wie ein wohlhabender Geschäftsmann.

»Ich möchte Ihnen Mr. Xiung Pang oder ... Xiung Pong vorstellen«, sagte Arad. »Sein Name tut nichts zur Sache. Er ist Landwirtschaftsattaché an der chinesischen Botschaft in Tel Aviv. Er wird Ihnen einen faszinierenden Vortrag über Dünge- und Bewässerungsmethoden der Ming-Dynastie halten. Der Vortrag wird zwei Stunden dauern.«

Arad schaute auf die Uhr und schien zu rechnen.

»Jetzt ist es Viertel nach vier. Der Vortrag wird also gegen 6 Uhr 15 enden. Es könnte allerdings auch länger dauern, denn Mr. Chang ... nun, wie soll ich sagen ... stottert.«

Arads Grinsen bewies blanken Sadismus.

»Der Vortrag wird Ihnen gewiß sehr gefallen. In der Zwischenzeit werde ich frühstücken und Kaffee trinken.«

Er wollte sich gerade zurückziehen, als Terry Hampton ihm zurief: »Major Arad, ist es eine sinnvolle Trainingsmaßnahme, uns um vier Uhr morgens einen Vortrag dieser Art zu präsentieren?«

Arad schenkte ihr ein warmes Lächeln. »Aber selbstverständlich, Tinky Winky! Danach überleben Sie jeden Vortrag, egal, ob an der Uni, bei einem Busineßmeeting oder in einem Fortbildungskurs. Nach zwei Stunden Mr. Wang wird ihnen jeder andere Vortrag höchst willkommen sein.«

96

Suliman Katib zündete sich eine Zigarette an, inhalierte den Rauch und blies ihn Ali und Ahmed ins Gesicht, die an einer Sony-Play-Station spielten.

»Wer führt?« fragte er.

Ein blauer Fiesling schwang mit der einen Hand ein Schwert und mit der anderen eine Kette und prügelte die Seele aus einem roten Fiesling, der sich mit spitzen Dolchen zur Wehr setzte.

Ali fluchte und brach das Spiel ab.

»Ich sehe schon.« Katib grinste. »Ahmed führt, was?«

Ahmed grinste seinen geistigen Führer siegesgewiß an. »Ali ist die Rote Amal.« Er zeigte auf die Spielfigur, die geschlagen am Boden lag. »Ich bin der Israeli, der blaue Ninja da.«

Katib zeigte sich amüsiert. »Dann hat der Israeli also gewonnen?«

»Genau.« Ahmed nickte. »In dieser Runde, und vorher auch.« Er griff zu einem Wasserglas, das auf dem Tisch stand.

Ahmed war mit seinen sechzehn Jahren ein aufgeweckter junger Mann. Ali, sein zwanzigjähriger Bruder, hatte ihn für die Bewegung rekrutiert. Ahmed war schüchtern und zurückhaltend, das komplette Gegenteil seines gewalttätigen, impulsiven Bruders.

»Du hast gegen deinen kleinen Bruder verloren?« Katib tätschelte Alis Kopf.

Ali fand das überhaupt nicht komisch.

Katib war offensichtlich fasziniert. »Wie fühlt man sich denn so als Israeli?« fragte er und setzte sich zu den Brüdern.

»Toll!« Ahmed grinste. »Wenn ich den Israeli spiele, komme ich mir immer sehr stark vor und glaube an meinen Sieg.«

»Immer will er den Israeli spielen«, beklagte sich Ali.

»Tatsächlich?«

»Nicht immer«, wiegelte Ahmed ab. »Manchmal spiele ich auch den Amerikaner.«

Katib nickte. Er kannte das Gefühl. Auch er hatte einst große Sympathien für »die Feinde« gehegt, die Westler. Es hatte eine Weile gedauert, bis er begriff, daß mit ihnen etwas faul war und daß sie keinen Lebensinhalt hatten. Jetzt gab es für ihn keine Alternative mehr zum Islam. Er blickte voller Verachtung auf die Ungläubigen und ihr unmoralisches, korruptes und blasphemisches Leben hinab. Doch Ahmed war noch jung. Er würde die wahren Werte schon noch erkennen. Bis dahin sollte er getrost den Israeli oder den Amerikaner spielen und die Macht genießen; bis ihm die Hohlheit bewußt würde, würde er die Stärke erkennen, die in der Bescheidenheit lag – in Gottesfurcht, einem frommen und einfachen Leben, im Gebet, in der Familie und im Beackern der eigenen Scholle.

Mustafa Adaui betrat das Haus und stellte eine braune Papiertüte auf den Fußboden. »Wie geht's?« fragte er und holte die Lebensmittel aus der Tüte. »Zeit zum Mittagessen.«

»Warum hast du so lange gebraucht?« Katib rieb sich den Bauch, um anzudeuten, wie hungrig er war.

»Ich glaube, es hat funktioniert.« Adaui zog seinen Mantel aus.

»Was hat funktioniert?«

»Die Nachricht über den Drogendeal. Ich glaube, die Armee hat den Köder geschluckt. Sie denken jetzt, der Deal geht einen Tag früher über die Bühne.«

Katib stand auf. Er strahlte übers ganze Gesicht. »Glaubst du wirklich?«

Adaui nickte. »Ich glaube, sie haben die Nachricht abgefangen. Jetzt können wir den Hurensohn endlich austricksen und ihn platt machen, wenn er es am wenigsten erwartet.« Vergnügt rieb er sich die Hände.

»Welcher Hurensohn?« fragte Katib.

Adaui schaute ihn genüßlich an. »Major Arnon Arad«, sagte er, »mein Erzfeind.«

27

Mr. Changs Vortrag hatte etwas länger gedauert – drei Stunden statt der vorgesehenen zwei. Offenbar hatte die Ming-Dynastie ziemlich lange geherrscht. Außerdem ist China ein sehr großes Land, und Chang war es ein großes Anliegen, die verschiedenen Bewässerungssysteme *aller* Kantone und Regionen darzustellen. So schien es ihm beispielsweise ganz sinnlos, über den Großen Kanal in Peking zu sprechen, ehe er nicht die Funktion der Deiche von Schanghai erklärt hatte.

Als Major Arad zur Gruppe zurückkehrte, gab Chang gerade eine Zusammenfassung seines Vortrags. Er fürchtete, seinen Zuhörern etwas zuviel Fachjargon zugemutet zu haben, und bemühte sich nun, alles noch einmal mit einfachen Worten auszudrücken.

Die meisten Teilnehmer waren eingeschlafen, außer Ravi Kumar, der den Gastredner nicht beleidigen wollte. Er konzentrierte sich darauf, die Augen offenzuhalten, und starrte den Chinesen unverwandt an. Während er versuchte, den scheinbar bedeutungslosen Worten des Chinesen irgendeinen Sinn zu entnehmen, praktizierte er »Meditation mit offenen Augen«, so daß seine Gedanken beim Zuhören in andere Dimensionen wanderten.

Als Chang seinen Vortrag beendete und niemand anderes Fragen hatte, hob Kumar die Hand.

»Ja, bitte?« sagte Chang erfreut.

»Sie haben häufig die Silben *›ua-sel‹* benutzt. Was bedeutet das?«

Chang sah Kumar verständnislos an. »Es bedeutet Uasel«, sagte er.

»Ua-sel?« wiederholte Kumar.

»Ich glaube, er meint Wasser«, schaltete sich Nathan ein, der wieder zu sich gekommen war.

»Genau, Uasel«, bestätigte Chang glücklich.

Kumars Miene erhellte sich. »Wasser, natürlich! Wasser spielt natürlich eine große Rolle, wenn es um Bewässerungssysteme geht.«

»Eine sehl gloße Lolle«, bestätigte Chang. »Uohel kommen Sie, wenn ich flagen dalf?«

»Aus Indien.«

»Oh!« rief Chang aus. »Die Be-uässelungssysteme von Indien sind höchst intellesant. Möchten Sie et-uas übel die Geschichte del indischen Be-uässelungssysteme hölen?« Erwartungsvoll blickte er auf die Zuhörer und sah dann Arad fragend an.

Arad blickte ebenfalls in die Gesichter der Teilnehmer, die blankes Entsetzen widerspiegelten.

Mitch Taylor zuckte nervös. Er würde keine weitere Minute von Changs Vortrag ertragen können.

Arad schaute auf die Uhr. Es war bereits 7 Uhr 30.

»Fahren Sie fort«, sagte er. »Der nächste Vortrag beginnt erst um 8 Uhr 30.«

Die Gruppe stand unter Schock. Mitch biß sich auf die Lippen.

»Welsche Vortrag?« fragte Jean Pirette besorgt.

Arad verschränkte die Arme. »Ich habe Thor Andersen von der schwedischen Botschaft eingeladen. Er ist Experte auf dem Gebiet der schwedischen Flora und Fauna. Ich fürchte nur, sein Englisch ist nicht sehr gut.«

Niemand sagte etwas. Niemand verzog eine Miene.

»Wann wir bekommen dann die Frühstück?« fragte Pirette.

Arad warf ihm einen bedauernden Blick zu. »Frühstück ist leider nicht vorgesehen. Aber ich verspreche Ihnen, daß Sie ein schönes Abendsessen bekommen werden.«

»*Ein* Abendsessen?«

»Selbstverständlich. Am Mittwoch.«

Yamamoto schüttelte fassungslos den Kopf. »Das meinen Sie nicht ernst!«

Arad lächelte freundlich. »Und dann gibt's ja auch noch die warme Mahlzeit für alle, die im Laufe des Tages das Batman-Seminar erfolgreich abschließen. Ob Sie sie mittags oder abends essen wollen, können Sie selbst entscheiden.«

Pirette seufzte erleichtert. Dann fragte er: »Das Batman-Seminar – was ist das?«

28

A r i e P l o t n i c k war unterwegs, um fürs Wochenende einzukaufen, als sein Handy klingelte. Er parkte seinen kleinen Fiat 127 am Straßenrand und begann, die Plastiktüten zu durchwühlen, von denen mindestens zehn Stück im Wagen verteilt waren. Die meisten enthielten Werbebroschüren und Sticker gegen die Abzugspläne der israelischen Regierung aus dem Gazastreifen. Plotnick hatte sie morgens aus der Druckerei abgeholt und wollte sie auf dem Weg zum Markt unter den Siedlern in Netanya verteilen. Er wußte, daß er das Handy in eine dieser Tüten gesteckt hatte, aber er wußte nicht mehr, in welche. Es mußte entweder zwischen den »Unser Gaza – heute und morgen«-Flugblättern oder den etwas allgemeiner gehaltenen »Der Messias naht«-Stickern liegen.

Wie viele seiner gläubigen jüdischen Freunde glaubte Plotnick, der Messias werde kommen, sobald die Menschen anfingen, mehr an Gott zu glauben, nach der Thora zu leben und den Sabbat zu heiligen. Allerdings glaubte er nicht, daß der Messias auf einem strahlend weißen Esel dahergeritten kommen würde. Überhaupt haßte er Esel, vor allem den seines Nachbarn – ein schmutzig-graues Tier, das ständig die Küchenkräuter aus seinem Garten und die Unterwäsche von seiner Wäscheleine fraß. Außerdem waren allein im Laufe der vergangenen Woche drei gläubige Juden auf weißen Eseln in die Siedlung eingeritten und hatten behauptet, sie seien der Messias. Einen von ihnen kannte er sogar. Es war David Richman, ein früherer Nachbar von ihm aus Brooklyn – ein ausgezeichneter Pokerspieler, aber mit Sicherheit nicht der Messias.

Das Handy hatte sechsmal geklingelt, als Plotnick es endlich fand und schnell die Antworttaste drückte.

»Ariku! Wie geht's dir?«

»Gelobt sei der Herr!« Plotnick strahlte vor Freude, als er die Stimme seines älteren Bruders Moishe vom anderen Ende des Ozeans hörte.

»Hör mal«, begann der ältere Plotnick ohne große Vorrede. »Du mußt mir einen Gefallen tun.«

»Alles, was du willst, Bruder.«

»Wir versuchen, nächsten Monat zwei Gesetze durch den Kongreß zu bringen. Sie sind Teil eines ganzen Pakets, das den Juden endlich den Weg zur Weltherrschaft ebnen wird.«

Plotnick sah das lachende Gesicht seines Bruders förmlich vor sich. Er wußte, wie er aussah, wenn er solche Witze riß. »Und wie stehen die Chancen?«

»Bis jetzt läuft's ganz gut. Wir konnten die Öffentlichkeit davon überzeugen, daß die Juden heute keine christlichen Kinder mehr opfern, um die Matzebrote zum Passahfest mit Blut zu backen.«

Plotnick lachte. »Erstaunlich! Und wie stellt ihr es an, daß niemand die christlichen Opfer vermißt?«

»Ganz einfach. Wir züchten sie im Bibelgürtel.«

»Wozu braucht ihr dann mich?«

»Es geht um ein bestimmtes Gesetz ... Ich will dich nicht mit den Einzelheiten langweilen, aber es geht um die Besteuerung von Automobilimporten aus der EU.«

»Und?« Plotnick verstand kein Wort. Schon seit zehn Jahren vertrat sein Bruder als Vollblutlobbyist die Interessen der Automobilindustrie in Washington. Wie sollte er etwas bewerkstelligen, das sein Bruder mit all seinen einschlägigen Verbindungen nicht viel besser bewerkstelligen konnte?

»Uns fehlen noch drei Stimmen.«

»Ja, und?«

»Da kommt doch demnächst so eine Touristengruppe zu euch in die Siedlung.«

Plotnick war überrascht, daß sein Bruder davon wußte.

»Du mußt dich um eine spezielle Teilnehmerin kümmern, persönlich! Ihr Name ist Goldman, Jane Goldman. Wir brauchen unbedingt die Stimme ihres Vaters, des Kongreßabgeordneten Donald Goldman.«

»Und was soll ich tun?«

»Fährst du noch den alten Fiat?«

»Ja.«

»Wenn wir beweisen könnten, daß europäische Wagen ziemlich gefährlich sind ... Du verstehst schon. Vielleicht könnte das ihren Vater dazu bringen, unser Gesetz und damit die amerikanische Automobilindustrie zu unterstützen.«

Plotnick antwortete nicht gleich.

»Komm schon, Ariku! Laß deine Phantasie spielen! Irgendwie kannst du doch bestimmt deinen Fiat in euer Survival-Programm einplanen!«

Plotnick wußte nicht, was er sagen sollte.

»Ich verlaß mich auf dich, Bruder. Für mich hängt da

viel Geld dran. Und dir schicke ich zum nächsten Passahfest zwei gut gewachsene Christenkinder.«

29

»Weiß jemand nicht, wer Batman ist?« fragte Arad.

Niemand meldete sich.

»Gut, dann können wir ...« Er sah, daß Ravi Kumar die Hand hob. »Was gibt's, Curry?«

»Ich fürchte, ich habe von diesem Herrn noch nie etwas gehört«, gestand Kumar. »Superman hingegen kenne ich.«

»Er ist so ähnlich wie Superman, nur dunkler. Er trägt einen blau-schwarzen Anzug und eine Gesichtsmaske, die wie das Firmenlogo von Motorola aussieht. Er ist viel cooler als Superman und hat einen Groove wie ein Schwarzer. Das Batmobil, das er fährt, erinnert ebenfalls an den Wagen eines großen schwarzen Mannes, den Lincoln Continental.«

»Sie sollten nicht von Schwarzen sprechen, wenn Sie Farbige meinen«, warf Jane Goldman ein. »Das ist politisch nicht korrekt.«

Arad gab sich überrascht. »Farbige ... Farbige. Das habe ich schon mal gehört.«

»Entweder Afroamerikaner oder Farbige. Beides ist politisch korrekt.«

Arad nickte ernst. »Mal schauen, ob ich das richtig verstanden habe. Sagen Sie, Schätzchen, welche Farbe sehen Sie, wenn Sie einen Schwarzen anschauen? Dunkelblau? Extrem dunkles Purpur?«

»Jedenfalls nennt man sie nicht Schwarze. Das ist eine Beleidigung.«

Wieder schien Arad zu staunen. »Dann wissen sie offenbar gar nicht, daß sie schwarz sind. Warum sollten sie es sonst als Beleidigung auffassen?« Er schaute zu Kumar hinüber. »Würden Sie sich beleidigt fühlen, wenn jemand Sie als Schwarzen bezeichnet, Curry?«

Kumar lächelte. »Ich bin kein Schwarzer. Ich bin Inder.«

Arad konnte es nicht fassen. Er holte tief Luft und zeigte auf Kumar.

»Jetzt hören Sie mal gut zu, Curry! Es tut mir wirklich leid, wenn ich der erste bin, der Ihnen das sagt, aber ... Es mag ja sein, daß Sie Inder sind, dagegen habe ich persönlich nicht das geringste, aber Sie sind auch ein Schwarzer. Nicht total schwarz, aber sehr, sehr dunkel. Und das ist keine Beleidigung, sondern eine schlichte Tatsache. Nehmen Sie's einfach hin.« Er schien fertig zu sein, setzte aber noch hinzu: »Vielleicht würde es Ihnen helfen, wenn Sie sich mal einen Spiegel kaufen.«

»Was sind Sie bloß für ein Mensch?« Jane Goldman bebte vor Wut.

Langsam kam auch Arad in Fahrt und wandte sich wieder Kumar zu. »Wäre es Ihnen lieber, wenn ich Sie als Farbigen bezeichnete, Curry?«

»Das ist mir ganz gleich.« Kumar schien an dem Thema kein besonderes Interesse zu haben, aber Arad ließ nicht locker.

»Was für ein Inder wären Sie denn gerne – ein grüner, ein orangefarbener? Ich mache Ihnen einen Vorschlag: Aus Solidarität mit den Indianern, die man ja auch nicht mehr Indianer nennen darf, sondern Ureinwohner Amerikas, sind Sie ab sofort kein dunkler Inder mehr, sondern ein farbiger Ureinwohner Amerikas. Ist das klar, Curry?«

»Aber ich komme nicht aus Amerika, ich bin Inder und komme aus Indien.«

»Sie scheinen mich nicht zu verstehen, Curry! Man spricht nicht mehr von Indern oder Indianern. Das ist beleidigend. Sie sind ein Ureinwohner Amerikas. Was aus Amerika kommt, ist über jeden Verdacht erhaben. Als Amerikaner bezeichnet zu werden, ist für niemanden eine Beleidigung.« Er zeigte auf Jane Goldman. »Fragen Sie die blasse Ureinwohnerin Europas. Da kommen ihre Vorfahren nämlich her.«

Kumar verbeugte sich. »Ich finde das alles nicht so wichtig. Wir sind alle Kinder Gottes. Wir sind alle gleich.« Er lächelte sein entrücktes Lächeln. »Erzählen Sie uns doch noch etwas über diesen Batman, Major. Ich möchte gerne mehr über ihn wissen.«

Damit war Arad einverstanden. Aber eins wollte er noch sagen. »Ganz gleich sind wir nicht, Curry. Denn wenn das der Fall wäre, könnte ich Fußball spielen wie David Beckham, und er müßte mit meinem Sold über die Runden kommen. Aber ich will mich nicht beklagen. Es hätte schlimmer kommen können, wenn ich zum Beispiel mit den Ohren von Prinz Charles auf die Welt gekommen wäre.«

In dem Moment erschienen Rosman und Brant. Arad begrüßte sie mit einem breiten Grinsen. »Wir wollten gerade mit dem Batman-Seminar beginnen«, sagte er.

»Klingt interessant.«

»Okay.« Arad klatschte in die Hände. »Wie Sie alle wissen, symbolisiert die Figur des Batman einen Mikrokosmos des menschlichen Verhaltens. Sie ist der Prototyp des perfekten Überlebenskünstlers in einer modernen Welt. Wer ist nun also dieser Batman? Kann jemand Beispiele für seine irdische Identität nennen?« Gespannt blickte er auf die Gruppe.

Niemand wußte, was er wollte. Schließlich hob Kumar die Hand.

»Sie haben erwähnt, daß er bei Motorola arbeitet und einen coolen Wagen fährt.«

»Genau, Curry!« Arad schien zufrieden. »Batman ist ein ganz gewöhnlicher Angestellter in einer High-Tech-

Firma. Er will nichts weiter als ein luxuriöses High-Tech-Leben führen – einen coolen Wagen fahren, coole Klamotten tragen, in schicken Restaurants essen, Erfolg bei den Mädels haben … Genauso. Er freut sich schon auf die schöne Firmenrente von Motorola, und als Rentner geht er dann angeln und macht eine Kreuzfahrt mit Batwoman.«

Er ließ den Blick über die Gruppe schweifen.

»Die Sache hat allerdings einen Haken. Batman kann kein normales Leben führen. Er kann nicht so friedlich und sorglos vor sich hin leben wie die anderen Mitarbeiter von Motorola, denn er hat einen FEIND. Jemand will sein Leben zerstören. Stimmt's?«

Die Gruppe nickte.

»Und wer ist dieser Feind?«

Alle versuchten, sich zu erinnern, aber wieder war es Kumar, der die Hand hob.

»Nokia?«

»Phantastisch, Curry! Sie haben vollkommen recht. Genau wie Batman, Motorola und Nokia kämpfen wir alle um dieselben Marktanteile, dieselben Mädels, dieselben Jobs, dieselben Kunden, Belohnungen und Auszeichnungen. Und genau wie Batman haben wir einen großen Feind: den Joker. Damit meine ich irgendein Arschloch, das sich über uns lustig macht, uns in die Suppe spuckt und langsam aber sicher in den Irrsinn treibt. Das Problem mit diesem Joker ist, daß wir ihm erst von Angesicht zu Angesicht gegenüberstehen, wenn es fast schon zu spät ist, wenn er schon viel Macht gewonnen hat. Deswegen muß man diesem Joker das Handwerk legen, bevor er anfängt, sein Spiel zu spielen und die Rivalität offen zutage tritt.«

Erwartungsvoll suchte er in den Gesichtern der Touristen nach Anzeichen von Verständnis. Aber er fand keine.

»Meine Damen und Herren … und liebe Israelis«, er

nickte Rosman und Brant zu. »Jeder von uns hat einen Rivalen. Einen Rivalen, mit dem er gar nicht rechnet. Schauen Sie sich um! Irgend jemand in der Gruppe ist Ihr Rivale, Ihr Feind! Sie wissen das noch nicht. Und er oder sie weiß es auch noch nicht. Aber es ist so.«

Arad machte eine effektvolle Pause.

»Während der nächsten paar Stunden werden Sie an Ihrer Intuition arbeiten. Sie werden scharf nachdenken und am Ende eine klare Entscheidung fällen. Sie werden Ihren persönlichen Feind in dieser Gruppe identifizieren. Anschließend werde ich Ihnen Wege aufzeigen, wie Sie Ihren Feind ausschalten können, damit er Sie zufrieden läßt und nicht Ihr Leben zerstört. Haben Sie das alle verstanden?«

Mitch Taylor war der einzige, der nickte. Er sah die Welt genauso, vertrat dieselbe sicherheitsbesessene, paranoide Lebensphilosophie. Auch für ihn war das Leben ein Kriegsgebiet, in dem der Mensch des Menschen Wolf war – bis zum Beweis des Gegenteils.

Arad erläuterte die letzten pädagogischen Feinheiten: »Die meisten Seminare arbeiten mit Teambildung und Gruppendynamik, um die Teilnehmer einander näherzubringen. Das ist ein grober Fehler! In dem Moment, wo man anfängt, einen anderen Menschen zu mögen, verliert man seine Intuition und wird verletzlich. Man verliert den Blick für den Feind, und dann ist die Schlacht bereits verloren.«

30

»Vielleicht wird es ja ganz nett.« Jean Pirette teilte einen Apfel und gab seiner Frau eine Hälfte. Es war Mittagspause, und er und Valerie vertraten sich die Beine unter einem alten Eukalyptusbaum. »Wir sollten noch etwas abwarten, ehe wir uns entscheiden.«

Drei junge Soldaten gingen an ihnen vorbei und verschwanden dann hinter einem zerfallenen Schuppen.

»Ja, vielleicht.«

Aus Westen wehte eine kühle Brise und raschelte im Baum. Lange, hellgrüne Blätter fielen herab. Valerie hob eins auf und hielt es sich unter die Nase. »Ich mag diesen Geruch.«

»Du hast doch Interesse, oder?«

Valerie ließ das Blatt wieder fallen und fuhr sich mit den Händen durch die langen roten Locken. »Eigentlich schon.«

Pirette lehnte seinen Kopf an ihre Schulter. »Wir müssen nicht, wenn du nicht willst.«

Valerie antwortete nicht.

Pirette biß in seine Apfelhälfte und sah seine Frau fragend an.

»Ich bin mir nicht sicher.« Valerie griff nach seiner Hand. »Laß mir noch etwas Zeit.« Sie führte seine Hand an ihren Schoß und spielte mit seinen Fingern. »Aber attraktiv finde ich sie schon«, gab sie schließlich zu. »Eva ist wirklich wunderschön.«

37

»Verraten Sie niemandem seinen Namen«, sagte Arad mit erhobenem Zeigefinger. »Mir nicht, Ihren Freunden nicht. Niemand darf wissen, wer Ihr großer Feind in dieser Gruppe ist.«

Nathan schaute zu Mitch hinüber und senkte den Blick.

»Schauen Sie Ihren Feind nicht mal an.« Arad hatte

Nathans Fehler sofort bemerkt und warf ihm einen tadelnden Blick zu.

Nathan wurde rot. Mitch hingegen bekam von alledem nichts mit.

»Wen haben Sie also als Ihren persönlichen Feind ausgemacht?« Arad wandte sich an Yamamoto.

Yamamoto preßte die Lippen zusammen.

»Sehr gut.«

Arad nahm die Pistole aus dem Halfter. »Nachts oder wann immer sonst Sie Gelegenheit dazu haben ...« – er entschärfte die Waffe und gab sie dem Japaner – »... exekutieren Sie Ihren Feind.«

Schockierte Blicke richteten sich auf ihn.

Yamamoto wurde blaß, und die Hand, in der er die Waffe hielt, zitterte. »Ich finde das nicht richtig«, sagte er.

»Mögen Sie keine Waffen, Pikachu?«

»Doch, schon. Aber nur in Videospielen, so zum Spaß. Nicht im richtigen Leben.«

»Zum Spaß. Verstehe.« Arad nickte. »Sie meinen, wie Pearl Harbour.«

Arad nahm die Waffe wieder an sich, zielte auf einen Baum und drückte ab.

Der Krach erschreckte die Gruppe. Manche hielten sich die Ohren zu.

Arad nahm das Magazin heraus und wischte den Lauf ab.

»Das war eine Platzpatrone. Wir wollen doch nicht, daß uns jemand verklagt.«

Er warf die Waffe Jane Goldman zu. Sie fing sie auf.

Dann holte Arad eine Uzi aus einer Waffenkiste und hielt sie hoch.

»Wer immer behauptet hat, die Feder sei mächtiger als das Schwert, kannte keine automatischen Waffen.« Mit unverhohlenem Stolz blickte er auf das kleine Maschinengewehr. »Ihr seid doch nur ein paar kindische Touristen. Deshalb wollen wir die Theorie in den nächsten Stunden ruhen lassen und einfach ein bißchen Spaß haben, wie Pikachu es so trefflich ausgedrückt hat. Sie lernen jetzt, wie man diese wunderbaren Killermaschinen bedient, die so vielen Menschen so viel Freude bereiten. Ihre Bedeutung kann man gar nicht hoch genug einschätzen. Ihr Leben hängt davon ab. Sie können nie wissen, wann Sie sie mal brauchen, wann irgendein Arschloch Sie angreift oder sich an der Supermarktkasse vordrängelt. Nachher gehen wir zum Schießstand rüber, wo Sie diese Waffen selbst benutzen werden. Und zwar mit echter Munition.«

Mitch Taylor wurde ganz aufgeregt. Es war schon Jahre her, daß er den Abzug einer echten Waffe gedrückt hatte. Er freute sich auf den Adrenalinstoß. Nichts bereitete ihm mehr Vergnügen, als auf etwas zu schießen. Er bedauerte nur, daß er auch hier nicht auf Menschen schießen durfte. Einen kleinen Vietnamesen zum Beispiel, wie in den guten alten Zeiten.

Ravi Kumar reagierte weniger enthusiastisch. »An dieser Übung werde ich nicht teilnehmen«, sagte er und stand auf. »Ich weigere mich, mit diesem Colt zu schießen.«

Arad ging auf ihn zu. »Das ist kein Colt, Curry! Wir sind hier doch nicht in einem drittklassigen Western! Im Nahen Osten benutzen wir Waffen mit hoher Zerstörungskraft. Waffen, mit denen man zwanzig bewaffnete Terroristen wegpustet und gleichzeitig eine Flasche israelisches Bier trinkt, Macabee zum Beispiel. Haben Sie schon mal israelisches Bier getrunken, Eva?«

Als Arad auf Bier zu sprechen kam, fielen ihm seine Pläne für den Abend ein, und er warf Eva einen anzüglichen Blick zu.

Sie nickte.

»Ich weigere mich strikt, diese teuflischen Apparate zu benutzen.« Kumar verschränkte die Arme und appellierte an die Gruppe: »Niemand sollte sie benutzen. Sie sind der Inbegriff des Bösen.«

»Falsch, Curry! Bin Laden ist der Inbegriff des Bösen. Saddam Hussein ist der Inbegriff des Bösen. Edith Piaf ist der Inbegriff des Bösen. Aber wenn ich mich recht erinnere, ist Edith Piaf von Jacques Brel vernichtet worden. Diese Waffen hier helfen uns, unsere Kinder vor Leuten wie Bin Laden, Piaf und Saddam zu schützen. Mit ihrer Hilfe können wir unseren Feind bekämpfen und vernichten.«

Arad holte eine halbautomatische M16 aus der Kiste und reichte sie Kumar. »Fassen Sie sie nur mal an, Curry!«

»Nein.« Kumar wich zurück.

»Kommen Sie schon, Curry! Stellen Sie sich vor, das Leben des Dalai Lama hinge davon ab.«

»Nein!«

»Stellen Sie sich vor, Tibet wäre ein freies Land, wenn Sie damals solche Waffen gegen die Chinesen eingesetzt hätten, statt diesen blödsinnigen gewaltlosen Widerstand.«

»Nein!«

Arad seufzte und dachte nach.

»Hören Sie, ich schlage Ihnen einen Deal vor. Wenn Sie bereit sind, diese … friedenssichernden, antiterroristischen, gottgefälligen Waffen auszuprobieren, dann verspreche ich Ihnen …« Ihm fiel so schnell nichts ein, was er Kumar versprechen könnte.

Kumar wartete geduldig.

»Dann verspreche ich Ihnen, Jane Goldman die nächsten dreißig Minuten nicht zu beleidigen, anzuschreien oder zu töten.«

»Das reicht nicht.«

»Gut, dann trinke ich zwei Flaschen Sojamilch und esse irgendwelche asiatischen Kräuter. Und, glauben Sie mir, das fällt mir nicht leicht.«

»Nein!«

»Okay.« Arad kratzte sich am Kopf und vergewisserte sich, ob ihn auch wirklich niemand anders hören konnte. Dann ging er auf Kumar zu und flüsterte ihm ins Ohr: »Dann meditiere ich zwei Minuten lang mit Ihnen.« Er konnte selbst nicht fassen, daß er das sagte.

Kumars Augen leuchteten auf. Er wußte, daß es für Arad ein echtes Opfer bedeutete.

»Zehn Minuten«, verlangte er.

»Vier.«

»Fünf.«

»Vier Minuten und dreiundzwanzig Sekunden.«

»Fünf!«

Arad grinste. »Also gut, fünf.«

»Und noch etwas.« Kumar beschloß, den Moment zu nutzen. Gott hatte ihm die Gelegenheit verschafft, die er sich so sehr herbeigesehnt hatte. »Wenn Sie das nächste Mal einen Feind festnehmen, also einen gesuchten Terroristen, hinter dem Sie schon lange her sind … dann unterhalten Sie sich eine Weile mit ihm.«

»Ich soll mich mit ihm unterhalten?« fragte Arad erstaunt nach.

»Ja. Lesen Sie ihm ein Gedicht vor.«

Arad schüttelte amüsiert den Kopf. »Was soll das, Curry? Denken Sie, ich bin schwul?«

Kumar ignorierte die letzte Bemerkung und holte drei bunte Kärtchen aus seinem Beutel, auf denen buddhistische Gedichte abgedruckt waren. »Versprechen Sie es mir«, sagte er, als er Arad die Kärtchen reichte. »Nur eins davon müssen Sie ihm vorlesen, bevor Sie ihn abführen.«

»Soll das ein Witz sein?«

»Versprechen Sie es einfach. Sonst haben wir keinen Deal.«

Arad blickte auf die Gedichte und kratzte sich wieder am Kopf. Zu gerne wollte er sehen, wie dieser friedliebende Mönch ein Maschinengewehr abfeuerte. Dieser Anblick würde ihn den Rest seines Lebens erheitern. »Na, gut.« Er zuckte mit den Schultern. »Dann lese ich einem arabische Terroristen eben fernöstliche Lyrik vor. Es gibt Schlimmeres. Soll ich zu dieser Gelegenheit etwas Besonderes anziehen?«

»Sie werden staunen, was für einen positiven Effekt diese buddhistischen Gedichte auf die Situation haben werden.«

»Klar.« Arad nickte. »Vielleicht nehme ich meine Mutter mit. Sie ist berühmt für ihre Fußmassagen. Das würde doch gut dazu passen.«

32

Josh McGillis stürzte ein halbes Glas Cola herunter und wischte sich den Schweiß von der Stirn. Zusammen mit Rosman, Brant und Abu Aziz schaute er zu, wie die Sonne über dem Mittelmeer unterging und den Horizont in ein spektakuläres Orangerot tauchte. Nur wenige Gäste saßen in der Blue Brick Bar, dem höchsten Punkt des alten Jaffa.

»Dann gefällt es ihnen also bisher?« faßte Abu Aziz zusammen.

»Soll es ihnen denn gefallen?« fragte McGillis dagegen.

Abu Aziz zuckte mit den Schultern. Bislang hatte man ihm den Zutritt zur israelischen Militärbasis verweigert, und er hatte keine Ahnung, was die Gruppe so trieb.

Rosman faltete eine Zeitung zusammen und reichte sie McGillis. »Tolle Berichterstattung«, sagte er. »Ich verstehe nur nicht, warum sich ein Reporter aus Seattle für unser Reiseprogramm interessiert.«

McGillis strahlte und holte ein Notizbuch aus seiner schwarzen Ledermappe. »Er ist nicht der einzige«, sagte er und schlug das Notizbuch auf. »Ihr glaubt gar nicht, wie viele Interviewanfragen ich innerhalb der letzten achtundvierzig Stunden bekommen habe.«

Er rückte seine Brille zurecht und begann vorzulesen.

»CNN, CBS, die New York Times, die Los Angeles Times, die Washington Post, der Denver Chronicle, die Jewish Week … und das ist nur ein Teil der *amerikanischen* Medien.«

Er blätterte weiter.

»Le Figaro, Il Giorno, der Daily Mirror, die Frankfurter Allgemeine, der Osaka Shimbun, SM Today, Le Monde, die Prawda …«

Brant und Rosman sahen einander erstaunt an.

»Was ist denn SM Today?« fragte Rosman.

McGillis sah von seinen Notizen auf. »Ich bin mir nicht ganz sicher. Es muß etwas mit der deutschen Teilnehmerin zu tun haben. Die von SM Today haben gefragt, ob sie sie interviewen dürften.«

»Eva Braunschweig?« Abu Aziz war perplex. »Die soll was mit der Sado/Maso-Szene zu tun haben? Das hätte ich nicht gedacht.«

»Ich schon«, sagte Brant.

»Wieso?«

»Na ja … Der Gürtel und die Stiefel, die sie am ersten Tag getragen hat … Das waren schon ziemlich deutliche Hinweise. Und dann natürlich ihr Silikonbusen.«

»Silikonbusen?« Abu Aziz riß die Augen auf. »Das hätte ich nicht …«

Brant lachte. »Kommen Sie, Riad! Das war doch wohl kaum zu übersehen!«

Auch McGillis und Rosman machten große Augen.

Brant sah sie überrascht an. »Nun tut doch nicht so!«

Alle außer Brant senkten peinlich berührt den Blick. Und in der Tat gibt es ja nichts Demütigenderes für einen

Mann, als nicht zu wissen, woraus die Brüste einer Frau bestehen. Ein gewaltiger Dämpfer fürs Ego.

»Ihre Brüste sind doch so schön geformt, so rund und groß«, verteidigte Abu Aziz seine Arglosigkeit.

»Natürlich«, sagte Brant. »Das ist doch der springende Punkt!«

»Warum soll da Silikon drin sein?« beharrte Abu Aziz.

Jetzt war Brant sprachlos. »Also Riad ... Kennen arabische Frauen denn keine Schönheitsoperationen?«

»Nein!« stieß Abu Aziz hervor.

»Sie versuchen nur, ihre natürliche Schönheit so lange wie möglich zu bewahren«, sagte Rosman.

»Machen Sie lieber weiter mit der Liste, Josh«, sagte Brant. »Wer will noch Interviews haben?«

»Es gibt noch was viel Besseres«, sagte McGillis, erleichtert über den Themenwechsel, und schaute auf seine Notizen. »Es haben sich ein paar Unternehmen gemeldet, die unsere Survival-Touren künftig sponsern wollen.«

Allen lief ein wohliger Schauer über den Rücken.

»McDonald's, Coca-Cola, Levi's, Continental Airlines«, verkündete McGillis triumphierend. »Ist euch klar, was das bedeutet? Kostenlose Werbung auf der ganzen Welt! Und Sponsoren. Wir werden reich, Leute, R – E – I – C – H!«

»Gelobt sei der Herr«, sagte Rosman mit Tränen in den Augen.

»Und das sind noch nicht alle«, fuhr McGillis fort und schaute auf seine Notizen. »Citicorp, BMW, Colgate, GAP, BP, Jim's Pandora Box, Ericsson ... Alle wollen dabeisein. Es ist wirklich nicht zu fassen.«

Abu Aziz schaute Brant und Rosman an und fragte sich, ob ihnen eins dieser Unternehmen genauso unbekannt war wie ihm selbst. »Was ist Jim's Pandora Box?« fragte er schließlich.

McGillis klappte das Notizbuch zu und lehnte sich bequem zurück. »Ein Geschäft in Glasgow, das mit Sadomaso-Sachen handelt. Die US-Army bezieht dort ihr Spielzeug für das Abu-Ghraib-Gefängnis im Irak. Das Unternehmen will fünfhundert verrostete Handschellen spenden, die innerhalb einer Viertelstunde Infektionen auslösen.«

Es gibt Menschen mit künstlerischen Talenten. Andere haben ein Näschen fürs Geschäft, wieder andere sind gut in Sport oder Ikebana. Manche Talente springen ins Auge, andere schlummern im Verborgenen. Und doch werden auch letztere irgendwann sichtbar.

Genau das geschah bei Ravi Kumar.

Zuerst hielt Arad es für einen bizarren statistischen Zufall, daß Kumar den dreißig Meter entfernten Pappkameraden dreimal hintereinander mitten in die Stirn traf, aber danach passierte es noch zehnmal, und eine neue Bestmarke in den Annalen von Camp 80, dem ältesten Übungsgelände der israelischen Armee, war erreicht.

Ravi Kumar war der geborene Scharfschütze. Möglicherweise lag es daran, daß er beim Meditieren gelernt hatte, seinen Atem und seine Muskeln zu kontrollieren. Möglicherweise an seinem ruhigen, friedfertigen Charakter. Jedenfalls hatte kein anderer Soldat es je geschafft, alle Zellen seines Körpers so meisterhaft zu koordinieren und so effektiv auf das Treffen des anvisierten Ziels zu fokussieren, auch nicht nach jahrelangem Training.

Das disziplinierte Leben eines buddhistischen Mönches und die damit verbundene Selbstbeherrschung hatten ihn mit allem ausgestattet, was ein guter Scharfschütze braucht. Er war ein Sniper.

Bleich und stumm beobachtete Arad, wie der indische Mönch Kugel um Kugel in ein und demselben Einschußloch versenkte.

Als die Schießübung beendet war, hatte in Arads Kopf ein Plan Gestalt angenommen: Er würde seine Kontakte zu den ranghöchsten Stabsstellen nutzen, um für die israelische Armee ein Sonderbudget zur Finanzierung der exklusivsten Eliteeinheit aller Zeiten einzurichten – ein Sonderkommando der buddhistischen Bettelmönchs-Sniper.

Zuerst aber mußte er sich Eva widmen.

34

Arad und Eva saßen im Schneidersitz vor Evas Zelt und tranken Macabee-Bier. Zigtausend Sterne funkelten am klaren Nachthimmel. Der Duft einer nahegelegenen Obstplantage wehte herüber.

Es war zehn Uhr abends, und die meisten schliefen schon tief und fest, erschöpft vom Tag. Zwei Zelte weiter hörte man, wie sich das französische Paar leise unterhielt.

Sie hatten schon über eine Stunde so dagesessen, als Arad aufstand, um noch Bier aus der Minibar seines Zimmers zu holen.

»Schmeckt gut, nicht wahr?« Arad stellte die neue Flasche neben sich auf den Boden.

»Mmm ... ja, vielen Dank.«

»Was lesen Sie da?« Arad hatte das Buch in Evas Schoß bemerkt.

Eva nahm es hoch, knickte ein Eselsohr in die aufgeschlagene Seite und klappte es zu. »Kurt Vonnegut«, sagte sie und reichte es ihm.

Als er es entgegennahm, streiften seine Finger ihre Hand. Dann betrachtete er den Einband. »Die Katzenstube«, las er auf deutsch und gab ihr das Buch zurück. »Ich mag keine Katzen.«

Eva lächelte ihn an. »Ein großer Schriftsteller, Vonnegut, witzig und voller Phantasie. Er würde Ihnen bestimmt gefallen.«

Arad erwiderte ihr Lächeln. »Warum?«

»Weil auch Sie viel Humor haben.«

Arad sah sie überrascht an. »Für einen General der israelischen Armee ist das nicht gerade ein Kompliment.«

»O doch! Sie sind so zynisch und sarkastisch. Das gefällt mir.«

Arad fühlte sich geschmeichelt und griff noch einmal nach dem Buch. »Vielleicht gucke ich ja doch mal rein … Vonnegut … Wovon handelt es denn?« Er begann zu blättern.

»Es geht um … na ja, so 'n paar Typen liefern sich einen Wettlauf um die gefährlichste Chemikalie der Welt, eine ganz neue Art von Eis, das bei Zimmertemperatur gefriert … Also jedenfalls geht es bei Vonnegut immer um aktuelle gesellschaftliche Probleme, die er in einer absurden Handlung verdichtet.«

Derlei interessierte Arad nicht im geringsten, aber er versuchte, Eva zuzuhören. Er wußte, daß Frauen es gern hatten, wenn man ihnen zuhörte.

»Was für Bücher lesen Sie denn so?« fragte Eva.

Arad nahm einen Schluck Bier und streckte die Beine aus. Er las nicht besonders viel, und bisher hatte ihn niemand danach gefragt. Alles in allem wurde das Gespräch jetzt ein wenig zu kulturlastig für seinen Geschmack.

»Sachen mit viel Action drin. Sie wissen schon …

Schießereien, Morde, Explosionen – gute Unterhaltung eben.«

Das hatte Eva schon vermutet. »Und wie ist es mit Liebesromanen, Dramen, Gedichten?«

Arad wußte, daß er wieder mal ins offene Messer gerannt war. Frauen wollten andauernd über Schönheit, Gefühle und tiefere Bedeutungen reden. Und Männer mußten dieses Spiel mitspielen, wenn sie sie für sich gewinnen beziehungsweise bloß ins Bett kriegen wollten. Ein ziemlich kleiner Preis für einen Fick. Aber Arad hatte weder Zeit noch Geduld für solche Spielchen.

»Ich mag Effizienz bei Büchern«, erklärte er. »Es muß zack, zack gehen, ohne viel Drumrumgerede. Der Bulle soll den Täter im dritten Kapitel verhaften und das Liebespaar gleich im zweiten Kapitel 'ne ordentliche Nummer schieben. Kein Vorspiel, keine Schnörkel. Was ich am meisten hasse, sind langatmige Beschreibungen, die irgendwie Atmosphäre reinbringen sollen. Sie wissen schon, was ich meine, Sachen wie ... *Zigtausend Sterne funkelten am klaren Nachthimmel. Der Duft einer nahegelegenen Obstplantage wehte herüber.* So was hasse ich. Mir ist egal, wie der Himmel in dieser Nacht aussah oder ob sie in einem Rosengarten oder auf einer Baustelle waren. Ich will wissen, ob sie gefickt haben, und wenn ja, in welchen Stellungen.«

Eva lächelte immer noch und fragte sich, wann er endlich das Vorspiel beenden und zur Sache kommen würde.

Arad dachte dasselbe. Es war ihr zweiter Abend und nur noch wenige lagen vor ihnen. Sein Instinkt sagte ihm, daß die Gelegenheit günstig war. Er atmete tief durch und legte ihr eine Hand auf den Arm. Sie protestierte nicht. Vielmehr blickte sie ihn mit ihren sanften blauen Augen erwartungsvoll an. Vor über einer Woche hatte sie zuletzt einen Mann gehabt, und für jemanden, der seine Sexualität fast täglich ausleben mußte, war das viel zu lange. Inzwischen war sie sich ganz sicher, daß Arad sich nicht in sie verlieben würde. Aber sie würden Spaß miteinander haben.

»Eva …« Arad rückte näher an sie heran.

In Gedanken ging er die Killersätze durch, die sich in der Vergangenheit gut bewährt hatten. *Du riechst gut* würde nicht funktionieren. Sie hatte seit zwei Tagen nicht geduscht und würde sofort durchschauen, daß es bloß ein Spruch war. Die Sache mit den *verwandten Seelen* funktionierte nur bei labilen jungen Dingern, die auf Esoterik und gesunde Ernährung standen. Eva hingegen machte einen ziemlich handfesten Eindruck und aß sogar Loof. Liebesgeflüster würde bei ihr vielleicht funktionieren. Langsam näherte sich sein Mund ihrem Ohr, als hinter ihnen plötzlich Schritte zu hören waren. Ein schlechtes Zeichen

»Ähm … Pardon, Major.«

Arad erkannte die Stimme. »Was gibt's?« fragte er, ohne den Blick von Eva abzuwenden. Seine Stimme klang gequält.

»Meine Frau und isch, wir … ähm … wir 'aben ein wenig 'unger, Major.« Jean Pirette gab sich alle Mühe, Arad nicht übermäßig zu verärgern.

Aus Arads Augen wich jeglicher Glanz. »Es tut mir sehr leid, Eva«, flüsterte er. »Ich habe vergessen, Quasimodo zu füttern.«

Er ließ sie los und stand auf.

»Ich bin gleich zurück«, sagte er, aber im Grunde war ihm klar, daß die Sache gelaufen war.

35

»Sie werden die Omar-Straße herunterkommen und diesen Unterschlupf wahrscheinlich von hier, hier und hier umstellen.« Adaui zeigte auf verschiedene Punkte einer Karte, die er vor sich auf dem Tisch ausgebreitet hatte.

»Es wird zwischen fünf und sechs Uhr abends passieren. Ab drei Uhr nachmittags erwarten wir sie im Haus.« Er zog einen Kreis um den entsprechenden Punkt auf der Karte.

»Du weißt, was du zu tun hast, sowie du Arad siehst, Ali!«

Ali nickte. Sie hatten den Ablauf wieder und wieder besprochen.

»Ich aktiviere den Zünder, und Ahmed fängt an zu schießen.«

»Genau. Wir machen noch einen Probedurchlauf. Jetzt möchte ich, daß ihr euch auf der Karte alles noch mal genau anseht.«

»Was ist das da?« fragte Ali und zeigte auf ein paar eingezeichnete Striche.

»Das sind unsere drei Fluchtwege, falls nötig.«

»Und das da?«

Adaui hob den Kopf und warf Ali einen verächtlichen Blick zu.

»Wonach sieht es denn aus, Ali?«

Ali dachte so angestrengt nach, daß sich seine Stirn in Falten legte.

»Höhlen, in denen wir die Munition verstecken?«

Adaui griff nach seinem Stift und zog Kreise um zwei braune Flecken. »Das, Ali, sind Kaffeeflecken.«

»Ach so.« Beschämt senkte Ali den Kopf.

Ahmed ignorierte die Karte und beobachtete einen Vogel, der in dem Baum vorm Fenster herumhüpfte.

»Interessiert dich die Karte nicht, Ahmed?« fragte Adnani.

Ahmed sah seinen Kommandanten an.

»Doch, klar«, log er. »Man bekommt hier nur so selten Spatzen zu sehen.« Er versuchte, von seinen wahren Gedanken abzulenken. Ahmed haßte Überfälle. Sie machten ihn völlig fertig. Vor allem haßte er das Schießen, obwohl er schon so oft geschossen hatte. Wenn er den Befehl dazu bekam, schloß er immer die Augen, drückte ab und hoffte, sein Ziel zu verfehlen. Dann wurde er immer getröstet. Er sei ja noch jung, hieß es, mit der Zeit würde er es schon noch lernen. Aber Ahmed wollte nichts anderes als wie ein Spatz davonfliegen. So weit weg wie möglich von seinem gewalttätigen Bruder und der trostlosen Wirklichkeit.

36

Zum sechsten Mal hintereinander gab es Loof zum Frühstück.

Überraschenderweise hatten sie sich daran gewöhnt. Es schmeckte ihnen nicht gut, aber es war nicht mehr so schlimm. Inzwischen konnten sie eine ganze Dose auf einmal essen.

In den letzten Tagen hatte Arad die Schocktherapie aufgegeben und erstklassige Lehrer aufgefahren. Die Gruppe lernte Theorien über Aufstände und Guerillakampf kennen, wie etwa die zehn Regeln von Mao Tsetung: gegen isolierte Gruppen losschlagen, die Kampfkraft des Gegners schwächen, sich nicht auf Kämpfe einlassen, wenn man sich des Siegs nicht sicher ist. Sie hatten sich auch mit Strategien für Vergeltungsschläge beschäftigt, wie die der Vietminh, des Vietcong, der IRA und der Hamas.

»Heute machen wir einen Ausflug«, verkündete Arad. »Damit Sie einige besonders gefährdete Spezies unseres wunderbaren Landes auf freier Wildbahn kennenlernen. Ich spreche natürlich von Taxifahrern, Briefträgern und Schulkindern. Wenn wir Glück haben, erleben wir sogar eine Herde Israelis, die versuchen, in einen Bus einzusteigen. Das gibt Ihnen Gelegenheit, die erlernten Überlebensstrategien anzuwenden und sich wie die Einheimischen zu fühlen. Jeder von Ihnen bekommt eine Aufgabe zugewiesen, die er da draußen bewältigen muß. Und am Ende des Tages wartet eine kleine Überraschung auf Sie.«

37

»Ich finde, Arad sollte die Gruppe in die jüdische Siedlung begleiten«, sagte Brant.

»Warum?« fragte McGillis.

»Die Gegend um Mavo Dotan ist nicht sicher«, sagte Rosman. »Eine Menge palästinensischer Milizen ist dort aktiv. Und Adaui und seine Bande sind die einzigen, die über die Touristen Bescheid wissen.«

McGillis nickte.

»Das ist keine Bande!« protestierte Abu Aziz. »Es ist eine politische Bewegung.«

»Eine politische Bewegung?« sagte Rosman verächtlich. »Ein großes Wort für eine Mörderbande.«

»Laßt uns bitte sachlich bleiben«, sagte McGillis.

»Wir brauchen Unterstützung, falls was passiert«, sagte Brant.

»Es wird bestimmt nichts passieren«, sagte Abu Aziz erregt.

»Können Sie das garantieren?«

»Mustafa Adaui hat mir sein Ehrenwort gegeben. Er hat alle Einheiten in der Gegend informiert. Die Siedlung wird erst wieder nächste Woche beschossen.«

»Und Sie glauben ihm?«

»Natürlich glaube ich ihm.«

»Wie kann man jemandem wie ihm vertrauen?« sagte Rosman.

»ICH VERTRAUE IHM! Okay? Und SIE können MIR vertrauen.«

»Ihnen vertraue ich ja, Riad«, sagte Brant. »Aber bei Mördern fällt mir das schwer.«

»Adaui hat mir sein Wort gegeben.«

Rosman zog eine verächtliche Grimasse.

Abu Aziz atmete tief durch und beugte sich vor. »Kennt ihr Suliman Katib?«

»Natürlich kenne ich ihn«, sagte Rosman. »Er ist der Anführer der Roten Amal Bande.«

»Bewegung!«

»Was ist mit ihm?« fragte Brant neugierig.

Abu Aziz zögerte. »Zuerst müßt ihr mir was versprechen.«

Die anderen sahen ihn gespannt an.

»Was ich jetzt sage, muß unter uns bleiben«, sagte Abu Aziz eindringlich.

Die anderen nickten.

»Ich will keinen Ärger bekommen. Niemand darf etwas davon erfahren.«

»Okay, Riad, versprochen«, sagte Rosman.

»Suliman Katib ist mein Schwager.«

Die Information schlug ein wie eine Bombe. Eine Weile blieben alle stumm.

Rosman fühlte sich extrem unwohl. Einerseits war Abu Aziz sein Freund und Partner und hatte bisher mit terroristischen Aktivitäten noch nie etwas zu tun gehabt. Andererseits mußte Rosman an seinen besten Freund denken, Aviv Bar-Nir. Sie waren zusammen in Haifa aufgewachsen und hatten an derselben Jeschiwa studiert. Später war Bar-Nir sein Trauzeuge gewesen. Und jetzt war er tot. Mitglieder von Suliman Katibs Roter Amal Bewegung hatten ihn am hellichten Tage auf der Straße erschossen. Daß Abu Aziz mit dieser Kreatur verwandt war, empfand Rosman als persönliche Katastrophe, behielt aber diese Gedanken für sich.

»Alles in Ordnung?« fragte McGillis, der Rosman das Unbehagen ansah.

Rosman sah ihn an und sagte entschlossen: »Arad und eine kleine Kampfeinheit werden die Touristen nach Mavo Dotan begleiten und in der Nähe bleiben.«

»Ich habe einen besseren Vorschlag«, sagte Abu Aziz. Er konnte nur raten, was Rosman beschäftigte. Er wollte nicht fragen und es nicht wirklich wissen. »Wir teilen die Gruppe. Eine Hälfte fährt in die jüdische Siedlung, die andere zur Roten Amal. Am Ende der Woche können sie sich dann in einem simulierten Kampf austoben und sehen, wessen Gruppe besser ausgebildet ist.«

38

Eva und Terry saßen in dem angemieteten Minibus nebeneinander.

»Was für eine Aufgabe hast du bekommen?« fragte Eva.

Terry hatte aus dem Fenster geschaut und drehte sich jetzt zu Eva um. »Ich soll in eine Boutique gehen und innerhalb von fünf Minuten ein Kleid kaufen.«

»Ganz schön schwierig«, gab Eva zu.

»Verdammt schwierig«, sagte Terry. »Ich weiß nicht, ob das überhaupt zu schaffen ist.«

Eva wußte es auch nicht.

»Und deine Aufgabe?«

Eva seufzte. »Ich muß in einem jüdischen Altersheim einen fünfzehnminütigen Vortrag halten.«

»Worüber denn?«

»Die arische Überlegenheit im neuen Millenium.«

Terry runzelte die Stirn. »Hast du eine Idee, was man da sagen kann? Mir würde dazu nichts einfallen.«

Wieder seufzte Eva. »Das Haus meiner Eltern war voll von Büchern über die arische Rasse. Ich bin damit groß geworden.«

»Und glaubst du an diese ... diese arische Überlegenheit?«

Eva sah Terry aufmerksam an, wollte sehen, ob sie an dem Thema wirklich interessiert war. »Ich bin halt so erzogen worden«, sagte sie dann. »Aber eines Tages bin ich aufgewacht.«

»Wie kam das?«

Eva grinste. »Ich habe einen Film mit Will Smith gesehen.«

Terry lachte.

»Weißt du, was für eine Aufgabe das französische Paar bekommen hat?« fragte Eva.

»Ich habe gehört, daß sie mit Seife duschen sollen, ganz normaler Seife.«

»Das ist hart.«

»Und Yamamoto, der Japaner«, fuhr Terry fort, »muß zwei Stunden lang mit seiner Minolta 2000 Sightseeing machen. Hast du seine Kamera mal gesehen?«

»Ja, ein tolles Ding. Aber ich verstehe nicht, was dabei schwierig sein soll. Japaner lieben so was doch.«

»Ja, aber er darf nicht fotografieren.«

Eine Stunde nachdem sie Camp 80 verlassen hatten, fuhr der Minibus über eine staubige Straße bergauf. Plötzlich machten die Insassen eine aufregende Entdeckung: Sie fuhren auf Jerusalem zu.

Arad stand vorne im Bus, ein Mikrophon in der Hand, und machte den Reiseleiter.

»Hier sehen Sie Überreste der Schlacht um Jerusalem während des Unabhängigkeitskrieges.« Er zeigte auf die Wracks von gepanzerten Fahrzeugen, die den Straßenrand säumten. »Dank der unerschrockenen israelischen Armee ist die Heilige Stadt heute wieder frei zugänglich. Jerusalem setzt Emotionen frei wie keine andere Stadt. Für Milliarden von Menschen auf der ganzen Welt gibt es keine wichtigere Stadt als Jerusalem. Leidenschaft und Spiritualität gehen von dieser Stadt aus. Kurz gesagt: Jerusalem ist ein Pulverfaß, die Wiege von Rassenhaß und religiösem Wahn, Extremismus und Irrsinn.«

Arad legte das Mikrophon beiseite und setzte sich, um zu telefonieren. Nachdem es ein paarmal geklingelt hatte, meldete sich das Hauptquartier der Armee.

»Stellen Sie mich zu Haim durch«, sagte er im Befehlston.

Eine halbe Minute später meldete sich Brigadier Haim Rotem, stellvertretender Kommandeur des israelischen Geheimdienstes.

»Haim«, begrüßte Arad den Kamerad. »Hast du das Spiel gestern gesehen? Ein toller Bursche, dieser Ronaldo. Mal sehen, ob die Brasilianer gegen Spanien mehr Glück haben.«

Arad sah auf die Uhr und versuchte abzuschätzen, ob sie rechtzeitig zurück sein würden. Immerhin ging es ums Halbfinale, und um nichts in der Welt wollte er auch nur eins der WM-Spiele verpassen.

»Hör mal«, sagte er. »Du mußt zwei Sachen für mich regeln. Ich brauche ein Budget, um einen Zivilisten als Scharfschützen anheuern zu können.« Dann berichtete er von Ravi Kumars außerordentlichem Talent.

»Und das zweite?«

»Satellitenüberwachung von Mustafa Adauis Versteck. In knapp einer Woche wickelt er einen Drogendeal ab, und dieses Mal will ich ihn zur Strecke bringen.«

»Dafür brauche ich seine exakte Position.«

Arad holte einen Zettel aus der Uniformjacke.

»Blauer Code: Reihe drei – 1299 W, Reihe sechs – 3361 Z.«

»Seit Jahren sind wir hinter ihm her. Wie kommst du darauf, daß er ausgerechnet da ist?« fragte Rotem mit einer Mischung aus Skepsis und Neugier.

Arad lächelte. »Ich habe mir die Karte angesehen, und die Fotos. Das Haus liegt in einem toten Winkel für Antennenempfang und ist schlecht zu erreichen, aber leicht zu verteidigen. Es bietet drei Fluchtwege und eine Quelle in dreihundert Metern Entfernung. Es ist perfekt. Glaub mir, er ist da!«

Rotem schien das zu überzeugen. »Irgendwelche Geheimdienstler in seiner Nähe?« fragte er.

»Geheimdienstler nicht, aber demnächst ist eine Hälfte der Touristengruppe bei ihm, mit der ich gerade meine Zeit verschwende.«

»Glaubst du wirklich, daß er Touristen in seinem Unterschlupf empfängt?«

»Er ist clever. Sie werden bei ihm sein, wenn der Deal stattfindet. Er wird sie bestimmt als eine Art menschlichen Schutzschild benutzen. Er weiß, daß die Armee Verluste unter der Zivilbevölkerung vermeiden und erst recht nicht auf Touristen schießen will, weil das unserem Image schadet.«

»Und du? Hast du die Touristen in die Aktion eingeplant?« fragte Rotem.

»Na klar! Einigen habe ich besondere Aufgaben zugedacht, unter anderem dem buddhistischen Mönch, unserem neuen Scharfschützen.«

»Der, für den du das Budget beantragt hast? Meinst du wirklich, daß er das packt?«

»Mach dir keine Sorgen. Er ist perfekt für den Job.«

»Ein Mönch?«

»Verschaff mir einfach das Budget! Dann ist der Fuchs bald Geschichte.«

39

Mitch Taylor ärgerte sich über seine Aufgabe. Lieber wäre ihm etwas mit mehr Körpereinsatz gewesen, wie etwa Palästinenserkinder durch die engen Gassen jagen oder eine Synagoge in Brand stecken. Statt dessen stand er oben an der Treppe zum Kloster der Schwestern von Zion unweit der Grabeskirche, zusammen mit Rosman, der seine Leistung bewerten sollte, und drückte den Klingelknopf am Portal.

Eine kleine, hutzelige Nonne mit altmodischer Brille öffnete das Tor, schaute ihn mißtrauisch an und fragte: »Kann ich Ihnen helfen?«

»Ja, ich ... ähm ... wir ...« Mitch suchte nach den richtigen Worten.

»Wir möchten zu Schwester Mary«, sagte Rosman.

»Wen darf ich melden?«

»Verlorene Seelen, die geistlichen Beistand suchen«, sagte Rosman.

»Bitte kommen Sie herein.« Die Nonne setzte zu einem Lächeln an, was aber gründlich mißlang. Sie mochte keine Männer. Als junges Mädchen war sie sehr attraktiv gewesen, und viele Männer hatten sie begehrt. Seither haßte sie Männer. Mit Anfang Zwanzig war sie ins Kloster gegangen, um den ständigen Belästigungen zu entgehen. Ihr Plan war aufgegangen. Seit sie Nonne war, hatten die Männer jegliches Interesse an ihr verloren, und dafür haßte sie sie noch mehr.

»Warten Sie hier! Männer dürfen nur den Vorraum betreten.«

Mitch schaute sich um und atmete die kühle, feuchte Luft ein; die Nonne entfernte sich.

»Wer ist Schwester Mary?« fragte er Rosman.

»Woher soll ich das wissen?«

»Aber Sie haben doch nach ihr gefragt.«

Rosman zuckte mit den Schultern. »In jedem Kloster gibt es eine Schwester Mary.«

Eine große, rundliche Nonne, die um die Fünfzig zu sein schien, kam auf sie zu. »Herzlich willkommen. Ich bin Schwester Mary«, sagte sie.

Rosman grinste Mitch an, als wollte er sagen: Sehen Sie?

»Bitte nehmen Sie Platz.« Schwester Mary zeigte auf ein grünes Sofa und setzte sich in den Sessel gegenüber. »Wie kann ich Ihnen helfen?«

Mitch war nervös. Er holte ein Notizbuch aus seiner Jackentasche und räuspere sich. So hatte er sich ein Überlebenstraining nicht vorgestellt. »Wir möchten Ihnen gerne einige Fragen stellen.« Er sah Rosman fragend an.

»*Er* hat einige Fragen«, sagte der. »*Ich* bin in Glaubensdingen gefestigt.« Dann holte er ein kleines Aufnahmegerät aus der Jackentasche und vergewisserte sich, daß Mitch sah, wie er die Aufnahmetaste drückte.

»Ja, ich ... ich habe einige Fragen.« Wieder räusperte sich Mitch.

Schwester Mary saß reglos da und verzog keine Miene.

»Jesus hat doch Wunder vollbracht«, begann Mitch. »Also Wasser in Wein verwandelt, auf dem Wasser gegangen ...«

Die Nonne nickte stolz.

»Und es gab Zeugen für diese Wunder, nicht wahr?«

»Ja.«

»Genau. Und nun wollen wir gerne wissen ...« Er blickte Rosman an. »Ich meine, *ich* möchte gerne wissen ...« Unbehaglich rutschte er auf dem Sofa hin und her, schaute die Nonne an und dann wieder auf seine Notizen. »Was wir ... was ich gerne wissen möchte ... Vielleicht können Sie mir da weiterhelfen ...« Schuldbewußt hob er den Kopf und blickte wieder die Nonne an. Er konnte es nicht länger hinauszögern. Er mußte es jetzt aussprechen, auch wenn er dafür ewig in der Hölle schmoren würde.

»Also ... welche halluzinogenen Substanzen hat Jesus den Leuten vorher verabreicht?«

Schwester Mary schien nicht zu verstehen. »Halluzinogene Substanzen?« fragte sie.

»Pilze? Oder gab es damals schon LSD? Das wäre meine zweite Frage.« Mitch drohte an seinen eigenen Worten zu ersticken.

»Das waren keine Halluzinationen«, sagte die Nonne, als sie begriff, worauf Mitch hinauswollte. »Es ist wirklich passiert.«

Mitch interessierten die Antworten nicht. Er wollte die Sache nur schnell hinter sich bringen.

»Angenommen, Jesus würde auferstehen ... also noch einmal auf die Welt kommen ... Welcher Religionsgemeinschaft würde er angehören?«

Schwester Mary schwieg verblüfft.

»Wäre er Katholik oder Baptist oder Lutheraner oder vielleicht Methodist?«

Schwester Mary schien sich zu erholen. »Das alles sind Varianten ein und desselben Glaubens«, sagte sie. »Unterschiedliche Wege, die zum selben Ziel führen.«

»Aber Jesus war doch Jude«, würgte Mitch mit Mühe heraus.

Die Nonne hob die Augenbrauen.

»Wäre es nicht wahrscheinlicher, daß er einer jüdischen Glaubensrichtung angehören und in eine Synagoge anstelle einer Kirche gehen würde?«

Rosman lächelte zufrieden.

Schwester Mary war sichtlich unwohl. »Möglicherweise«, sagte sie.

»Eine letzte Frage noch.« Mitch wischte sich den Schweiß vom Hals. Noch nie war ihm etwas so peinlich gewesen. »Würden Sie Jesus weiter anbeten, wenn er ein Schwarzer wäre und eine Afromähne hätte?«

Schwester Mary wurde blaß. Rosman amüsierte sich königlich, und Mitch ahnte, was bei seiner Rückkehr in Salt Lake City auf ihn zukommen würde.

Auf dem Altstadtmarkt von Jerusalem bahnten sich Arad und Kumar einen Weg durch die Menschenmassen. Der Geruch von Gewürzen und die Rufe arabischer Händler lockten die Leute in die Buden und Läden.

»Nun mal los«, sagte Arad und zeigte auf einen Laden mit unnützen Souvenirs. »Sehen Sie den Mann da auf dem Stuhl, der mit diesen blöden Perlen spielt?«

»Ja.«

»Sprechen Sie ihn an, nehmen Sie ein geschnitztes Kamel aus dem Regal und verhandeln Sie über den Preis.«

»Okay.«

»Argumentieren Sie, widersprechen Sie, manipulieren Sie. Egal, was Sie tun – akzeptieren Sie auf keinen Fall den Preis, den er verlangt. Das sind alles Diebe und Betrüger. Sie brauchen also kein schlechtes Gewissen zu haben.«

Kumar nickte und ging auf den Ladenbesitzer zu. Sein ganzes Leben lang hatte er Konfrontationen vermieden. Er würde an der Aufgabe wachsen, die Arad ihm zugedacht hatte.

»Was soll das kosten?« Er griff nach einem geschnitzten Kamel.

Der Ladenbesitzer schaute, ohne aufzustehen, auf die Ware. »Zwanzig Dollar«, sagte er.

Kumar versuchte, so geschäftsmäßig dreinzublicken, wie er irgend konnte, und flüsterte: »Neunzehn.«

Verdutzt blickte der Ladenbesitzer zu ihm auf. »Gut, neunzehn Dollar.«

Kumar bezahlte und blickte erleichtert zu Arad hinüber.

Arad packte ihn am Arm und zog ihn mit sich fort. »Sie hätten sieben oder acht Dollar anbieten müssen«, er versuchte, nicht zu schreien. »Dann hätten Sie mit ihm so lange verhandeln müssen, bis Sie sich auf irgendwas um zwölf Dollar geeinigt hätten. Aber doch nicht neunzehn!«

»Aber es ist ein sehr schönes, handgeschnitztes Stück. Der Händler hat es von Anfang an zu einem fairen Preis angeboten.«

»Diese Kamele werden in China hergestellt, Curry! Darf ich Sie daran erinnern, daß die Tibeter die Chinesen hassen?«

»Aber ich bin Inder ... ich meine: amerikanischer Ureinwohner.«

»Sie hätten mit ihm handeln müssen, so wie neulich mit mir. Erinnern Sie sich? Als es darum ging, wie lange ich mit Ihnen meditieren würde.«

»Ja«, sagte Kumar und lächelte still. »Ich freue mich zu hören, daß Sie es nicht vergessen haben.«

Sie gingen schweigend weiter, und Arad beschloß, Kumar die Aufgabe zu erlassen. Er war Mönch. Es war vollkommen sinnlos, ihm etwas Weltliches beibringen zu wollen. Andere Souvenirhändler versuchten, die beider in ihre Läden zu locken, aber sie gingen unbeeindruckt weiter.

»Dieser Ort macht mir angst, Curry.« Arad schüttelte sich. »Sehen Sie sich bloß diese Leute an!« Er zeigte auf zwei Mönche in braunen Kutten, die an ihnen vorbeigingen. »Und die da!« Er deutete auf drei orthodoxe Juden mit schwarzen Hüten und graugestreiften Mänteln. »Sie alle beten ihre Vergangenheit an. Keiner von ihnen denkt als Individuum. Religion ist eine üble Sache, Curry! Sie verwandelt freie, gesunde Menschen in gefährliche Maschinen. Das wird uns noch alle vernichten, und teilweise ist das ja schon passiert. In Jerusalem sind die Menschen besonders fanatisch. Eine Katastrophe für die Menschheit.«

Kumar erwiderte darauf nichts, hielt sich direkt neben Arad und ignorierte die Lockrufe der Souvenirhändler. »Ich verstehe, was Sie meinen«, sagte er schließlich. »Religion sollte die Menschen eigentlich vereinen. Statt dessen trennt sie sie und entfacht Leidenschaften. Sie sollte die Wunden der Menschheit heilen, statt dessen vertieft sie sie mit scharfer Klinge. Menschen bekämpfen sich gegenseitig und fügen einander so viel Leid zu, und das alles im Namen Gottes.«

»Es freut mich, daß wir uns in diesem Punkt einig sind.«

Kumar verlangsamte seine Schritte und schob sich die Reisetasche als Schutz gegen Taschendiebe vor den Bauch. Dann fuhr er fort: »Dabei ist die Sache doch die: Es gibt keine schlechte Religion. Es gibt nur schlechte Menschen.«

Arad widersprach. »Die Religion macht die Menschen schlecht. Im Namen der Religion jagen sich Menschen in vollbesetzten Bussen in die Luft. Im Namen der Religion haben Missionare in Südamerika gehaust und die Indianer mit allen Mitteln missioniert. Im Namen der Religion wurden Andersgläubige gehenkt.«

Kumar nickte. »Und das Paradoxe daran ist, daß die Gläubigen – oder die so programmierten Maschinen, wie Sie sagen – die Wahl haben. Alle können ihre religiösen Texte auf verschiedene Weise interpretieren. Sie können sich an so moralische Sätze wie ›Du sollst nicht töten‹ halten oder aus derselben Quelle – in diesem Fall das zweite Buch Mose, Exodus – die göttliche Lehre ziehen: ›Ein jeder gürte sein Schwert um die Lenden und erschlage seinen Bruder, Freund und Nächsten.‹ Beide Optionen sind möglich.«

Kumar blickte Arad an, um zu sehen, ob er ihm folgen konnte.

»Man kann von Jesus lernen, ›seinen Nächsten zu lieben‹, oder im Matthäus-Evangelium einen ganz anderen Jesus entdecken: ›Ich bin nicht gekommen, Frieden zu bringen, sondern das Schwert. Ich bin gekommen, den Mann zu entzweien mit seinem Vater und die Tochter mit ihrer Mutter.‹ Genauso gut kann man von Mohammed lernen: ›Habe keine Juden und Christen zu Freunden‹, oder seine Wertschätzung des Judaismus übernehmen, als er sagte: ›Ihr werdet nichts ausrichten, wenn ihr nicht der heiligen Thora folgt, die der Herr euch gegeben hat. Nur wenn ihr der Thora folgt, werdet ihr zu Reichtum kommen.‹ Das steht sogar im Koran.«

»Tatsächlich? Hört sich ja an wie die Predigt eines Rabbi«, sagte Arad.

»Die Heiligen Bücher sind alle von Gott geschrieben«, erwiderte Kumar. »Sie sind voll von verwirrenden und widersprüchlichen Lehren.«

»Deshalb mag ich keine Heiligen Bücher.« Arad lächelte.

»Dabei könnten gerade Sie sie sehr schätzen, wenn Sie wollten«, sagte Kumar. »Mit den Heiligen Büchern gibt Gott den Menschen die Möglichkeit, den richtigen Weg zu wählen. Es ist seine Art, uns zu prüfen. Heilige Bücher sind voller Weisheit. Gott irrt sich nicht, Major. Nur Menschen tun das. Das Problem sind nicht die Heiligen Bücher, sondern die Leute, die sie kommentieren und ihren Inhalt verzerrt wiedergeben. Wie viele Menschen, glauben Sie, lesen die Heiligen Bücher und können doch nicht auf Sünde verzichten? Von den Milliarden, die die Heiligen Bücher lesen, sind das nur sehr, sehr wenige. Aber es sind diejenigen, von denen man in der Zeitung liest.« Kumar seufzte schwer und hängte sich die Reisetasche über die andere Schulter. »Verlieren Sie nicht den Glauben an die Menschen. Denken Sie doch bloß einmal an die Milliarden Menschen, die niemals auch nur versucht haben, Ihnen etwas Böses anzutun!«

Erstaunlicherweise wirkten seine Worte tröstend und beruhigend auf Arad. Es war das erste Mal, daß er in Jerusalem Hoffnung spürte.

4

In der Nähe des alten Jaffa-Tores bemerkte Kumar, daß seine Tasche gestohlen war. Traurig und enttäuscht setzte er sich auf eine Bank und überlegte, was er nun tun sollte. »Mein Paß war darin, mein Geld ... Alles ist weg.«

»Wahrscheinlich war es irgendein aufrechter Gläubiger«, versuchte Arad, ihn zu trösten. »Keiner von den bösen.«

»Was sind das bloß für Menschen?« jammerte Kumar. »Einem Mönch, einem Mann Gottes, die Reisetasche zu stehlen!«

»Ganz schön blasphemisch«, pflichtete Arad ihm bei.

»Mitten in Jerusalem, der heiligen Stadt!«

Arad legte Kumar eine Hand auf die Schulter. »Denken Sie lieber an die Milliarden, die ihre Tasche nicht gestohlen haben, obwohl sie es gern gewollt hätten. Sie wußten einfach nicht, daß Sie hiersein würden..«

Kumar seufzte. »Ich muß jetzt meditieren, um mich von negativen Gefühlen zu reinigen.«

Sie machten sich auf die Suche nach einem ruhigen Plätzchen. Eine halbe Stunde später hatten sie den idealen Ort gefunden – das belgische Konsulat. Sein gepflegter Rasen war der perfekte Ort zum Meditieren.

Der Fußmarsch hatte Kumar gutgetan, und er fühlte sich schon ein wenig besser. Schließlich war es nur eine Tasche, sagte er sich, ein Paß und ein wenig Geld – kein großer Verlust. Kumar nahm einen Schluck aus der Wasserflasche, die Arad ihm gekauft hatte.

»Wollen Sie jetzt Ihr Versprechen einlösen und mit mir meditieren, Major?«

»Okay«, sagte Arad. »Dann habe ich es hinter mir. Drei Minuten also.«

»Fünf!«

Arad grinste. »Sehen Sie? Wenn es Ihnen wichtig ist, können Sie feilschen!«

Kumar wählte eine bestimmte Stelle und setzte sich mit gekreuzten Beinen auf den Rasen. Dann lud er Arad ein, sich in derselben Position zu ihm zu setzen.

»Ziel der Meditation ist es, ruhig zu werden und in Einklang mit sich selbst zu kommen«, erklärte er. »Wenn wir zur Ruhe kommen, befreien wir uns von Ängsten und empfinden wahres Glück. Unsere Stimmungsschwankungen rühren daher, daß wir zu sehr auf Äußeres fixiert sind. Beim Meditieren erschaffen wir einen inneren Raum voller Klarheit, der es uns erlaubt, unser Denken und Fühlen selbst zu bestimmen.« Arad schaute Kumar in die Augen. »Wenn Sie so weitermachen, sind die fünf Minuten bald um.«

»Also gut. Im ersten Stadium der Meditation müssen

Sie versuchen, alles zu ignorieren, was Sie ablenkt, und Ihren Geist leeren.«

»Wie soll das gehen?«

»Setzen Sie sich bequem hin und halten Sie den Rücken gerade.«

Arad tat wie geheißen.

»Jetzt schließen Sie die Augen – aber nicht zu fest – und konzentrieren sich auf irgendeine Sache, etwas Neutrales, das Sie nicht besonders berührt, weder positiv noch negativ.«

Arad schloß seine Augen – aber nicht zu fest – und begann, angestrengt nachzudenken. »Okay«, sagte er nach einer Weile. »Ich sehe den Pappkarton, den mein Vater zu meiner Bar-Mizwa-Party anschleppte, voll mit Spirituosen ... Nein, das ist zu aufregend.« Dann kam ihm ein neuer Gedanke. »Jetzt hab ich's. Der Müllschlucker in meinem Elternhaus. Ich sehe den silbernen Schlund in der Küche vor mir und höre das Krachen, wenn mein jüngerer Bruder wieder eine Barbiepuppe unserer Schwester hineingeworfen hat ...«

»Vielleicht sollten Sie an etwas in der freien Natur denken, eine bestimmte Landschaft vielleicht«, schlug Kumar vor.

Arad schwieg einen Moment. Dann sagte er: »Wir sind mal mit der ganzen Familie in die Schweiz geflogen. Ich sehe die grünen Wälder bei Interlaken vor mir.«

»Gut, sehr gut.«

»Wir machen ein Picknick. Eine karierte Tischdecke liegt auf dem Gras. Darauf steht ein Korb mit Sandwichs und Äpfeln. Meine Mutter liest ein Buch.«

»Wunderbar.«

»Wir haben den Müllschlucker mitgenommen. Mein Bruder wirft Chico rein, den Teddybär unserer Schwester.«

»Machen Sie jetzt keine Witze!«

»Okay, okay.« Arad war die ganze Sache mehr als peinlich.

»Konzentrieren Sie sich auf den Picknickkorb mit den Lebensmitteln.«

Arad sah ihn vor sich.

»Jetzt atmen Sie entspannt, möglichst durch die Nase, und versuchen Sie, Ihren Atem zu spüren, wie er durch die Nase einströmt, sich in Ihrem Körper verteilt und dann wieder durch die Nase ausströmt. Ignorieren Sie jedes Bild, jeden Gedanken. Bleiben Sie bei dem Korb, und bei Ihrem Atem. Bald werden Sie merken, wie entspannt und erfrischt Sie sich fühlen.«

Arad folgte Kumars Anweisungen. Ihm fiel ein, daß sich seine Eltern an jenem Tag gestritten hatten, aber er schob diesen Gedanken beiseite und kehrte zu dem Korb zurück. Es fühlte sich gut an, und schnell erreichte er ein Stadium vollkommener Entspannung, ein völlig neuer Zustand.

Als er die Augen wieder öffnete, glaubte er, mindestens eine Stunde sei vergangen.

Kumar saß ihm gegenüber. »Sie haben fast zwanzig Minuten lang meditiert«, sagte er.

Langsam stand Arad auf und schüttelte Arme und Beine. Er fühlte sich so erfrischt, wie Kumar es vorausgesagt hatte.

Sie gingen Richtung King George Street, wo der Bus für die Rückfahrt auf sie wartete. Aber sie hatten noch etwas Zeit.

An einer Straßenecke bemerkte Arad eine Spielhalle. »Wollen Sie mal meine bevorzugte Entspannungsmethode kennenlernen?« fragte er Kumar. Er zeigte auf die Spielhalle. »Was halten Sie davon, wenn wir schnell noch ein paar virtuelle Ungläubige abballern?«

Kumar mußte an seine gestohlene Tasche denken, und augenblicklich war der entspannende Effekt der Meditation dahin. »Okay«, sagte er. »Machen wir ihnen die Hölle heiß.«

42

Es war schon eine Viertelstunde über die vereinbarte Zeit für die Rückfahrt. Kumar machte Arad darauf aufmerksam, aber Arad hörte nicht auf, Münzen in den Spielautomaten namens »Phantasia-Stadt« zu stecken und die Fußgänger auf dem Bildschirm abzuknallen.

»Wir in Israel haben Einsteins Relativitätstheorie verstanden«, sagte Arad einige Minuten später, als sie auf den Minibus zugingen. »Zeit ist für uns eine Zeitung, die es am Kiosk gibt. Und Pünktlichkeit ist nichts als ein Wort mit putzigen Vokalen.«

Die Gruppe im Bus staunte, als Kumar mit Kuscheltieren einstieg – fünf Elefanten und vier Krokodilen.

»Er ist ein exzellenter Schütze«, sagte Arad zu Brant. »Die hat er alle gewonnen, bevor der Besitzer der Spielhalle uns rausschmiß.« Er holte eine Rassel und zwei Lollis aus seiner Tasche. »Ich hab nur das hier gewonnen.«

Der Fahrer gab ordentlich Gas, als er den Hügel abwärts kurvte.

Jean Pirette hatte seine Pillen gegen Reiseübelkeit viel zu früh genommen, und ihre Wirkung war längst verflogen. Trotzdem machte ihm die rasante Fahrt nichts aus, er schlief tief und fest, und sein Kopf wackelte auf der Schulter seiner Frau herum. Unsanft fuhr er hoch, als Arad brüllte:

»Wir haben unseren Plan geändert. Sie fahren nicht nach Camp 80 zurück.«

Pirette rieb sich die Augen und gähnte.

»Ist Ihnen langweilig, Quasi?«

»Non, Major, isch meine, nein. Isch bin nur … nun, ein wenig überrascht.« Er hob die Hand vor den Mund, weil er schon wieder gähnen mußte.

Arad kam nicht ganz mit. »Gähnen Sie immer, wenn Sie überrascht sind?«

»Pardonnez-moi!«

Der Fahrer hupte wütend, als er einen anderen Wagen überholte, und zeigte ihm den Stinkefinger. Arad sah ihn an, dann wandte er sich wieder den Touristen zu.

»Sie werden heute abend in zwei Gruppen aufgeteilt. Fangen Sie schon mal an, sich voneinander zu verabschieden.«

Die Gruppe sah ihn überrascht an.

»Statt nacheinander eine jüdische Siedlung und ein Palästinenserlager kennenzulernen, fährt eine Hälfte nach Mavo Dotan und die andere zu einer Kampfeinheit der Roten Amal.«

Mit der Hand, die nicht das Mikrophon hielt, fischte er einen Zettel aus der Jackentasche.

»Dann wollen wir mal sehen, wer wohin kommt.« Statt auf den Zettel blickte er in die gespannten, ängstlichen Gesichter. »Das große Los gezogen und viel Spaß mit den Palästinensern werden haben ... Mitch Taylor, Ravi Kumar, Terry Hampton, Kozo Yamamoto ...« Dann folgten noch etliche andere Namen. »Für das jüdische Abenteuer sind nominiert ... Jane Goldman, Eva Braunschweig, Nathan, das französische Paar ...« Als er fertig war, steckte er den Zettel wieder in seine Jackentasche.

Jane Goldman stand erregt auf. »Major, bitte, ich will nicht in die jüdische Siedlung. Das widerspricht meiner Weltanschauung. Ich möchte zu den Palästinensern.«

Arad seufzte. »Was für ein verwöhntes jüdisches Prinzeßchen! Sie können von Glück sagen, daß ein Erwachsener diese Sachen regelt. Sie WERDEN zu der Siedlung fahren, und Sie WERDEN es genießen!« Dann warf er ihr einen so finsteren Blick zu, daß sie sich setzte.

Weiter hinten im Bus hob Terry Hampton die Hand.

»Ja, Liebste?«

»Gehe ich recht in der Annahme, daß die Menschen, mit denen wir zu tun haben werden, sehr religiös sind?«

»Korrekt.«

»Können Sie uns noch mehr über sie verraten?«

»Was denn, zum Beispiel?«

»Nun ja ... ihre Sitten, woran sie glauben, wie man sich benehmen muß ... ganz allgemein, wie sie so sind und was sie verletzten könnte. Ein wenig Vorbereitung könnte uns allen nicht schaden. Und ich spreche hier für beide Religionen, die Juden und die Moslems.«

Arad nickte. Er hatte keine Ahnung von Benimm, aber er wußte, was er von »ihnen« zu halten hatte, den Frommen auf beiden Seiten. Nur zu gern ließ er Terry und den anderen eine kurze anthropologische Abhandlung zuteil werden, die alles auf den Kopf stellte.

Mustafa Adaui zog mehrere Schubladen seines alten Schreibtisches auf und durchwühlte Papierberge nach seinem Telefonbuch. Schließlich fand er es genau vor sich, gleich unter dem blau eingebundenen Koran. Er legte sich aufs Bett und begann zu blättern.

»Ali, das Telefon!«

»Wo ist es denn?«

Adaui war in die Liste vertieft und antwortete nicht.

»Ich kann es nicht finden, Chef.«

Adaui blickte auf. »Was soll das heißen: Du kannst es nicht finden?«

»Es muß hier irgendwo sein. Ich glaube, Sie haben es als letzter benutzt.«

Adaui rührte sich nicht. Dann stieß er einen Fluch aus, sprang vom Bett auf und riß Decke und Kopfkissen hoch. Als er es nicht finden konnte, schrie er: »Wo steckt dieser Ahmed, wenn man ihn mal braucht?«

»In der Schule.«

»In der Schule? Was macht er da?«

Da war Ali überfragt. Er wußte nicht, was man in einer Schule machte. Irgendwann einmal – aber das war lange her – hatte er selbst eine besucht, aber nach drei Jahren in der vierten Klasse hatten die Lehrer ihm nahegelegt, abzugehen und seine besonderen Talente anderweitig nutzbar zu machen. Der Direktor hatte seinen Vater zu einem Gespräch eingeladen, und die beiden waren übereingekommen, daß der Junge als Selbstmordattentäter eine glänzende Zukunft vor sich hatte. Ahmed hingegen hatte andere Pläne.

»Ich kann Ahmed anrufen und sagen, daß er kommen muß. Soll ich?«

Inzwischen suchte Adaui in seinen Jackentaschen nach dem Telefon. Mitten in der Bewegung hielt er inne, warf Ali einen mörderischen Blick zu und sagte: »Gute Idee. Ruf ihn an.«

Ali verstummte, dann grinste er verschämt. »Tut mir leid«, sagte er.

Im selben Moment bewies Allah seine Macht und sandte einen Klingelton auf Adauis Telefon. Beide Männer erstarrten und rannten dann gleichzeitig los, jeder in eine andere Richtung.

Ali fand schließlich das Gerät. Mit einem Siegerlächeln reichte er es Adaui. »Unter den Sofakissen«, sagte er.

Adaui nahm das Telefon und setzte sich an den Schreibtisch. Der Anrufer hatte inzwischen aufgelegt, und Adaui blätterte erneut in seinem Telefonbuch.

»Farouk, Hassan, Musah«, murmelte er. »Da! Yussoufs Teigwaren!« Er tippte die Nummer ein.

»Yussoufs Teigwaren.«

»Ich möchte mit Rafik sprechen.«

»Ist nicht da.«

»Können Sie einen Auftrag notieren?«

»Ich ... ich glaube schon.«

»Schreiben Sie auf«, herrschte Adaui den Mann an. »Dreißig Erdbeerkekse, vier Zimtschnecken, aber die großen, zehn Apfelschnitten und zwei Schokoladentörtchen.«

»Ich muß mal nachsehen, ob wir alles dahaben.«

Adaui wippte nervös mit dem Fuß. Das dauerte zu lange.

»Tut mir leid, aber die Zielfernrohre ... ich meine, die Schokoladentörtchen sind aus.«

Adaui stieß einen leisen Fluch aus. »Warum schicken Sie den Israelis nicht gleich eine Klartextabschrift unseres Gesprächs?«

»Tut mir leid, Sir, ich bin neu hier.«

»Habt ihr die anderen Sachen?«

»Ja, Sir. Welches Kaliber ... ich meine, welche Größe sollen die Apfelschnitten haben?«

»Die Apfelschnitten? Neun Millimeter, aber bitte mit Sahne!«

Ganz offensichtlich war man am anderen Ende der Leitung irritiert. Schließlich flüsterte der Mann ins Telefon: »Meinen Sie: mit Schalldämpfer?«

Adaui seufzte. »Glauben Sie, die Israelis können Sie nicht hören, wenn Sie flüstern?«

»Tut mir leid, Sir.«

»Vergessen Sie's. Ich ziehe die Bestellung zurück.« Adaui legte auf. Dann drehte er sich zu Ali um.

»Ich hab' echt die Schnauze voll von diesem Rafik«, sagte er und trat gegen den Schreibtisch. »Dieser Kerl hängt die ganze Zeit bei seiner Geliebten in Beirut rum und ist nie da, wenn man ihn braucht. So kann man doch nicht arbeiten!«

»Da haben Sie recht, Chef.«

Adaui beugte sich wieder über sein Telefonbuch und

suchte. Da: Vladimirs Parfum und Body Shop. Zehn Sekunden später meldete sich eine tiefe Stimme mit starkem russischem Akzent.

»Hallo, Vladi. Hier spricht Phantom Eins.«

»Ach, hallo! Was für eine Überraschung.«

»Hör mal, ich habe eine eilige Bestellung.«

»Wann brauchst du das Zeug?«

»Morgen.«

Vladimir lachte. »Unmöglich.«

»Wenn du nicht liefern kannst, rufe ich Rafik an.«

»Rafik ist in Beirut bei seiner Geliebten.«

Adaui legte die Hand über die Sprechmuschel und fluchte. »Ich hab' keine Zeit zu verlieren, Vladi. Die Israelis planen eine Aktion für diese Woche. Ich brauche das Zeug.«

»Das kostet aber extra.«

»Schick die Rechnung an die Iraner. Bei denen spielt Geld keine Rolle.«

Vladimir schien nachzudenken. Dann fragte er: »In US-Dollar?«

»Klar.«

»Letztes Mal haben sie in iranischen Rial bezahlt. Ist dir klar, was man damit anfangen kann?«

»Diesmal gibt's bestimmt keine Probleme.«

»Dann schieß mal los.«

Adaui begann, die Bestellung aufzugeben, bis er von Vladimir unterbrochen wurde.

»Moment, Moment! Die Spülung mit lang anhaltendem Vitamin-B-Komplex für fettiges Haar von Head & Shoulders ist ein amerikanisches Produkt. Ich verkaufe nur russische Ware. Vielleicht genügt dir die Pantene-Spülung für dauergewelltes Haar mit Nachfüllpackung?«

»Vladi! Dieses russische Zeug taugt doch nichts!«

»Soll das eine Beleidigung sein?«

»Ist doch wahr! Die Dinger funktionieren einfach

richt. Als du mir das letzte Mal die Aloe-Vera-Body-lotion für trockene Haut angedreht hast, ist es in drei Fällen zu Hautirritationen gekommen.«

»Und wie wäre es mit Estée Lauder, die Sechserserie?«

»Ein Rosthaufen!«

»Givenchy Pour Homme?«

»Macht zu viel Krach.«

»Also gut. Ich schicke dir das Eau de Cologne von Yves St. Laurent.« Dann setzte er noch hinzu: »Den Prototyp.«

Adaui glaubte, sich verhört zu haben. »Den Prototyp?«

»Der kostet natürlich extra.«

Adaui konnte es immer noch nicht fassen. »Wie, zum Teufel, bist du da denn rangekommen?«

»Beziehungen, mein Freund.«

Adauis Gedanken überschlugen sich. Der Prototyp war eigentlich als stille Reserve gedacht, wenn alle anderen Möglichkeiten ausgeschöpft waren.

»Na gut, dann schick mir einen«, sagte er und beendete das Gespräch. Sein Herz klopfte wie wild.

Bestimmt konnte ihm der Prototyp gute Dienste leisten. Falls die Israelis das Gespräch mitgehört hatten, war ihnen jetzt das Herz in die Hose gerutscht. Der Prototyp war eine wirkungsvolle Präventivmaßnahme. Wieder blätterte Adaui in seiner Telefonliste.

»Rasmi, hier ist Mustafa. Schick mir heute abend gegen zehn zwei Familienpizzas und einen Kasten Mekka-Cola.« Dann legte er auf.

Ali sah ihn verwundert an. Von Familienpizzas hatte er noch nie etwas gehört. »Was war denn das für eine Bestellung?« fragte er.

Adaui sah ihn verständnislos an. »Ich habe zwei Pizzas und einen Kasten Cola bestellt.«

»Ja, ja. Aber was ist das?«

»Diese flachen, runden Dinger mit Tomaten und

Käse, die man ißt, wenn man den Schlankheitswahn aufgegeben hat.«

Ali verstand immer noch nicht.

»Herrgott noch mal, PIZZA! Genug für dich und mich und die anderen. Heute wird doch das Halbfinale im Fernsehen übertragen.«

Ein letztes Telefonat hatte Adaui noch zu führen. Er ging aus dem Haus und zündete sich eine Zigarette an. Dann starrte er eine Weile auf das Telefon in seiner Hand, unschlüssig, ob er dieses Gespräch wirklich führen wollte. Er drehte sich um und überzeugte sich, daß die Haustür wirklich zu war. Sie war zu, und Ali hockte drinnen vor dem Fernseher. Es war also sicher. Adaui sog die kühle Abendluft ein und entfernte sich noch etwas weiter vom Haus. Ein paar Minuten später schaute er wieder auf das Telefon und entschloß sich, anzurufen.

»Ultrareligiöse Juden und Muslime sind einander sehr ähnlich«, begründete Arad die Änderung des Plans. »Beide gehören semitischen Nationen an. Beide sind Monotheisten. Beide essen kein Schweinefleisch, und beide betrachten nichtreligiöse Menschen als Abschaum. Ihr ganzes Leben basiert auf den Grundsätzen religiöser Gebote. Nehmen wir zum Beispiel die Muslime.«

In einer Kurve kam er ins Schwanken, fing sich dann aber und fuhr fort: »Wenn sie Probleme haben, orientieren sie sich an islamischen Glaubensgrundsätzen. Danach ist alles entweder gut oder böse, schwarz oder weiß. Für sie gibt es nur eine Wahrheit, und in der Regel sieht die anders aus als unsere. Alles, was praktisch ist und Spaß macht, ist verboten, alles Deprimierende erlaubt. Sie sprechen mit einem Moslem niemals über Alkohol, Frauen, Sex, Schweinefleisch, Juden, Christen, Filme, Theater, Bücher, Sport, Politik, das Wetter, Kunst, Architektur, andere Menschen, Haustiere, Gemüse, Puzzles, Parkscheine, Lampen, Türgriffe, Waschmaschinen, Mineralwasser, die lateinische Grammatik, den Code Napoléon oder die schwedische Pornoindustrie.«

Er holte tief Luft, ehe er fortfuhr: »Im Islam wie auch im Judaismus dominiert der Mann. Er trifft die Entscheidungen, er sorgt für den Lebensunterhalt, ohne ihn hätten Frauen keine Existenzberechtigung. Das sehe ich übrigens ganz genauso. Frauen zählen nicht. Die sollen kochen, saubermachen und für den – möglichst männlichen – Nachwuchs sorgen. Dennoch haben Moslems eine enge Bindung an ihre Clans, Stämme und Familien. Seien Sie also nicht überrascht, wenn Sie jemanden wie Suliman Katib besuchen und dort seine vier Frauen, drei Mütter und Dutzende von Kindern antreffen. Auch religiöse Juden haben viele Kinder, dürfen aber nur eine Frau und eine Mutter haben, und viele wären wahrscheinlich glücklicher, wenn sie gar keine Mutter hätten. Jane Goldman wird Ihnen das sicher bestätigen.«

Jane gelang es dieses Mal, sich zu beherrschen. Nur ihre zusammengepreßten Lippen verrieten, was sie von Arad hielt.

Arad beugte sich zum Fahrer hinunter und zeigte auf ein paar Lichter in der Ferne. Es war langsam dunkel geworden, und sie fuhren schon seit über zehn Minuten durch unbewohntes Gebiet.

»Wir erreichen in Kürze den Sammelplatz. Dort werden wir uns aufteilen und getrennte Wege gehen. Ich begleite die Gruppe, die in die jüdische Siedlung fährt.« Er schaute Eva vielsagend an. Bis jetzt war noch nichts zwischen ihnen geschehen. Tagsüber absolvierte die Gruppe ein kompaktes Trainingsprogramm, und nachts war Arad damit beschäftigt, sich über Adauis Vorbereitungen für den Drogendeal zu informieren.

»Noch irgendwelche Fragen?«

Nathan meldete sich. »Ich stehe ja auf der Liste für das Palästinenserlager, und ich würde gerne wissen, wie man den Unterschied zwischen harmlosen Bewohnern und Terroristen erkennt.«

»Gute Frage«, sagte Arad anerkennend. »Im Grunde ist es ganz einfach. Wenn Sie ein muslimisches Haus betreten, schauen Sie sich aufmerksam um. Achten Sie besonders auf das Wohnzimmer. Jede Kleinigkeit kann von Bedeutung sein. Eine muslimische Familie, die für Frieden und Toleranz eintritt, erkennen Sie an ihrer Einrichtung. An der Wand hängt ein Foto von Mahatma Gandhi oder Mutter Teresa, oder eine Taube mit Olivenzweig im Schnabel hängt von der Decke. Von außen ist das Haus mit leuchtenden warmen Farben bemalt, ein bißchen psychedelisch, wie in den Siebzigern, und an den Wänden stehen Slogans wie ›Make love – not war‹, ›Freiheit für Nelson Mandela‹ oder ›Ich liebe Israel‹. Wenn Sie nichts von alledem entdecken, sympathisiert die Familie mit den Terroristen.«

Irgendwo zwischen Mavo Dotan und dem Basislager der Roten Amal traf Arad schließlich auf Abu Aziz. Er war aus dem Minibus gestiegen, schüttelte Abu Aziz die Hand und erläuterte ihm das bislang absolvierte Trainingsprogramm.

Auch die Touristen waren ausgestiegen, hatten sich auf die Erde gesetzt und warteten auf weitere Anweisungen.

Die nächste Stadt war gut sechs Kilometer entfernt. Es war dunkel und sehr still. Irgendwo zirpten Grillen.

Nach dem Gespräch mit Abu Aziz kehrte Arad zur Gruppe zurück; auf halbem Wege klingelte sein Handy. Das Geräusch zerriß die pastorale Stille.

»Ja?« brüllte Arad ins Telefon.

Eine unbekannte Stimme antwortete: »Spreche ich mit Arnon Arad?«

Eine verdächtige Stimme, ziemlich aufgeregt und vor allem haßerfüllt. Seine Instinkt sagte Arad, daß hier etwas faul war.

»Wer spricht da?« fragte er und wandte sich von der Gruppe ab.

Der Anrufer antwortete nicht gleich. Arad lief es kalt den Rücken hinunter. Hier war etwas oberfaul!

»Merkwürdig«, sagte der Anrufer schließlich. »Sie klingen ganz anders, als ich erwartet hatte.«

»Wer, zum Teufel, spricht da?« Langsam wurde Arad sauer. Und plötzlich wußte er, wer der Anrufer war. Erstaunt riß er die Augen auf. »Na, wenn das keine Überraschung ist«, sagte er und lächelte grimmig. »Mustafa Adaui, mein Lieblingsfuchs! Woher haben Sie meine Telefonnummer?«

»Ich habe sie ihm gegeben.« Abu Aziz war Arad gefolgt, legte ihm eine Hand auf die Schulter und lächelte freundlich.

Wütend drehte sich Arad zu ihm um und ließ das Telefon sinken. »Das ist eine Geheimnummer, verdammte Scheiße! Noch nicht mal mein Bruder kennt die Nummer. Und Sie geben sie einfach an einen Terroristen weiter?«

»Es ist wichtig, daß Sie zusammenarbeiten. Bitte sprechen Sie mit Mustafa.«

»Mustafa.« Arad grinste. »Wie harmlos das klingt!« Er hob das Telefon wieder ans Ohr. »Hören Sie, Fuchs! Es ist das erste und das letzte Mal, daß wir miteinander sprechen. Ist das klar?«

»In Ordnung. Ich mag Sie auch nicht. Ich brauche bloß Ihre Zusage, daß heute abend kein Angriff stattfindet, wenn wir die Gruppe abholen. Ich will in Ruhe das Spiel ansehen und mir von Ihnen nicht den Abend verderben lassen.«

Auch Arad wollte das Spiel nicht verpassen. Er beendete das Gespräch per Tastendruck, ohne zu antworten, und steckte das Telefon wieder in die Tasche.

»Sagen Sie ihm, daß heute nichts passiert«, sagte er zu Abu Aziz. Niemals würde aus seinem eigenen Munde etwas kommen, was Adaui beruhigen oder erfreuen könnte.

45

Ein scharfer Wind blies den Touristen entgegen, die an den Toren von Mavo Dotan aus dem kugelsicheren Van stiegen. Arie Plotnick trug einen dicken Militärmantel, als er sie begrüßte. Dann führte er sie an ein Lagerfeuer, das er in sicherer Entfernung zu der Wohnwagensiedlung entfacht hatte, und reichte allen eine Tasse Tee aus selbstgezogenen Kräutern. Er mußte seine Kappe festhalten, weil der Wind sie ihm vom Kopf zu wehen drohte.

Zwei Wochen lang hatte er an seiner Begrüßungsrede gefeilt. Er wollte den Leuten gleich zu Beginn eine klare Botschaft vermitteln, die ein positives Licht auf die jüdischen Siedler warf und das verzerrte Bild geraderückte, das die Medien in aller Welt verbreiteten. Er freute sich darauf, den Leuten eine neue Perspektive zu vermitteln.

Als es nun soweit war, zitierte er über eine Stunde lang Bibelstellen, aus denen sich der göttliche Auftrag ablesen ließ, hier in der West Bank jüdische Siedlungen zu gründen. Auch der Chronologie des Konflikts widmete er sich ausführlich und sprach über Glauben und Spiritualität. Das Wichtigste aber hob er sich bis zum Schluß auf: das Schuldthema.

»Seit Jahrhunderten werden Juden verfolgt, vertrieben und umgebracht«, schmetterte er den Touristen entgegen. »In Babylon, Spanien, Nazi-Deutschland und so weiter. Und warum? Womit haben wir diese Grausamkeit verdient? Kann mir das vielleicht mal jemand verraten?« Nacheinander blickte er in jedes Gesicht.

»Wir wollten immer nur in Frieden leben. Zu allen Zeiten haben wir dem Gemeinwohl gedient. Die edelsten und moralisch einwandfreisten Ideen stammen von Juden: der Sabbat – ein Ruhe- und Feiertag zur geistigen Besinnung, die Zehn Gebote – ein universeller Gesetzeskodex zum Wohle der Menschen ... Du sollst nicht töten ... Du sollst nicht stehlen ... Du sollst nicht begehren deines Nächsten Weib ...« Er machte immer weiter und vermittelte ein vollständiges Bild all der Segnungen, die die Menschen den Juden zu verdanken hatten.

»Viele Juden haben einen bedeutenden Beitrag zum Allgemeinwohl geleistet – Albert Einstein, Karl Marx, Sigmund Freud, Jesus, Henry Kissinger, Daniel Barenboim, Itzhak Perlman, Pinchas Zukerman, Jerry Seinfeld, Barbra Streisand und David Copperfield, um nur einige zu nennen.« Er schaute in seine Notizen.

Arad gab ihm von hinten Zeichen, daß er zum Schluß kommen solle. Das Spiel würde in zehn Minuten anfangen.

»Kurz gesagt«, setzte Plotnick zum Schlußwort an, »verlangen wir nichts anderes, als hier ein einfaches, ruhiges Leben führen zu dürfen, auf dem Fleckchen Land, das Gott uns gegeben hat. Wir wollen in Frieden und Sicherheit mit unseren arabischen Nachbarn zusammenleben und unseren Glauben praktizieren. Nicht mehr und nicht weniger.«

Einige Zuhörer nickten. Doch Jane Goldman meldete Protest an.

»Das Land, das ihr beansprucht, gehört den Palästinensern. Es ist nicht Gottes Wille, daß ihr es ihnen wegnehmt.«

»Das ist eine Verdrehung der Tatsachen«, erregte sich Plotnick. »Sie haben *uns* das Land gestohlen.«

»Hör nicht auf sie«, sagte Arad von hinten. »Sie ist eine amerikanische Jüdin.«

Plotnick sah sie mit großen Augen an, nickte verständnisvoll und sprach ihr sein aufrichtiges Beileid aus: »Sie können ja nichts dafür.«

»Was soll das denn heißen?« sagte Jane verblüfft. »Sie stammen doch selbst aus Amerika! Wie kommen Sie dazu, so etwas zu sagen?«

Plotnick seufzte. »Das stimmt. Ich wurde in Amerika geboren.« Er mußte tief Luft holen. »Und es war eine lange und schwierige Umgewöhnung ... Aber ich habe es geschafft.« Er hob beide Hände. »Sehen Sie mich an! Ein kleiner israelischer Jude. Nicht mehr der arrogante, perfektionistische Überflieger, zu dem ich in Brooklyn erzogen wurde. Und ich bin heute glücklich. Glücklicher als je zuvor.«

Jane wollte etwas erwidern, aber Plotnick hatte es eilig, das Thema zu wechseln. »Ich möchte Ihnen noch einige Informationen geben, bevor Sie sich das Spiel anhören. Diese Siedlung besteht aus fünf Familien. Bitte wahren sie deren Privatsphäre. Innerhalb der Siedlungsgrenzen können Sie Ihre Zelte aufstellen, wo Sie wollen. Gibt es noch Fragen?«

»Ja«, sagte Arad, und er klang äußerst besorgt. »Was hast du eben gemeint: wir ›hören‹ uns das Spiel an?«

Plotnick zeigte auf einen Wohnwagen ganz am Ende der Siedlung. »Das ist unsere Bibliothek. Dort befindet sich das Radio. Einen Fernseher haben wir nicht.«

Arad war so schockiert, daß ihm die Worte fehlten.

»Ja, bitte?« rief Plotnick, als jemand an seine Wohnwagentür klopfte.

Eva Braunschweig öffnete die Tür einen Spaltbreit und steckte den Kopf herein. »Tut mir leid, wenn ich störe, aber es ist draußen furchtbar kalt, und ich wollte fragen, ob ich hierbleiben kann, bis das Spiel zu Ende ist.«

»Klar.« Plotnick lächelte und klappte das Buch zu, das er gelesen hatte.

»Draußen ist es ziemlich laut, wegen des Spiels. Ich will Sie aber nicht stören. Ich habe mir ein Buch mitgebracht.«

Plotnick stand schnell auf und räumte die Zeitungen fort, die sich auf der Couch stapelten. »Machen Sie sich's gemütlich. Ich war auch gerade am Lesen.« Evas blaue Augen gefielen ihm. Noch nie hatte ihn eine so schöne Frau in seiner bescheidenen Bleibe besucht. Er war ganz aufgeregt.

Die beiden standen einander gegenüber und schauten sich an. Um ein Haar wäre es peinlich geworden. Gerade noch rechtzeitig senkte Plotnick den Blick und setzte sich wieder in den Sessel.

Eva nahm am anderen Ende der Couch Platz und schlug ihr Buch auf. Draußen hörte man es stürmen. Plotnicks Wohnwagen hatte keine Heizung, aber hier drinnen war es wesentlich angenehmer als draußen. Eva musterte Plotnick heimlich. Er war unrasiert und mit seinem vom Wind zerzausten Haar wirkte er wie ein großer Junge. Er war genau Evas Typ. Sie versuchte zu erkennen, was er las.

»Ich fasse es nicht! Sie lesen ja *Breakfast for Champions*«, rief sie erstaunt.

Plotnick erschrak und sah sie über das Buch hinweg an.

»Es kann doch kein Zufall sein, daß wir beide gerade Kurt Vonnegut lesen!« sagte Eva.

Plotnick verschlang Eva mit seinen Blicken. In seiner Magengegend flatterten Schmetterlinge. Das Gefühl war ihm völlig neu.

46

Eine halbe Stunde nach Mitternacht betrat Suliman Katib das Hauptquartier der Roten Amal. »L. A. Law« war vor einer Stunde zu Ende gewesen, und danach hatte er noch geduscht und die traditionelle Galabia angelegt. Begleitet von Ali, Ahmed und drei anderen, die einfach neugierig waren, legte er einen großen Auftritt mit Gefolge hin, wie es sich für einen geistigen Führer gehörte.

»Salam alaikum«, begrüßte er die Touristen und nahm würdevoll vor ihnen Platz.

Die Gruppe saß im Halbkreis und wartete schon seit über einer Stunde auf ihn. Niemand wagte, aufzustehen oder den Platz zu wechseln. Alle wußten, daß seine Anwesenheit eine große Ehre war, und zollten ihm Respekt.

Ahmed brachte seinem Anführer eine Tasse starken schwarzen Kaffee.

»Die Welt ist in großer Gefahr«, begann Katib dramatisch. »Überall herrscht Haß, Gewalt und Verzweiflung.« Er machte eine weltumspannende Bewegung. »Anstand und Moral sind dahin. Die Menschen betrügen und hintergehen einander, schlafen mit Männern und Frauen, die nicht ihre Partner sind und mißbrauchen den Namen des Herrn.«

Ravi Kumar nickte.

»Wer ist dafür verantwortlich? Wer hat dieses Chaos über die Welt gebracht?« Katib hob die Stimme. »Wir leiden, meine lieben Freunde, weil die Juden uns dafür bestrafen, daß sie ihren Bund mit Gott gebrochen haben.«

Mitch Taylor war der einzige, der Zustimmung signalisierte. Er war der einzige, der zu verstehen glaubte, wovon Katib sprach.

»Sie haben ihm Unrecht getan, und nun tun sie uns

Unrecht. Ihr einziger Beitrag zum Fortkommen der Menschheit sind Rassismus, Krieg und … und …?« Er dachte kurz nach. »Ach ja: Malaria und AIDS.«

Terry Hampton schaute überrascht auf. Ihr war vollkommen neu, daß die Juden an AIDS schuld waren. Sie hatte einmal gelesen, der AIDS-Virus sei zuerst bei Affen in Afrika aufgetreten. Die Vorstellung, daß irgendwelche Juden Sex mit Affen gehabt und so diese furchtbare Seuche verbreitetet hatten, fand sie ziemlich schockierend.

»Gott gab ihnen die Zehn Gebote, und sie haben sie nicht befolgt. Sie haben ihn verraten!« Katib wurde immer lauter.

»Gott sagt: ›Du sollst nicht töten.‹ Aber sie haben es getan. Sie haben Jesus getötet, euren Retter. Sie haben Mohammed getötet, meinen Retter. Sie haben Kennedy und Martin Luther King getötet und John Lennon und … und James Dean und Elvis.«

Terry konnte es nicht fassen. Sie hatte gelesen, daß Elvis in einem Hotel in Las Vegas nach einer Überdosis an einem Herzinfarkt gestorben war. Sie hatte nicht gewußt, daß ein Jude dabei die Finger im Spiel hatte.

»Gott sagt: ›Du sollst nicht ehebrechen.‹ Aber sie haben es getan. Eine miese kleine Jüdin namens Monica Lewinsky verführte einen gläubigen Christen namens Bill Clinton zum Ehebruch. Sein Leben lang war er seiner Frau treu, bis diese teuflische Frau kam und ihn vom rechten Weg abbrachte.«

Wieder nickte Mitch. Katib hatte recht. Männer konnten nichts dafür, wenn sie den Verführungskünsten von Frauen erlagen.

»Denken Sie an all die Juden, die unsere Seele vergiften: Albert Einstein, Karl Marx, Sigmund Freud, Henry Kissinger, Daniel Barenboim, Itzhak Perlman, Pinchas Zukerman, Jerry Seinfeld, Barbra Streisand, David Copperfield und Mickey Mouse, um nur einige wenige zu nennen.«

Nathan glaubte, nicht recht gehört zu haben. »Sagten Sie Mickey Mouse?«

»Richtig.«

Nathan schwirrte der Kopf. »Aber das ist eine Zeichentrickfigur.«

»Das stimmt. Aber haben Sie schon einmal darüber nachgedacht, warum sie Mickey heißt?«

Nathan tat es jetzt.

»Warum nicht Johnny Mouse ... oder Jorgen Mouse oder Mahmud Mouse? Warum Mickey?«

Alle blieben stumm. Und alle stellten sich diese Frage zum ersten Mal.

Terry fand es höchst beunruhigend, daß die Juden Disneyland kontrollierten, und tröstete sich mit dem Gedanken, daß sie Mickey Mouse noch nie gemocht hatte. Sie fand Donald Duck besser, eine durch und durch anglikanische Ente.

»Was bleibt uns also anderes übrig, Freunde, als uns dem Kampf zu stellen? Auge um Auge, Zahn um Zahn. Man begegnet uns mit Gewalt, folglich antworten wir mit Gewalt. So einfach ist das.«

Mitch nickte, aber Kumar hatte andere Vorstellungen. »Es gibt auch gewaltlosen Widerstand«, sagte er.

Suliman Katib lachte laut auf. »Das ist Unsinn«, sagte er. »Gewaltloser Widerstand ist ein Irrglaube. Er basiert auf der Annahme, mit Leidenschaft ließe sich etwas erreichen, dabei ist er nur ein Zeichen der Schwäche. Denken Sie nur daran, was Mahatma Gandhi mit seinem gewaltfreien Widerstand erreicht hat! Denken Sie daran, was mit Martin Luther King passierte, als er auf Gewalt verzichtete! Beide starben eines gewaltsamen Todes. Es gibt nur zwei Möglichkeiten: Entweder man ist stark, oder man ist schwach. Sie können einen Gegner nicht töten, indem Sie ihn umarmen. Solch noble Gesten kann sich der Mensch nicht leisten. Die Revolution ist ein Nullsummenspiel, und Gewalt ist eine notwendige Begleiterscheinung revolutionärer Veränderungen. Das Recht auf Selbstverteidigung ist unverzichtbar.«

Katib blickte Kumar an. »Sie sind Buddhist, nicht wahr?«

»Das ist richtig.«

»Wann wird Ihr Dalai Lama endlich begreifen, daß er ohne eine gut organisierte Armee nichts ausrichten kann? Anders werden Sie die Chinesen niemals aus Tibet vertreiben.«

Kumar kannte dieses Argument schon von Arad. Jetzt wollte er mehr darüber hören.

»Wollen Sie wirklich keine Rache?« fragte Katib suggestiv. »Würde es Ihnen nicht Befriedigung verschaffen, dem Feind, der Ihr Leben seit Jahren bedroht und zerstört, eine saubere kleine Kugel zu verpassen und sich und Ihr Land für immer zu befreien?«

Diese Vorstellung gefiel Kumar ausgesprochen gut. Zum ersten Mal im Leben hatte er einen klaren Wunsch: Er sehnte sich danach, diejenigen zu erschießen, die dem Dalai Lama das Leben so schwermachten. Arad hatte ihm beigebracht, wie das ging, und Katib schürte seine Lust darauf. Der Nahe Osten fing an, ihm zu gefallen.

47

Sie sprachen über Rilke, Grass und Brecht und stellten fest, daß sie beide Gershwin, Godowski und Miles Davis liebten. Dann schwelgten sie in Erinnerungen und summten gemeinsam einen alten Schlager von Adamo.

Eva war hin und weg von all den Gemeinsamkeiten. Plotnick hingegen fragte sich, womit er so viel Unglück verdient hatte. Nun war er so lange Junggeselle gewesen, und dann kam eine Frau daher, die ganz nach seinem Geschmack war – hatte aber zwei grundlegende Fehler: Sie war wesentlich älter als er, und sie war keine Jüdin. Schlimmer noch: Sie war eine Deutsche. War das eine Prüfung, die Gott ihm auferlegte?

Er schaute auf die Uhr und dachte an das Versprechen, das er seinem Bruder gegeben hatte.

»Ich muß kurz was erledigen, Eva«, sagte er und stand auf. »Ich bin gleich zurück.«

Eva lächelte ihn an. »Ich warte.«

Mit klopfendem Herzen verließ Plotnick den Wohnwagen. Wie sie das gesagt hatte: *»Ich warte.«* Er schaute hinauf in den Sternenhimmel und schloß die Augen. Inbrünstig versuchte er, die Gefühle zu bekämpfen, die ihn überwältigt hatten. »Bitte, Gott, hilf mir«, betete er. »Nicht sie! Laß mich nicht in diesen Abgrund stürzen!«

Er fühlte die Wagenschlüssel in seiner rechten Hosentasche und machte sich auf zu Jane Goldmans Zelt. Sie hörte Discman.

Als sie ihn sah, nahm sie die Kopfhörer von den Ohren.

»Ich muß Sie um einen Gefallen bitten. Nehmen Sie meinen Wagen, und kaufen Sie in Tulkarem ein paar Lebensmittel für die Gruppe ein.«

»Warum gerade ich?«

»Weil Sie die einzige sind, die sich nicht davor fürchtet, in einer feindlich gesinnten arabischen Umgebung alleine Auto zu fahren.«

Das stimmte. Als Friedensaktivistin fühlte sie sich unangreifbar. Gegen sie würde sich bestimmt keine Terrorattacke richten. Plotnick wußte, daß das Unsinn war. Nachts eine jüdische Siedlung zu verlassen und mit einem israelischen Nummernschild herumzufahren, kam einem Todesurteil gleich. Vielleicht würde ihr das die Lektion erteilen, die sie so dringend brauchte. Sie sollte am eigenen Leibe erfahren, daß seine Feinde auch ihre Feinde waren.

Jane zog sich schnell einen Mantel über und ließ sich von Plotnick Wagenschlüssel und Geld geben.

Plotnick schaute noch dem Lichtkegel der Scheinwerfer nach, als ihm jemand kräftig auf den Rücken klopfte.

»Brasilien hat gewonnen!«

Plotnick drehte sich um und schaute in Arads glückliches Gesicht. »Ist das gut?«

»Phantastisch! Wir sind im Finale.«

»Wir?«

»Brasilien.« Dann wurde Arad ernst und fragte: »Wer ist da gerade weggefahren?«

Plotnick wurde mulmig. »Ich habe Jane Goldman zum Einkaufen nach Tulkarem geschickt.«

Arad hob die Augenbrauen. »Allein? Ohne Begleitung? Mit einem israelischen Nummernschild mitten in Fatah-Gebiet?«

Plotnick nickte.

Arad dachte einen Moment lang nach. Dann grinste er übers ganze Gesicht. »Tolle Idee, Arie! Das wird ihr eine Lehre sein.«

Beide schauten in die Richtung, in die sie gefahren war.

»Weißt du übrigens, wo Eva steckt? Du weißt schon, die große, scharfe Deutsche«, sagte Arad.

Im ersten Moment war Plotnick völlig schockiert und hätte Arad am liebsten angelogen. Doch dann wurde ihm klar, daß Gott ihn gerettet hatte. »Sie ist in meinem Wohnwagen«, sagte er.

Arad sah Plotnick erstaunt an. »Na, na, na!« machte er. »Du bist mir ja ein ganz Wilder!«

Plotnick lächelte mit gesenktem Blick und kickte gegen einen Stein. »Ihr war kalt, und da hat sie sich ein warmes Plätzchen zum Lesen gesucht.«

»Ach ja, dieser Vonnekurt«, erinnerte sich Arad. »Na, ich kann ihr heute abend was Besseres bieten.«

Plotnick mußte schlucken, als er mit Arad zum Wohnwagen zurückging.

Die Männer standen an der Tür, und als Eva überrascht von ihrem Buch aufschaute, dachten beide: Wie schön sie ist!

»Hi, Eva«, sagte Arad schließlich und setzte sich zu ihr auf die Couch.

Eva gefiel das gar nicht, und sie warf Plotnick einen entschuldigenden Blick zu.

Plotnick wußte nicht, was er tun sollte, trat von einem Bein aufs andere und verschränkte die Arme vor der Brust.

»Du hast ein super Spiel verpaßt«, sagte Arad.

»Wer hat denn gewonnen?«

»Brasilien.«

Eva interessierte sich nicht besonders für Fußball und wußte nur, daß gerade die Weltmeisterschaft ausgetragen wurde. Daher zog sie es vor, zu schweigen.

Auch die Männer schwiegen. Die Spannung stieg im Wohnwagen.

»Soll ich euch ... allein lassen?« fragte Plotnick schließlich.

»Ja«, sagte Arad im selben Moment, wie Eva »Nein« rief.

Arad und Eva sahen sich an.

»Ich meine, immerhin ist es sein Wohnwagen«, sagte Eva.

»Da hast du recht. Laß uns woanders hingehen.« Arad stand auf und reichte ihr die Hand, um ihr aufzuhelfen.

Eva ignorierte die Geste und stand ohne seine Hilfe auf. Sie wußte nicht, was sie tun sollte, und ihre Körpersprache verriet, wie unwohl sie sich fühlte. Sie mochte Major Arad, aber der junge Plotnick faszinierte sie. Am liebsten hätte sie beide gehabt.

»Gibt's ein Problem?« Arad ahnte, daß etwas Unangenehmes auf ihn zukam.

Eva schaute erst Plotnick an und dann Arad. Dann nahm sie Arads Hand. »Ich ... Es tut mir wirklich leid, Arnon. Ich bin müde und möchte schlafen gehen. Es war ein langer Tag.« Das war nicht mal gelogen.

Arad seufzte. Wäre sie doch bloß nicht so schön gewesen! Enttäuscht zuckte er mit den Schultern. »Dann vielleicht morgen«, sagte er und wußte jetzt schon, daß daraus nichts würde. Und dann klingelte auch noch sein Handy. Er warf Eva einen letzten traurigen Blick zu und sagte: »Ich geh nach draußen zum Telefonieren.« Er ließ ihre Hand los und verließ den Wohnwagen.

Eva und Plotnick standen einander gegenüber.

Plotnick hatte keinerlei Erfahrung mit Situationen wie dieser und drohte in Panik zu geraten. Verzweifelt überlegte er, was er sagen sollte, am besten etwas aus einem Film.

»Möchten Sie eine Tasse Kaffee ... oder Tee?« fiel ihm schließlich ein. Dabei wurde er rot.

»Danke, Arie, aber es ist wirklich spät.« Eva nahm ihr Buch hoch und drückte es sich an die Brust.

Plotnicks Blick folgte ihren Bewegungen, bis ihm bewußt wurde, daß er auf ihre Brüste sah, und schnell senkte er den Blick.

Eva fand seine Reaktion komisch. Gott, war dieser Bengel süß! Sie fragte sich, ob er schon jemals Sex gehabt hatte. Sex vor der Ehe war für gläubige Juden verboten, das wußte sie. Plötzlich war sie sich ganz sicher. Er war jung, reif und rein. Genau die Mischung, nach der sie sich so sehnte. Außerdem war er freundlich, großzügig und sehr intelligent. Von Sekunde zu Sekunde fühlte sie sich stärker zu ihm hingezogen. Sie trat einen Schritt auf ihn zu, nahm seine Hand und sagte: »Das war ein sehr schöner Abend.«

Plotnick stand da wie angewurzelt. Wie warm und

weich sich ihre Hand anfühlte! Sein Herz klopfte wie wild, und sein Atem wurde schwer.

»Bis morgen dann.« Eva beugte sich vor und küßte ihn auf die Wange.

Als sich die Tür hinter ihr schloß, wurde Plotnick klar, daß soeben der Kampf seines Lebens begonnen hatte.

48

»Ich dachte, Sie mögen Seinfeld«, wagte Ahmed nachzufragen, als er mit Katib eine Nargileh in Adauis Unterschlupf rauchte.

Draußen wurde gerade das Gepäck angeliefert, und die Touristen bereiteten sich auf die Nacht vor.

»Natürlich mag ich ihn«, erwiderte Katib. »Red nicht so laut!«

»Und Kennedy? Der wurde doch gar nicht von Juden umgebracht, oder?«

Katib warf Ahmed einen finsteren Blick zu. »Nein, aber sie haben deinen Cousin auf dem Gewissen.«

Ahmed senkte den Blick. Sein Cousin Rifat war während der ersten Intifada von einem israelischen Soldaten erschossen worden. Sie hatten einen Konvoi israelischer Militärfahrzeuge in einen Hinterhalt gelockt und sie mit Molotowcocktails beworfen, als plötzlich ein Soldat die Tür seines Jeeps geöffnet und auf Rifat geschossen hatte. Ahmed kauerte in einem Versteck ein paar Meter entfernt. Als er zu dem Soldaten hochschaute, erkannte er die Angst in seinem Gesicht, und als die Kugel seinen Cousin durchbohrte, wandte sich der Soldat schockiert ab. Dieser Anblick hatte ihn jahrelang beschäftigt. Was hatte den Soldaten so verängstigt und schockiert? Und je länger er darüber nachdachte, desto klarer wurde ihm, daß der Soldat vorher noch nie jemanden getötet hatte und seinen Cousin gar nicht umbringen *wollte*. Eigentlich ging es dem Soldaten so wie ihm, dachte er: Beide machten Jobs, die ihnen verhaßt waren. Ahmed wußte es besser als Katib: Nicht *die Juden* hatten seinen Cousin getötet, sondern ein einzelner israelischer Soldat, und selbst der hatte es nicht aus Spaß oder Überzeugung getan. Ahmed liebte und verehrte Suliman Katib, hatte aber die Erfahrung gemacht, daß es keinen Sinn hatte, mit ihm über diese Dinge zu reden.

Katib ahnte, was in dem jungen Mann vorging. Er rückte ein Stück näher und strich Ahmed übers Haar. »Was bist du bloß für ein Moralapostel! Was hätte ich den Touristen denn sonst sagen sollen? Friede, Freude, Eierkuchen? Das kann ich nicht. Ich hasse die Israelis, und du haßt sie auch. Vertraue mir einfach.«

Ahmed antwortete nicht.

Adaui half Terry Hampton, ihr Zelt aufzubauen, und sprach ziemlich laut, damit die anderen ihn hören konnten.

»Morgen bereiten wir uns auf das große Kräftemessen mit der anderen Gruppe vor. Ich werde Ihnen beibringen, wie Sie unbemerkt in Mavo Dotan eindringen können und gleichzeitig dieses Lager so verteidigen, daß sich die andere Gruppe unmöglich hier einschleichen kann.«

Kumar kam von hinten auf Adaui zu und kniete sich neben ihn. »Sie wollten mich sprechen?«

Adaui sah ihn lächelnd an. »Ja, gut, daß Sie da sind.« Er prüfte, ob Terrys Zelt fest stand und ging dann mit Kumar davon. Am Fuße einer frei stehenden Eiche setzten sie sich auf einen Felsbrocken.

»Wie ich höre, sind Sie ein ausgezeichneter Schütze«, sagte Adaui.

Kumar staunte, daß sich das so schnell herumgesprochen hatte, und er fühlte sich sehr geschmeichelt. »Wahrscheinlich ist es eine göttliche Gabe«, sagte er und lächelte schüchtern. »Anders kann ich mir das nicht erklären.«

»Was halten Sie von 50.000 Dollar?«

Das war viel Geld. Mehr als Kumar je besessen hatte oder ausgeben konnte in seinem Mönchskloster hoch in den Bergen von Bangalor, wo er ein glückliches und bescheidenes Leben führte. Sein gesamter Besitz waren ein Bett, ein paar Bücher und seine Kleidung. Alles andere stellte das Kloster den Mönchen zur Verfügung. Dafür unterstützten sie das Kloster mit dem Geld, das der Verkauf von selbst angebautem Obst und Gemüse auf dem Markt einbrachte. 50.000 Dollar wären eine Rücklage, die das Kloster für schwierige Zeiten gut gebrauchen konnte, etwa wenn eine Dürre oder Schneestürme die Ernte vernichteten.

»Was soll ich dafür tun?«

Adaui rückte näher und sah sich um, ob ihn auch niemand hören konnte. »Sie kennen doch Major Arad?«

»Ja.«

»Töten Sie ihn!«

Kumar war schockiert. »Ich bin Buddhist. Ich töte keine Menschen.«

»70.000 Dollar.«

In der Ferne rief jemand nach Adaui.

»Sie wissen, wie er aussieht.« Adaui zog Kumar hoch und ging mit ihm zum Lager zurück. »Denken Sie darüber nach.«

Ali kam auf sie zugelaufen. »Die Leute haben Hunger«, sagte er ganz aufgeregt. »Sie jammern uns die Ohren voll. Soll ich einen von ihnen umbringen, damit die anderen aufhören?«

»Hol einfach die Kiste aus der Küche, die weiße, die auf dem Fußboden steht. Da ist was zu essen drin.«

»Aber wenn ich einen von ihnen umbringe, haben wir mit den anderen hinterher leichtes Spiel.«

»Das sind doch keine Geiseln, Ali!«

Ali biß sich frustriert auf die Lippen. »Was ist mit der Britin, die mit den großen Brüsten?«

»Was soll mit ihr sein?«

»Darf ich mit ihr Sex haben?«

»Nur, wenn sie einverstanden ist.«

»Ist sie nicht.«

»Dann nicht. Und jetzt lauf und hol die Kiste.«

Ali verschränkte die Arme. »Kann ich sie nicht einfach vergewaltigen?«

»Hol die Kiste.«

Ali fluchte und stapfte wütend davon.

»Ich hab keinen Bock auf diese Gruppe«, rief er von der Küchentür her und verschwand im Haus. Sekunden später kam er mit einer schweren Kiste wieder heraus und ließ sie Adaui vor die Füße fallen.

Adaui öffnete sie und schaute hinein. Dann winkte er die in einiger Entfernung auf dem Boden hockenden Touristen herbei. »Bitte entschuldigen Sie, daß ich Ihnen noch nichts zu essen gebracht habe«, sagte er. »Leider sind wir mit Lebensmitteln etwas knapp, seit einer unserer Lieferanten gestorben ist.« Er warf Ali einen düsteren Blick zu. »Aber ein bißchen was haben wir da.« Er griff in die Kiste und holte eine Dose heraus. »Das nennt sich Loof. Wir haben es aus einem nahe gelegenen israelischen Ausbildungslager gestohlen. Bitte bedienen Sie sich. Es ist genug für alle da.«

49

Arie Plotnick konnte nicht schlafen. Er mußte die ganze Zeit an Eva denken. Ihr Gesicht und ihr Körper hatten sich in sein Gehirn gebrannt. Mit Gebeten und Bittgesängen bat er Gott um einen festen Willen, und er versuchte es mit Lesen und Schafezählen, aber an Schlaf war nicht zu denken. Als die Sonne über den Samaria-Hügeln aufging, gab er es auf. Er war sogar froh, daß es Tag wurde, weil er Eva bald wiedersehen würde. Er kletterte aus dem Wohnwagen, um zum Morgengebet in die Synagoge zu gehen.

Unterwegs schaute er zu den Zelten hinüber. Die Touristen hatten ihre Zelte in einer Reihe im Windschatten vor der Bibliothek aufgebaut. Die Vorstellung, daß Eva in einem der Zelte lag und schlief, ließ sein Herz wieder schneller klopfen. Er blieb stehen und versuchte zu erraten, welches ihr Zelt war. Dann ging er langsam und leise auf die Zelte zu, um niemanden zu wecken.

Er lugte in ein Zelt nach dem anderen, konnte aber niemanden erkennen. Alle hatten sich die Schlafsäcke bis über den Kopf gezogen und schliefen noch fest.

Er machte sich wieder auf den Weg zur Synagoge, da fiel ihm siedendheiß etwas ein. Er drehte sich um und ging schnellen Schritts auf ein bestimmtes Zelt zu, zog den Reißverschluß auf und schaute hinein. Es war leer. Jane Goldman war nicht zurückgekehrt.

50

»Es gibt verschiedene Möglichkeiten, mit einfachen Mitteln wirkungsvolle Waffen herzustellen.« Adaui zeigte mit einem Stock auf die Zeichnung, die er im Sand gemacht hatte. »In Vietnam hat man damals Geschosse aus einem Gemisch von Drahtstiften und Exkrementen hergestellt. Anderswo hängt man angespitzte Pflöcke in Bäume oder hebt Fallgruben aus, setzt Giftschlangen in Latrinen und so weiter. Heute kommt uns natürlich die moderne Technologie zu Hilfe.« Er hielt ein futuristisches Gebilde hoch, das an eine fliegende Untertasse erinnerte. »Hier handelt es sich um so etwas wie eine Landmine, die allerdings mit einem winzigen Computer ausgestattet ist. Früher explodierte so eine Mine erst, wenn man darauf trat. Heute ist das nicht mehr nötig. Der eingebaute Computer erfaßt mit Sensoren die Bodenvibration und verarbeitet die ermittelten Daten. Wenn die Vibration zunimmt, bedeutet das, daß sich jemand nähert, und der Sprengstoff wird aktiviert, wobei die Explosion in die Richtung gelenkt wird, aus der die Vibrationszunahme registriert wurde. Das bedeutet, daß man etwas in die Luft sprengen kann, das bis zu zehn Meter von der Mine entfernt ist.«

Mitch Taylor war beeindruckt und mußte an die primitiven Minen denken, die sie in Vietnam benutzt hatten. Er fragte sich, wie viele von diesen kleinen High-Tech-Wunderwerken sich die Palästinenser wohl leisten konnten. »Die Dinger kosten bestimmt eine Menge Geld«, sagte er.

Adaui legte die Waffe in den Plastikkasten zurück, aus dem er sie genommen hatte. »Keine Ahnung«, sagte er. »Ich beziehe sie aus dem Iran oder aus Saudi-Arabien. Sie werden angeliefert, wenn ein UN-Konvoi Lebensmittel und Medikamente in die Gegend bringt.«

Nathan fiel jetzt erst auf, daß der Plastikkasten die Aufschrift *Medizinisches Gerät* trug, dazu das UN-Logo. »Läßt die UN denn zu, daß solche Sachen mitgeliefert werden?« fragte er.

Adaui lachte. »Die Vereinten Nationen sind der größte und zuverlässigste Waffen- und Drogenlieferant der Welt. Besser als DHL und FedEx. Die Lieferungen kommen immer pünktlich und komplett. Und es spielt überhaupt keine Rolle, ob wir sofort bezahlen oder erst nächstes Jahr. Für die UN zählt nur das Wohlergehen des palästinensischen Volkes. Eine wunderbare Organisation.« Adaui geriet regelrecht ins Schwärmen.

»Mein jüngerer Bruder arbeitet bei einer Unterorganisation der Vereinten Nationen in Genf«, sagte Nathan. »Ich habe allerdings vergessen, in welcher.«

»Davon gibt es in Genf jede Menge«, sagte Adaui. »Ohne sie wäre die Stadt wie ausgestorben.«

Dann lenkte er die Aufmerksamkeit der Gruppe auf die Sandzeichnung zurück. »Das Wichtigste ist, solche Waffen an den richtigen Stellen zu plazieren – an Zufahrtsstraßen, Fluchtwegen und Grenzübergängen beispielsweise. Sie können verschiedenen Zwecken dienen – als Ablenkungsmanöver bei Überfällen, um dem Feind Verluste zuzufügen oder um ihn dazu zu verleiten, größere Truppenteile genau dorthin zu beordern, wo man sie gerne angreifen möchte. Waffen wie diese erzeugen immer viel Durcheinander, bringen den Feind aus dem Rhythmus und – das ist das Wichtigste – sie demoralisieren ihn.«

Kumar dachte über Adauis Vortrag nach. Die Gruppe hatte Pause, und während sich einige angeregt mit Adaui unterhielten, zog er die Einsamkeit im Schatten der Eiche vor. In seinem Gehirn arbeitete es heftig. Zuerst hatte er sich gegen diese Gedanken gesträubt, aber inzwischen hatte er es aufgegeben.

Vor seinem geistigen Auge sah er die Grundstücksgrenze seines Klosters und die Straßen, die zum Wohnsitz des Dalai-Lamas führten. Er wußte genau, wo man dort solche Minen plazieren mußte, damit sie maximale Wirkung erzielen konnten. Er stellte sich vor, wie die chinesische Armee in einen sorgfältig vorbereiteten Hinterhalt tappte, völlig überrumpelt von der Tatsache, daß friedliebende Mönche plötzlich zu solchen Mitteln griffen. Still lächelte er in sich hinein, als er plötzlich Schritte hinter sich hörte.

»Hallo, Sir«, hörte er jemanden sagen, noch ehe er sich umdrehen konnte.

Ahmed wartete nicht erst auf eine Einladung, sondern setzte sich mit gekreuzten Beinen zu Kumar auf den Felsbrocken. »Sie sind Buddhist, nicht wahr?«

»Ja, das stimmt.«

Ahmed spielte nervös mit den Fingern. »Gestern abend erwähnten Sie eine bestimmte Strategie, gewaltlosen Widerstand nannten Sie es. Könnten Sie mir wohl erklären, was das bedeutet? Ich habe davon noch nie gehört.«

Alles, was die Gewalt in seinem Land reduzieren konnte, interessierte Ahmed brennend. Allerdings hätte er niemals gewagt, mit seinen Freunden von der Roten Armal darüber zu reden.

Kumar lächelte den jungen Mann freundlich an und brauchte einen Moment, um seine Gedanken zu sortieren.

»Die Mittel mögen einem Samenkorn gleichen, das Ziel jedoch gleicht einem Baum«, begann Kumar mit einem Gandhi-Zitat. Immer, wenn er irgendwo einen Vortrag halten mußte, fing er so an. »Unsere Handlungen formen die soziale Ordnung unserer Gesellschaft. Deswegen ist es irrational, zu glauben, daß man durch Gewalt Frieden herbeiführen könne. Leuchtet dir das ein?«

Ahmed verzog das Gesicht. »Wenn *das* stimmt, haben wir keine Chance.«

»Aber nicht doch!« beruhigte Kumar ihn.

Ahmed schaute sich um, ob auch keiner seiner Verwandten in der Nähe war.

»Im Buddhismus gelten die Prinzipien des *Metta* und des *Ahimsa*. Metta bedeutet Freundlichkeit zu allen Lebewesen, und Ahimsa ist Gewaltlosigkeit. Gandhi glaubte, daß jeder von uns ein Stückchen Wahrheit in sich trägt und daß sich die große Gesamtwahrheit aus einzelnen Stückchen zusammensetzt. Deswegen glaubte er an den Dialog mit seinen Widersachern und war ganz erpicht darauf, ihre Denkweisen und Motive kennenzulernen. Das funktioniert aber nur, wenn beide Seiten bereit sind, sich die Meinung des anderen anzuhören. Um dem Gegner die eigenen Argumente vortragen zu können, muß man bereit sein, sich seine anzuhören.«

Ahmed nickte. Er verstand das Prinzip sofort, denn er war ein guter Zuhörer und ein kluger Junge. »Aber wie kommt man mit Gewaltlosigkeit weiter, wenn der Gegner nicht mitmacht?«

Kumar hob den Zeigefinger. »Durch Umkehr der Kräfte. Ich will dir ein Beispiel nennen. Nehmen wir an, du wärst Schuldeneintreiber, und du verlangst von einem zahlungsunfähigen Schuldner, dir wenigstens seinen Mantel zu geben. Der andere gibt dir seine ganze Kleidung und steht nackt auf der Straße. Wer, glaubst du, schämt sich dann mehr? Der Nackte oder du, der du ihn in diese peinliche Lage gebracht hast? Auf diese Weise geht die Macht an den Nackten über, und plötzlich stehst du als der Schuldner da. Aristophanes gibt uns ein weiteres Beispiel, wenn auch ein rein fiktives. Bei ihm geht es um Frauen, die ihren Männern den Beischlaf verweigern, bis diese den Krieg beenden. Auf jeden Fall müssen einige Dinge zusammenkommen, wenn man durch Gewaltverzicht etwas erreichen will.

Dazu gehören symbolische, politische und ökonomische Faktoren – und vor allem die Einbeziehung der Massen.«

Das hatte sich Ahmed schon gedacht.

Kumar machte jetzt ein nachdenkliches Gesicht. »Es gibt allerdings auch Situationen, in denen Gewaltverzicht zur Niederlage führt. Manchmal bedarf es … nun ja … anderer Mittel, wenn man sein Ziel erreichen will.«

Ahmed sah ihn fragend an. »Was für Mittel meinen Sie?«

Kumar schaute Ahmed traurig an. »Zum Beispiel Waffen«, sagte er.

57

»Die Palästinenser benutzen Sprengstoff und Minen und locken uns immer wieder in Hinterhalte, aber das ist reine Zeitverschwendung«, klärte Arad die Gruppe in Mavo Dotan auf. »Neuerdings haben sie moderne, computergesteuerte Landminen, die Bodenvibrationen messen und ihr Zielobjekt auf zehn Meter Entfernung in die Luft jagen können. Aber wir haben das hier.«

Er holte aus einer Plastiktüte einen schwarzen Kasten mit Antenne.

»Dieses Gerät funktioniert genauso wie Ihre Fernbedienung zu Hause. Hiermit kann man jede elektronische Bombe entschärfen. Es verfügt über einen Frequenzdetektor, falls der versteckte Sprengkörper über eine Fernsteuerung aktiviert wird. Außerdem kann es Magnetfelder erkennen.«

Er drückte auf ein paar Knöpfe und legte das Gerät dann in die Plastiktüte zurück.

»Die Dinger sind Teil der UN-Hilfslieferungen für die Palästinenser, mit denen auch die Minen eingeschmuggelt werden, aber wir konfiszieren sie, bevor sie ihr Ziel erreichen, und die Palästinenser haben keine Ahnung, daß es diese Geräte überhaupt gibt.«

Arad drehte sich um und zeigte auf den Wasserturm, der die Siedlung überragte. »Versteckte Sprengsätze und Hinterhalte zeitigen nicht immer den gewünschten Erfolg«, fuhr er fort. »Dafür haben wir den ultimativen Schutzschild. Sehen Sie die beiden Wassertanks dort oben?«

Alle nickten.

»Nun, nur in einem befindet sich Wasser. In dem anderen steckt eine Radaranlage.« Als nächstes zeigte Arad auf einen der Wohnwagen. »Dort sitzt der Radarexperte. Er oder sie ist verantwortlich für die Sicherheit der Siedlung. Niemand kann sich unbemerkt der Siedlung nähern. Dabei spielt es überhaupt keine Rolle, aus welcher Richtung der Feind kommt. Das System basiert auf dem Dopplereffekt. Vereinfacht ausgedrückt wird damit jede Bewegung im Umkreis von fünf Kilometern erfaßt. Und ich meine *jede* Art von Bewegung. Sobald ein Objekt auf dem Bildschirm erscheint, weiß man, ob es ein Wagen ist, ein Mensch, ein Truppenverband, ein Schwein oder ein Kaninchen.«

Jean Pirette war schwer beeindruckt, aber er traute der Sache noch nicht ganz. »Soll das ein Witz sein, oder kann man wirklisch unterscheiden eine Schwein von eine Kaninschen?« fragte er.

Arad lächelte stolz. »Man kann.«

Pirette staunte. »Wie denn?« fragte er.

Arad steckte die Hände in die Hosentaschen. »Tut mir leid, Quasi. Das ist eine militärische Geheimnis.«

Pirette war enttäuscht. Er hatte einmal den Tower in Orly besichtigt, aber da hatten die Punkte auf den Radarschirmen alle gleich ausgesehen. Man hätte einem einzelnen Punkt nicht ansehen können, ob er eine Boeing 747 oder ein Mercedes der S-Klasse war.

Arad wollte gerade fortfahren, als ein Wagen mit stotterndem Motor in die Siedlung gefahren kam.

Es war Jane Goldman in Plotnicks Fiat. In einer dicken Wolke aus Rauch und Staub hielt sie direkt auf die Gruppe zu.

Arad und Plotnick versuchten auszumachen, ob sie verletzt war. Sie hatten sie nicht umbringen, sondern ihr nur einen gehörigen Schreck einjagen wollen.

Mit zwei Einkaufstüten im Arm stieg Jane aus. »Ihr Wagen ist echt das letzte«, sagte sie, als sie Plotnick die Schlüssel reichte. »Die Bremsen bringen es nicht, das Kühlwasser war alle, und die Reifen sind völlig runter. Ich habe den Rost von der Batterie entfernt, Motor- und Getriebeöl aufgefüllt und zwei kaputte Glühbirnen ersetzt.«

Plotnick steckte die Schlüssel in die Hosentasche und nahm Jane die Einkaufstüten ab. »Wie ... wo haben Sie denn mitten in der Nacht eine Tankstelle gefunden?« fragte er völlig perplex.

Jane überreichte ihm eine Visitenkarte. »Kurz vor Tulkarem blieb der Wagen liegen, und diese beiden Gentlemen haben mir geholfen. Sie wollten nicht mal was dafür haben.«

Plotnick schaute auf die Visitenkarte: *Reparaturwerkstatt Isam & Halleds*. Er kannte die beiden. Vor der Intifada war er bei ihnen Kunde gewesen. Es waren anständige Kerle. Jane Goldman hatte Glück gehabt. Sie hätte genausogut an die Autodiebe der Roten Amal geraten können.

»Sie haben recht. Der Wagen ist wirklich das letzte«, sagte er. Dann fiel ihm sein Bruder wieder ein. »Als Amerikanerin müssen Sie doch zugeben, daß dieser Wagen auf keinen Fall für die Vereinigten Staaten geeignet ist, oder?«

Jane sah ihn fragend an. »Ich hatte nicht vor, Ihren Wagen zu behalten.«

Plötzlich hatte Plotnick eine Idee, wie er Jane dazu bringen konnte, ihrem Vater, dem US-Senator Donald Goldman, die erwünschte Botschaft zukommen zu lassen. »Tun Sie mir einen Gefallen und erzählen Sie Ihren Eltern nichts von dem Wagen.«

»Ich weiß überhaupt nicht, wovon Sie reden.«

»Vor allem Ihrem Vater dürfen Sie nichts davon erzählen. Vielleicht schätzt er europäische Wagen.«

Jane sah ihn verwirrt an.

»Andererseits darf man natürlich auch nicht das Leben von amerikanischen Autofahrern gefährden. Also gut, erzählen Sie es Ihren Eltern ruhig.« Plotnick zwinkerte ihr versöhnlich zu.

Jane schüttelte den Kopf und blickte von Plotnick zu Arad. »Ich will nicht hierbleiben. Ich will, daß Sie mich zu der Gruppe bringen, die bei meinen palästinensischen Brüdern und Schwestern ist«, sagte sie.

Arad merkte, wie ihm das Blut zu Kopf stieg. »Palästinensische Brüder und Schwestern?« keuchte er.

»Genau.«

Arad hielt den Atem an, so wie Ravi Kumar es ihm beigebracht hatte, um die Wut zu bremsen, die in ihm aufstieg. Er ballte die Fäuste, und plötzlich entspannte er sich. Das war doch überhaupt die Idee! Er konnte sie gegen Kumar austauschen. Irgendwie vermißte er den Mönch. Außerdem konnte ihm Jane nützlich sein.

Arad schaute in die Plastiktüte. Neben dem Frequenzdetektor lag ein winziges Abhörgerät, das er den Touristen nicht gezeigt hatte. Es war nicht gerade das neueste Modell, aber heil und funktionsfähig.

»Gut«, sagte er. »Wenn Sie unbedingt wollen. Dann gehen Sie bitte in Plotnicks Wohnwagen und bringen mir das rote Notizbuch aus seiner Küche. In der Zwischenzeit organisiere ich Ihren Transport.«

Jane hatte nicht erwartet, daß sie so ohne weiteres gewinnen würde. Gut gelaunt hüpfte sie zum Wohnwagen.

Plotnick fragte sich indessen, welches Notizbuch Arad gemeint hatte. In seiner Küche gab es so was nicht.

»Arie, übernimm bitte den Unterricht«, sagte Arad. »Die Leute müssen in die Patrouillengänge eingewiesen werden.« Dann verschwand er schnell hinter einem Wohnwagen, und Plotnick nahm seinen Platz vor der Gruppe ein.

Kurz darauf kam Jane aus Plotnicks Wohnwagen. »Ich kann es nicht finden«, rief sie.

Arad grinste, als er das hörte. Natürlich konnte sie es nicht finden. Es gab kein rotes Notizbuch. Schnell kroch er aus ihrem Zelt und warf noch einen prüfenden Blick hinein. Alles war bestens. Die Wanze, die er ihr ins Portemonnaie gesteckt hatte, war nicht zu sehen. Von jetzt an würde er alles hören und wissen, was in Adauis Unterschlupf vor sich ging.

52

Die Touristen ließen sich das Essen schmecken, das Plotnick für sie zubereitet hatte. Hot dogs und Hamburger vom Grill waren mal was anderes als das ewige Loaf. Plotnick fand es nicht richtig, ihnen nur Brot und ein bißchen Käse zu geben, so wie Rosman es vorgesehen hatte. Auch wenn es eine Survival-Tour war, so hatten die Leute doch was Besseres verdient. Vor allem Eva. Er brachte ihr noch einen Hamburger in einem Stück Pitabrot, einen Teller Hommos und Sesampaste und setzte sich neben sie.

»Köstlich«, sagte Eva und bedankte sich. »Ich hatte

solchen Hunger. Wo haben Sie gelernt, so gute Hamburger zu machen?«

»Mein Vater hat es mir beigebracht. Wir hatten einen hübschen Hinterhof in Brooklyn und haben mit Freunden oft Grillparties gefeiert. Natürlich nicht Samstags. Samstags dürfen wir ja kein Feuer machen.«

Sie unterhielten sich über die jüdische Küche. Plotnick hatte große Mühe, ihr plausibel zu machen, daß man auch mit koscheren Zutaten gut kochen konnte. Vor allem die Trennung von Fleisch- und Milchprodukten leuchtete ihr nicht ein. Wie sollte man eine gute Lasagne machen, wenn man sie nicht mit Käse überbacken durfte?

Sie sprachen gerade über den Unterschied zwischen amerikanischen Hot dogs und Frankfurter Würstchen, als Eva einen Klacks Hommos in Plotnicks Mundwinkel entdeckte. Sie nahm eine Papierserviette und wischte ihn vorsichtig ab.

Plotnick war wie gelähmt. Er war es nicht gewohnt, von einer Frau berührt zu werden, und nun passierte es schon zum zweiten Mal innerhalb von vierundzwanzig Stunden. Er fand es kolossal erregend.

Eva schaute wollüstig auf seinen Mund. Er war so rot, und die Lippen waren so voll.

Plotnick spürte ihren durchdringenden Blick und schaute zu Boden.

»Mache ich Sie nervös?« fragte sie leise.

»Nein, gar nicht«, log er, ohne sie anzusehen. »Es ist nur ... Sie ...« Er wußte nicht, was er sagen sollte.

Eva legte ihren Hamburger auf den Teller und rückte ein Stück näher. »Was wollten Sie sagen?« Sie legte die Hand auf seine Wange und zwang ihn, sie anzusehen.

Bei jeder ihrer Berührungen spürte Plotnick ein brennendes Verlangen. Er bekam eine Gänsehaut, und seine Lippen wurden trocken. Als er in ihre blauen Augen blickte, spielte der Wind mit ihrem hellblonden Haar. Er wollte ihr Gesicht streicheln, aber er konnte sich nicht bewegen. Der Widerstreit zwischen Herz und Verstand setzte ihn völlig außer Gefecht.

»Also, was wollten Sie mir sagen?« Eva nahm seine Hand.

Er wollte ihr so vielsagen, zum Beispiel, warum es mit ihnen keinen Sinn hatte, aber er bekam kein Wort über die Lippen.

»Dann sage ich jetzt was.« Eva lächelte ihn an. »Ich finde Sie sehr süß.« Sie führte seine Hand an ihre Lippen und küßte sie sanft.

Plotnick spürte den Kuß bis in die Zehenspitzen.

»Ich hole mir was zu trinken. Soll ich Ihnen was mitbringen?« Eva ließ seine Hand los und stand auf.

Das war eine kalte Dusche. Plotnick hätte gern noch länger so dagesessen. Doch wahrscheinlich war es besser so.

»Ich nehme eine Cola«, sagte er heiser und versuchte zu lächeln.

Arad und Pirette hatten diese kleine Szene aus der Ferne beobachtet. Der Franzose behielt dabei auch Arad im Auge und taxierte seine Reaktion.

»Sie sind wohl nischt so weit gekommen«, sagte Pirette.

Arad starrte immer noch auf Eva, als er erwiderte: »Wenn Sie abends nicht dauernd so hungrig gewesen wären, Quasi, wäre ich viel weiter gekommen.« Er knüllte seine Serviette zusammen und warf sie in eine Mülltonne.

»Pardonnez-moi, Major!«

»Ist schon in Ordnung.« Arads Herz war nicht gebrochen. Er war enttäuscht, aber damit würde er sich nicht lange aufhalten. »Sie sieht wirklich verdammt gut aus, finden Sie nicht?«

»Das stimmt«, sagte Pirette. »Meine Frau und isch ’aben schon überlegt, ob wir sie einmal einladen.«

Arad sah ihn forschend an. »Wie meinen Sie das, sie einladen?«

Pirette strich sich übers Kinn. »Nun ja, Sie verste’en schon …«

Arad kniff die Augen zusammen. Eine vage Vorstellung entstand in seinem Kopf. Trotzdem sagte er: »Nein, ich verstehe nicht.«

Pirette druckste herum. »Sie ’aben es uns selbst vorgeschlagen, allerdings mit Jane Goldman.«

Arads Augen weiteten sich. »Sie meinen einen flotten Dreier?«

»Oui.« Der Franzose senkte den Blick. »Lieber einen flotten Vierer.«

Arad runzelte die Stirn. »An wen hatten Sie denn noch gedacht?«

Pirette antwortete nicht, schaute Arad nur lächelnd an.

Arad erwiderte den Blick, aber es dauerte einen Moment, bis er begriff. »AUSGESCHLOSSEN, Quasi!« schrie er und hielt sich die Ohren zu. »Ich will nichts davon hören.«

58

Als Adaui vor zwei Stunden von dem geplanten Austausch Kumar/Goldman gehört hatte, traf er die nötigen Vorbereitungen und rief einen Freund an, der bei der Arabischen Nationalbank in Nablus arbeitete. Kurz darauf lieferte ein Kurier in Rekordzeit einen dicken Umschlag bei ihm ab. Jetzt begleitete Adaui den Mönch zu Abu Aziz’ VW-Transporter. Auf halbem Wege steckte er Kumar den Umschlag zu.

»Nehmen Sie das!« sagte er und half Kumar, den Umschlag schnell im Rucksack verschwinden zu lassen. »Das sind 30.000 Dollar. Ein Vorschuß. Wenn Sie mit Arad fertig sind, lasse ich Ihnen den Rest anweisen. Haben Sie einen Laptop und ein Konto?«

Kumar schüttelte den Kopf.

»Ich kaufe Ihnen einen in Nablus und gebe ihn Abu Aziz. Er kann ihn mitnehmen, wenn er Sie in der Siedlung besuchen kommt. Und ich eröffne bei meiner Bank ein Konto auf Ihren Namen.«

Kumar hatte keine Einwände.

»Wenn Sie möchten, kann ich Sie mit Ramirez in Kontakt bringen. Er ist ein internationaler Kopfjäger und könnte Ihnen jede Menge Aufträge verschaffen, überall auf der Welt.«

Das klang interessant, und Kumar wollte mehr darüber erfahren. »Wer wählt die Zielobjekte aus?« fragte er.

Adaui winkte Abu Aziz zu, der neben dem Transporter stand und auf sie wartete. »Privatleute, Organisationen, Geschäftsleute«, sagte er leichthin. »Ramirez bekommt seine Aufträge von überall und gibt sie an die geeigneten Schützen weiter. Erinnern Sie sich an Larry Boyd, den Inhaber von ›We'R'Toys‹, eine Ladenkette in den 80er Jahren? In dem Fall war es die Vorstandsetage von ›Toys'R'Us‹, die Ramirez den Auftrag erteilte. Und mit dem Fall Kennedy sind Sie ja vertraut.«

»Kennedy?« fragte Kumar. »John F. Kennedy oder Robert Kennedy?«

»Nein, der Flughafen … ich meine JFK, der Präsident.« Adaui kam ganz durcheinander. »Jedenfalls hat Ramirez den Auftrag von Onassis bekommen. Wegen Jackie. Es heißt, daß Ramirez die Sache selbst in die Hand genommen hat. Onassis soll ihm über zehn Millionen Dollar gezahlt haben.«

Sie hatten den Wagen erreicht. Abu Aziz begrüßte Kumar und schob die Tür auf. Als Kumar einstieg, wechselten Adaui und Abu Aziz ein paar Worte miteinander. Kumar machte es sich bequem, streichelte den Umschlag und schob ihn tiefer in den Rucksack. Anschließend schnürte er ihn fest zu.

»Hat mich sehr gefreut, Sie kennenzulernen«, sagte Adaui und schüttelte Kumar die Hand. Dann schloß er die Tür und trat einen Schritt zurück, als Abu Aziz den Motor anließ.

Jane Goldman strahlte. Keiner aus der Gruppe hatte sie je so zufrieden gesehen. Voller Bewunderung betrachtete sie die Rote Amal Mitglieder und schien jedes Wort aufzusaugen, das Adaui von den Lippen tropfte. Endlich war sie bei ihren ›Brüdern‹. Endlich war sie zu Haus.

»In einem der Wassertanks steckt eine Radaranlage. Sie denken, wir wüßten nichts davon«, sagte Adaui.

Irgendwann im Laufe der Woche würden die Touristen versuchen, in die Siedlung einzudringen.

»Es gibt verschiedene Möglichkeiten, das zu schaffen«, sagte Adaui. »Hat jemand einen Vorschlag?«

Mitch meldete sich. »Man könnte den Wassertank in die Luft sprengen und so das Radarsystem außer Kraft setzen.«

Adaui stimmte ihm zu, schränkte jedoch ein: »Das hätte nur Sinn, wenn wir einen großen Anschlag mit vielen Leuten vorhätten und Chaos verbreiten wollten. Wenn man sich einschleichen will, ist das das verkehrte Vorgehen.«

Es wurde weiter nachgedacht.

»Wie ist es mit der Hauptzufahrtsstraße?« sagte Nathan. »Ich denke da an das Trojanische Pferd. Sie würden doch bestimmt nicht vermuten, daß sich der Feind gut sichtbar über die Hauptstraße annähert.«

Daran hatte Adaui noch gar nicht gedacht, aber es war eine Überlegung wert. »Das könnte funktionieren, wenn zwei Mann die Hauptstraße nehmen und der Rest sich versteckt, bis die Tore geöffnet werden. Aber bis dahin hätte das Radar die anderen längst entdeckt.«

Neue Überlegungen wurden angestellt.

»Ich weiß, wann, wie und wo sie patrouillieren«, sagte Jane nach einer Weile. »Dieser Siedler, Plotnick, hat sie heute morgen trainiert, als ich noch da war.« Sie sprach voller Verachtung. »Außerdem weiß ich, daß die Schicht der Radarexperte um zwei Uhr nachts wechselt. Dann wird das Radar fünf Minuten lang nicht überwacht, manchmal sogar zehn Minuten. In der Zeit unterhalten sich die Leute oder tun sonstwas.«

Adaui machte große Augen. Das war ihm neu. Jane Goldman hatte gerade ein militärisches Geheimnis verraten.

Später erschien Suliman Katib und gab einen Meisterkurs in Schauspiel- und Verkleidungskunst. Als ehemaliger Professor beherrschte er die Kunst des Redens und der Überredung und bot den Touristen eine Menge für ihr Geld.

Er brachte ihnen bei, wie sie alles, was sie wollten, durch jede beliebige Grenzkontrolle schmuggeln und das Sicherheitspersonal zu ihren engsten Verbündeten machen konnten. Er brachte ihnen auch bei, wie sie Panik verbreiten, vom eigentlichen Krisenherd ablenken, die Medien einschüchtern und so hervorragende PR betreiben konnten.

»Sie denken und handeln wie Bewohner der westlichen Welt. Aber Sie können kein System schlagen, dessen Spielregeln Sie befolgen. Sie versuchen, ›das Richtige‹ zu tun und nicht anzuecken, aber das ist die sicherste Methode, sich vom System einverleiben zu lassen. ›Die Welt ist eine Bühne, und jeder spielt nur eine Rolle‹, hat Elvis gesungen. Bauen Sie Ihre Rolle aus! Gehen Sie bis zum Limit! Gehen Sie so weit, daß Sie das Stück sprengen und etwas erreichen!«

Katib zeigte auf Mitch. »Dieser Gentleman hier war früher bei der Marine. Es sollte ihm ein leichtes sein, jedes Sicherheitspersonal der Welt auszutricksen. Schließlich sind es alles Kollegen. Mr. Yamamoto ist ein japanischer Industrieller. Die Leute wollen sein Geld und würden alles tun, um von ihm finanziell unterstützt zu werden. Er kann jeden so manipulieren, daß er praktisch nach seiner Pfeife tanzt. Er kann sein gesamtes Vermögen verlieren und trotzdem noch jahrelang den reichen Industriellen spielen. Genau wie Adanan Hashugi, der saudische Milliardär, der, nachdem er alles verloren hatte, noch zehn Jahre lang alle Kredite bekam, die er haben wollte.«

Dann teilte er die Zuhörer in kleine Gruppen auf und gab ihnen schauspielerische Aufgaben. Manchen wies er Rollen zu, in denen sie das genaue Gegenteil von sich selbst spielen mußten. Seine Regieanweisung lautete, entweder die Regeln zu brechen oder innerhalb der Rolle alle Möglichkeiten voll auszuschöpfen.

Mit alledem verfolgte er einen bestimmten Zweck; das Ganze war eine einzige Inszenierung, die seinem Masterplan zu größtmöglicher Wirkung verhelfen sollte – dem, was er mit Jane Goldman vorhatte.

Als die ›Gruppenarbeit‹ in vollem Gange war, ließ er Jane rufen. Er ging zu Ali hinüber, der dem Geschehen aus einiger Entfernung zuschaute.

»Siehst du die Frau da mit dem grünen T-Shirt und dem lächerlichen Kopftuch?«

»Die Jüdin?« fragte Ali.

»Geh zu ihr und sag ihr, daß ich sie sprechen will. Anschließend bring mir die Ware.«

Ali warf sich die halbautomatische Waffe über die Schulter und ging auf Jane zu.

»Abu Amal will Sie sprechen«, sagte er kalt.

Jane wurde vor Stolz ganz rot. »Was für eine Ehre«,

sagte sie. Endlich konnte sie einmal mit einem ganz Großen ihrer Brüder reden. »Ich bin so glücklich, daß ich hiersein und Sie in Ihrem Kampf unterstützen kann.« Sie versuchte, Alis offenkundige Feindseligkeit zu überwinden.

Ali antwortete nicht. Er hatte schon von diesem unerklärlichen Phänomen gehört, daß es Juden gab, die auf seiten der Palästinenser standen, und hielt sie für geistig verwirrt. Es machte ihn sehr stolz, daß sich die Palästinenser besserer Gesundheit erfreuten. Niemals würde einer von ihnen die israelische oder gar jüdische Sache unterstützen.

»Ihr Vortrag war sehr inspirierend, Mr. Katib«, sagte Jane devot.

»Vielen Dank.«

»Ich bewundere Sie schon seit vielen Jahren. Sie sind wirklich ein großer Mann.«

Katib genoß die Komplimente. Jane Goldman schien genau die richtige für den Job zu sein.

»Ich brauche Ihre Hilfe bei einer bestimmten Sache«, sagte er.

»Was immer Sie von mir wollen, Mr. Katib.«

»Sie wissen, was für ein schweres Leben wir hier führen, mit den israelischen Besatzern und so weiter ... abgeschnitten von der Außenwelt.«

»Ich weiß. Es ist furchtbar.«

»Ich brauche Ihre Hilfe, um einem sterbenden Onkel in Beer Sheva Medikamente zukommen zu lassen.«

»Aber selbstverständlich. Der Arme!« Jane wurde richtig wütend. »Die Israelis würden Sie nicht durch die Absperrungen und Checkpoints lassen, nicht wahr?«

Katib nickte gequält. Das Mädel war noch naiver, als er gedacht hatte.

»Es ist mir eine große Ehre, Ihnen bei dieser humanitären Aktion helfen zu können.«

»Vielen, vielen Dank«, sagte Katib übertrieben. »Es

wird allerdings nicht so einfach sein. Die israelischen Soldaten sind sehr gründlich.«

»Kein Problem.«

»Die einzige Möglichkeit, eine Durchsuchung zu vermeiden, besteht darin, daß Sie eine Friedensaktivistin spielen, so wie Sie es heute gelernt haben.«

Jane schaute ihn verwundert an. »Aber ich *bin* Friedensaktivistin!«

»Ja, natürlich.« Katib lächelte sie mitleidig an. »Aber die anderen müssen das auch mitkriegen. Weigern Sie sich, Ihr Gepäck durchsuchen zu lassen. Sagen Sie, das verstößt gegen Ihre Grundrechte. Drohen Sie mit der Presse wegen eines Akts politischer Verfolgung. Dann werden sie nicht wagen, Ihr Gepäck zu durchsuchen oder gar die Medizin zu konfiszieren.«

Ali kam auf sie zu, in der Hand eine blaue Reisetasche. Er gab sie Katib, und der reichte sie an Jane weiter.

»Morgen fährt Mustafa Sie nach Tulkarem. Dort gibt es nur einen Militärposten. Wenn Sie den passiert haben, sind Sie in Israel. Ein Freund wird Sie kontaktieren, Ihnen die Tasche abnehmen und sie meinem Onkel bringen.«

Jane sah ihn glücklich an. Endlich hatte sie Gelegenheit, etwas von großer moralischer Integrität zu tun. Sie würde der palästinensischen Sache mit einer humanitären Hilfsaktion dienen.

Ali brachte sie zu ihrem Zelt. Er wollte sicher sein, daß sie die Tasche gut versteckte und nicht hineinschaute.

»Es ist so aufregend für mich, hiersein zu dürfen«, sagte sie zu Ali. »Ich wünschte, ich könnte mehr für euch tun.«

Ali sagte nichts. Er haßte es, mit Juden zu sprechen, noch dazu mit einer jüdischen Frau. Das verstieß gegen den Islam.

»Kann ich vielleicht noch etwas für euch tun?« fragte

Jane hoffnungsvoll. Irgendwie tat Ali ihr leid. Er schien so ein schüchterner Junge zu sein.

Ali dachte flüchtig an Sex. Aber den Gedanken verwarf er schnell wieder. Die Frau war ja Jüdin. Lieber würde er onanieren, als mit einer Jüdin zu schlafen.

»Sie können für uns Kaffee kochen«, sagte er.

Jane strahlte vor Freude. Sie hatte ihn zum Reden gebracht!

»Die Küche ist da drüben, Weib.« Ali zeigte in die Richtung.

»Ich werde mich beeilen.«

54

Sie trainierten vier Tage und vier Nächte lang.

»Im Gegensatz zur landläufigen Meinung können die Radarexperten sich nähernde Objekte nicht sehen, aber hören«, erklärte Adaui den Touristen. »Der Dopplereffekt basiert nämlich auf Frequenzunterschieden. Ob es sich um einen Kleinwagen oder um ein großes Militärfahrzeug handelt, erkennen sie an den unterschiedlichen Motorengeräuschen. Wenn eine Person kommt, hören sie ihre Schritte mit einer Verzögerung von zwei Sekunden pro Schritt: Krrrtsch – Pause – Krrrtsch – Pause – Krrrtsch – Pause.« Adaui führte so realistisch wie möglich das Geräusch vor, das aus den Lautsprechern der Radarexperten drang. »Wenn sich ein kleines Tier annähert, sind die Schritte viel schneller: Krrrtsch – Krrrtsch – Krrrtsch – Krrrtsch.«

Er brachte den Teilnehmern bei, sich wie ein Fuchs zu bewegen und wie ein Wildschwein. Er zeigte ihnen, wie sie irreführende Geräusche erzeugen konnten, beispielsweise mit einem kurzen, dicken Strick über den Boden zu wischen. Über Radar würde es wie der Schwanz eines Tieres klingen. All diese Tricks würden die Touristen anwenden, um das Radar zu überlisten und in die Siedlung einzudringen.

Die Gruppe in der Siedlung hingegen verbrachte die meiste Zeit mit Patrouillengängen und Wachdiensten. Sie lernte, gegen Langeweile anzukämpfen und mit der Isolation zurechtzukommen. Plotnick brachte ihnen viele jüdische Lieder bei, darunter sechs neue Versionen von »Hava Nagila«. Sie aßen und schliefen nicht viel und bekamen Panikattacken, wenn sie nachts aus den palästinensischen Dörfern Schüsse hörten. Plotnick brachte ihnen bei, wie sie trotz ihrer Paranoia ein erfülltes und zufriedenes Leben führen konnten, so wie die Juden seit viertausend Jahren.

Der Schlüssel zum Erfolg sei Selbsterniedrigung, hatte Plotnick ihnen erklärt. Man müsse sich selbst hassen und andere, die so seien wie man selbst. Als Jude müsse man folglich andere Juden hassen, so wie Jane Goldman es tat. Zwei Milliarden Moslems und drei Milliarden Christen konnten schließlich nicht irren. Am fünften Tag hatten beide Gruppen frei – kein Training, kein Unterricht, nur jede Menge Freizeit. Manche schliefen sich erst einmal aus. Andere gingen zum Einkaufen in ein nahegelegenes Palästinenserdorf.

Arad machte mit Kumar einen Spaziergang zu den Hügeln. Sie redeten und meditierten. Arad hatte seinen neuen Freund regelrecht vermißt und freute sich, ihn wieder in seiner Nähe zu haben. Die israelische Armee hatte eine Woche gebraucht, um die Gelder zu genehmigen, die ihre Freundschaft untermauern würden.

»Ich habe gute Neuigkeiten, Curry.« Arad hatte auf den rechten Moment gewartet, um damit herauszurücken.

Kumar machte der Spitzname nichts aus, er hatte sich

inzwischen daran gewöhnt und fand ihn sogar ganz nett.

»In Kürze simulieren wir einen Überfall auf Adauis Lager. Die anderen aus der Gruppe werden nur mit Farbpatronen schießen, aber Sie benutzen scharfe Munition.«

»Tatsächlich?«

Arad zeigte auf einen Punkt in der Ferne. »Ich möchte, daß Sie auf dem Hügel dort Posten beziehen und Adaui durch das Zielfernrohr beobachten. Sobald Sie ihn im Visier haben, drücken Sie ab. Ich will Adaui tot sehen.« Er sprach ohne jede Emotion. »Sie kennen Adaui. Sie wissen, wie er aussieht.«

Kumar antwortete nicht.

Arad nahm an, daß Kumar schockiert war, hatte aber eine einfache Lösung für das moralische Problem. »Dafür kriegen Sie 30.000 Dollar.«

Kumar sagte immer noch nichts.

Arad schaute ihn besorgt an. »Das ist 'ne Menge Geld.«

Kumar zog die Mundwinkel herunter.

»Okay, 40.000.«

Kumar schüttelte enttäuscht den Kopf. »Das ist eine Beleidigung, Major.«

Arad sah ihn eindringlich an. »Ich weiß ja, daß Sie nicht gerne Leute umbringen, aber das hier ist eine gute Tat. Adaui ist ein böser Mensch.«

»70.000 plus die Kosten für den Rückflug nach Indien.«

Arad traute seinen Ohren nicht. Er atmete tief durch und schaute Kumar geradewegs in die Augen. »Wie bitte?«

»Das ist ein angemessener Preis für einen so wichtigen Mann wie Mustafa Adaui«, sagte Kumar.

Arad lachte auf. »Nicht zu fassen! Der gute Curry ist Geschäftsmann geworden.«

»Sie waren ein guter Lehrer, Major.«

»Sollte ich dann nicht Rabatt bekommen?«

Kumar überlegte kurz. Dann sagte er: »Ich mache Ihnen ein besseres Angebot: 100.000 Dollar für Mustafa Adaui und Suliman Katib zusammen.«

Arad riß die Augen auf. Das war ja traumhaft! Offenbar war er wirklich ein guter Lehrer.

Eva freute sich über den freien Tag. Die körperlichen und geistigen Aufgaben der letzten Tage waren nicht einfach gewesen. Und dann war da auch noch Arie Plotnick. Sie brauchte Zeit, um nachzudenken und der Wahrheit ins Gesicht blicken. Zum Nachdenken brauchte sie einen kühlen Kopf, aber sie merkte, daß sie den nicht hatte. Sie hatte sich schlicht und ergreifend verliebt. Die Gefühle, die er in ihr auslöste, wurden stündlich stärker.

Schon in wenigen Tagen würde sie nach Deutschland zurückfliegen, und er würde hierbleiben, allein und isoliert in dieser Siedlung, und dazu noch mit gebrochenem Herzen.

Er war ein tapferer junger Mann, der darum rang, das Richtige zu tun. Aber sie wußte besser, wie es in ihm aussah. Auch er würde mit Logik nicht weiterkommen. Irgendwann siegte das Herz immer über den Verstand. Sie sah, wie sich Plotnick immer mehr in sie verliebte, und sie hatte ihn dazu ermutigt.

Sie konnte ihn durchs Küchenfenster sehen. Er putzte Gemüse und schaute sie an.

Früher am Tag hatten sie sich einen guten Morgen gewünscht, aber mehr hatten sie nicht miteinander geredet. Sie waren sich bewußt aus dem Weg gegangen. Beide wollten allein sein.

Plotnick betete inbrünstig. Er bat Gott um Stärke und Weisheit und daß er ihm den rechten Weg weisen möge. Er hatte eine klare Vorstellung von seiner Zukunft: Er würde eine nette Jüdin heiraten, mit ihr mindestens fünf Kinder bekommen und ein frommes Leben im Gelobten Land führen.

Gott hingegen hatte andere Pläne mit Arie Plotnick.

56

Die Straßen von Tulkarem sahen für Jane Goldman alle gleich aus. Dicht zusammengedrängte Häuser, die nie ganz fertig gebaut worden waren, arabische Straßenschilder und wenig Bäume. Sie hielt die blaue Reisetasche fest umklammert, als sie nach den Straßennamen Ausschau hielt. Adaui hatte sie gut instruiert, nun war sie auf sich allein gestellt. Nur wenige Schilder trugen englische Aufschriften, und sie war schon drauf und dran, jemanden um Hilfe zu bitten, als sie einen Orientierungspunkt erkannte, den Adaui erwähnt hatte – *Abu Sawil's Coffee Shop*. Schnell ging sie darauf zu, und ein köstliches Aroma stieg ihr in die Nase. Sie schaute auf die Uhr. Es war noch früh. Sie konnte sich also noch einen Kaffee gönnen.

Das Café war hellblau gestrichen. Unter der Decke hing ein gigantischer Ventilator, der langsam über den wenigen Gästen rotierte. Jane zählte fünf Männer. Zwei spielten Backgammon, einer telefonierte, und zwei unterhielten sich laut miteinander.

Alle verstummten, als sie zur Tür hereinkam. Das machte ihr nichts aus. Sie setzte sich an einen Fenstertisch und stellte die Tasche auf den Stuhl neben sich.

Das Mobiltelefon, das Adaui ihr gegeben hatte, war eingeschaltet, der Akku aufgeladen. Zehn Minuten nachdem sie den Kontrollposten passiert hatte, würde sie die angegebene Nummer wählen. Dann würde ein

Wagen vorfahren und sie nach Netanya bringen, wo sie ein wenig bleiben sollte, bevor sie erneut den Militärposten passierte und in Adauis Lager zurückkehrte. Die blaue Tasche würde sie auf der Hinfahrt im Wagen liegenlassen. Ansonsten war die Fahrt nur ein Ablenkungsmanöver. Der wachhabende Soldat sollte nicht stutzig werden, wenn sie schon nach wenigen Minuten den Rückweg antrat.

Auf der Straße gingen Leute vorbei. Jane schaute aus dem Fenster und bedauerte, nicht mehr Zeit zu haben. Gerne wäre sie ein wenig durch die Straßen gebummelt und auf dem Markt einkaufen gegangen. Plötzlich sah sie ein bekanntes Gesicht. Es war der junge Araber, der immer mit Katib und Adaui zusammen war.

Wie hieß er noch gleich? überlegte Jane und sah ihn an, wie er die Straße überquerte und auf das Café zukam. Ahmed, fiel ihr plötzlich ein. Im selben Moment betrat er das Café und sah sie an.

»Verbindet mich mit dem Geheimdienst«, bellte Arad in sein Telefon und ließ sich in einen alten Sessel fallen, den jemand aus seinem Wohnwagen verbannt hatte.

Der Soldat, mit dem er verbunden wurde, wühlte in den Papieren auf seinem Schreibtisch, bis er das gewünschte Transkript gefunden hatte. »Es war nicht besonders deutlich, Sir, nur irgendwelche merkwürdigen Geräusche.«

Arad hatte schon das befürchtet, daß Jane das verwanzte Portemonaie nicht ständig mit sich herumtragen, sondern in ihrem Zelt liegenlassen würde.

»Wir haben was von heute morgen, aber auch das ist nicht klar, wegen der Motorengeräusche. Sie muß mit jemandem Auto gefahren sein.«

Das konnte gut sein, überlegte Arad. Es war der freie Tag. Wahrscheinlich machte sie eine Sightseeing-Tour durch die Dörfer ihrer Brüder und Schwestern.

»Lesen Sie mir trotzdem alles vor«, sagte Arad.

Der Soldat verlas das Gespräch, das Jane Goldman mit dem Fahrer geführt hatte. Sie hatten über Politik gesprochen, und Jane und der Mann mit dem arabischen Akzent waren sich in den meisten Fragen einig gewesen. Dann sagte der Mann etwas über die Landschaft, durch die sie fuhren. Darauf folgten ein paar Minuten Schweigen. Und dann sprachen sie über persönliche Dinge, hauptsächlich Jane, die sich über die dekadenten Amerikaner beklagte.

Das alles war so langweilig, daß Arad schon gar nicht mehr richtig zuhörte und um ein Haar die letzte Passage des Transkripts nicht beachtet hätte.

»Moment, das letzte noch mal«, sagte er und setzte sich kerzengerade auf.

»Was denn, Sir?«

»Der letzte Dialog.«

Es entstand eine kurze Pause, bis der Soldat die Stelle gefunden hatte. Dann las er vor:

Mann: Alles in Ordnung?

Goldman: Ja. Machen Sie sich um mich keine Sorgen.

Mann: Viel Glück! Rufen Sie mich an, wenn Sie da sind.

Tür wird geöffnet. Pause.

Goldman: Ich bin ja so froh, daß ich Mr. Katibs Onkel helfen kann.

Pause. Jemand hustet.

Goldman: Auf Wiedersehen.

Mann: Wiedersehen.

Tür wird zugeschlagen.

Arad saß ganz still da und überlegte. Dann fragte er: »Wann hat dieses Gespräch stattgefunden?«

»Vor einer halben Stunde, Sir.«

»Und was liegt für die letzte halbe Stunde vor? Hat sie mit niemandem mehr gesprochen?«

Der Soldat wühlte in den Papieren. Dann sagte er:

»Nein, Sir. Nur diese Hintergrundgeräusche, von einem fahrenden Wagen. Derselbe Wagen, Sir.«

Das ergab überhaupt keinen Sinn. Sie war doch ausgestiegen!

»Scheiße!« Arad sprang vom Sessel hoch, als er begriff, was geschehen war. »Sie hat ihr Portemonnaie im Wagen liegenlassen.«

Als Jean und Valerie Pirette einige Minuten später aus dem Zelt krochen, sahen sie Arad nervös auf und ab gehen. Sie winkten ihm zu, und er winkte abwesend zurück.

»Wer, zum Teufel, ist Katibs Onkel?« murmelte er. »Und wie soll Jane Goldman ihm helfen können?«

Er fand keine Antwort auf diese beunruhigenden Fragen und beschloß, seinen Freund Haim Rotem anzurufen, Brigadier des Geheimdienstes.

Nachdem Arad berichtet hatte, kam Rotem tatsächlich ein Gedanke. »Vielleicht ist sie ja Krankenschwester oder Therapeutin, oder sie kennt sich mit Akupunktur aus. Wer weiß? Vielleicht hat sie Katibs Onkel auch nur eine Massage verpaßt oder so etwas.«

»Ich weiß alles über sie«, widersprach Arad. »Sie ist keine Therapeutin, es sei denn für so was wie Shiatsu für Persianerkatzen oder Aromatherapie für streunende Hunde.«

Etwas anderes fiel Rotem jedoch nicht ein.

»Wo ist sie hingefahren?« überlegte Arad laut. »Wissen wir etwas von einem kranken Onkel?«

Brigadier Rotem konnte das nicht beantworten. »Dafür kennen wir Adauis Onkel um so besser«, sagte er kichernd.

»Was soll das heißen?«

»Der Typ in Beer Sheva, der ihnen die Drogen abkauft. Den nennen sie immer Onkel.«

Plötzlich erkannten beide Männer, wie blöd sie gewesen waren.

Arad schaute auf die Uhr.

»Alarmiere jeden Posten im Umkreis von fünfzig Kilometern. Sag ihnen, sie sollen jede weiße Frau mit einem Minderwertigkeitskomplex und wenig Hirn festhalten. Wahrscheinlich transportiert sie die Drogen in einer Reisetasche, die sie gut sichtbar bei sich trägt.«

Auch Rotem schaute auf die Uhr. »Es dauert eine Stunde, bis wir alle verständigt haben. Du kennst ja die Militärbürokratie. Bis dahin ist die ganze Aktion längst gelaufen.«

Arad fluchte. Rotem hatte recht. Wie hatte ihm das nur passieren können? Wieder begann er, nervös auf und ab zu gehen.

56

»Wie gefällt Ihnen die Reise denn so?« fragte Ahmed. Er hatte Jane gleich entdeckt und sich zu ihr an den Tisch gesetzt, ohne sie um Erlaubnis zu fragen. Sie schien sich sogar darüber zu freuen.

»Inzwischen sehr gut«, sagte Jane enthusiastisch. »Aber der Anfang hat mir gar nicht gefallen.« Sie nippte an ihrem Kaffee.

»Darf ich Ihnen mal eine persönliche Frage stellen?«

»Natürlich, nur zu!«

»Sie sind doch Jüdin, oder?«

Diese Frage überraschte sie, und sie schaute sich nervös um und hoffte, daß keiner der anderen Gäste etwas mitbekommen hatte.

»Machen Sie sich keine Sorgen.« Ahmed spürte ihr Unbehagen und beugte sich zu ihr vor. »Ihnen kann nichts passieren. Sie sind Gast hier.«

»Spielt meine Religionszugehörigkeit irgendeine Rolle?« fragte Jane leise.

Jetzt schaute sich auch Ahmed um und stellte erleichtert fest, daß die anderen Gäste in sicherer Entfernung saßen. Ihm war gerade klar geworden, daß auch er keine Mithörer gebrauchen konnte. »Ich würde gerne mehr über den Judaismus erfahren«, sagte er und lächelte schüchtern. »Und ich habe ja sonst keine Gelegenheit, mich mit Juden zu unterhalten.«

»Wieso interessierst du dich dafür?« fragte Jane erstaunt.

»Nur so, allgemein. Ich interessiere mich auch für das Christentum und den Buddhismus ... Ich finde es wichtig, andere Religionen und Kulturen zu verstehen. Jeder Mensch trägt doch ein Stückchen Wahrheit in sich, und nur wenn alle Stückchen zusammenkommen, ergibt sich die ganze Wahrheit. Sehen Sie das nicht so?«

Jane zuckte mit den Schultern. »Schon ... aber ausgerechnet der Judaismus ...?«

»Es gibt viele Gemeinsamkeiten zwischen dem Islam und dem Judaismus.«

Jane warf einen Blick auf den Stuhl neben sich und vergewisserte sich, daß die Tasche noch dastand. »Was willst du denn im einzelnen wissen?«

Ahmed lächelte, holte ein kleines Notizbuch mit aufgedruckten Ninja Turtles aus der Hemdtasche und blätterte durch die in arabischer Schrift dicht beschriebenen Seiten. »Sachen, die ich in Filmen gesehen und nicht verstanden habe«, sagte er. »Warum zertritt ein jüdischer Bräutigam bei der Trauungszeremonie zum Beispiel ein Glas?«

Jane blickte in seine großen braunen Augen. »Nun, ich glaube, es ist eine Art Männlichkeitsritual ... Der Mann muß wohl seine Kraft unter Beweis stellen.« Sie hatte keine Ahnung.

»Interessant«, murmelte Ahmed. »Ich habe mal

gehört, es sei ein symbolischer Akt, der an die Zerstörung des jüdischen Tempels erinnern soll.«

»Kann schon sein«, sagte Jane vage.

»Dann frage ich Sie was anderes.« Ahmed blickte in seine Notizen. »Welche anderen Tiere sind noch unkoscher … also, ich meine, so daß Sie sie nicht essen dürfen … außer Schwein?«

»Hmmm«, machte Jane. »Mal nachdenken …« Doch ihr fiel nichts ein. »Weißt du, ich bin nicht religiös«, sagte sie schließlich. »Du solltest lieber einen praktizierenden Juden fragen.«

»Aber vielleicht können Sie mir von der Versklavung der Juden in Ägypten erzählen. Stimmt es, daß Gott den Juden half und den Ägyptern verschiedene Plagen schickte? Steht das wirklich so in der Bibel?«

Jane fand diese Frage ziemlich brisant. Immerhin war auch Ahmed Araber. »Ich glaube nicht, was in der Bibel steht«, sagte sie.

»Was für Plagen waren es denn? Überschwemmungen, Frösche, Läuse?«

Jane machte eine wegwerfende Handbewegung, um zu zeigen, wie unwichtig sie das alles fand. »Irgendwas mit Hagel und Diabetes. Aber das liegt alles schon so lange zurück. Wir sollten lieber in die Zukunft blicken.«

»Da haben Sie recht.« Ahmed begriff, daß sie ihm die gewünschten Informationen nicht geben konnte. Er lächelte bescheiden, klappte das Notizbuch zu und steckte es in die Hemdtasche zurück.

»Ich glaube, Meerschweinchen sind unkoscher«, unternahm Jane noch einen letzten Versuch.

Ahmed bekam Mitleid mit ihr. »Sie sprechen nicht gerne über Ihre Wurzeln, was?«

Jane schaute aus dem Fenster, um seinem forschenden Blick auszuweichen. Seine Worte hatten ins Schwarze getroffen. Es war die bittere Wahrheit. Ihr Leben lang hatte sie versucht, ihre Herkunft zu verleugnen. »Fall nicht auf!« hatten ihre Eltern immer gewarnt. »Es ist in Ordnung, Jude zu sein, aber sprich nicht darüber.« Daran hatte sie sich gehalten. Mit der Zeit war sie ganz besessen davon geworden, ihr Jüdischsein zu verstecken und genauso zu sein wie ihre Klassenkameradinnen in Orange County, New Jersey. Zu Weihnachten hatte sie »Jingle Bells« gesungen, zu Ostern Eier bemalt und sich bekreuzigt, wenn sie ein Versprechen gab. Zu Hause hatten sie an Chanukka zwar Kerzen angezündet und die Verwandtschaft zum Passahfest eingeladen. Aber das hatte sich in ihrer riesigen Villa hinter zugezogenen Vorhängen abgespielt.

»Sie sollten sich nicht für das schämen, was Sie sind«, sagte Ahmed.

Jane versuchte, die Tränen zurückzuhalten, die ihr plötzlich kamen. Ahmed, ein sechzehnjähriger Moslem, war der erste, der so etwas zu ihr sagte.

»Ich habe mich immer dafür geschämt, daß ich Jüdin bin«, gestand sie ihm. »Ich wollte als Frau, als Amerikanerin, als Weltbürgerin wahrgenommen werden. Jüdischsein heißt, voller Vorurteile und Stereotypen gesehen zu werden. Wenn du jüdisch bist, bist du sonst weiter nichts.«

Ahmed lehnte sich lächelnd zurück. »Meinen Sie denn, für uns Moslems sei das anders? Die Vorurteile gegen uns sind doch noch größer!«

Jane nickte.

»Aber ich schäme mich nicht dafür, Moslem zu sein, und ich werde mich niemals dafür entschuldigen, daß ich nun mal so geboren wurde.«

Jane wurde regelrecht neidisch. Ihr Leben lang hatte sie davon geträumt, diesen Satz sagen zu können.

»Es gibt nun einmal dumme Menschen«, sagte Ahmed. »Ravi Kumar sagt, man muß ihnen ihre Dummheit verzeihen. Das versuche ich jetzt.«

Jane sah ihn voller Bewunderung an. »Du bist ein tapferer, kluger Mann, Ahmed.«

Ahmed wurde rot. »Ich möchte auch Weltbürger werden. Eines Tages, wenn ich genug über Ihre und andere Kulturen gelernt habe, werde ich bestimmt einer. Ich glaube, wenn ich zeige, daß ich stolz bin, ein Moslem zu sein, werde ich eher respektiert. Die Menschen mögen Leute, die zu sich selber stehen. Meinen Sie nicht?«

Jane setzte sich die Sonnenbrille auf, damit er ihre Tränen nicht sah. Was er gerade gesagt hatte, barg so viel Wahrheit, daß sie es nicht ertragen konnte. Dann griff sie nach der Reisetasche. Alles war an seinem Platz.

»Ich muß jetzt gehen«, sagte sie. »Ich muß diese Tasche zu Sulimans Onkel bringen.«

Beide standen auf. Ahmed fischte einen zerknitterten Geldschein aus seiner Jeans und legte ihn auf den Tisch.

Zusammen traten sie auf die lärmende Straße.

Jane preßte die Tasche an sich und achtete auf die Straßenschilder. Sie ließ es zu, daß Ahmed sie begleitete, aber sie redete nicht mehr mit ihm. Nach zehn Minuten erreichten sie das grüne Gebäude mit der Antenne, die wie der Eiffelturm aussah. Adaui hatte es ihr genau beschrieben. Von hier führte eine schnurgerade Straße zum zwei Kilometer entfernten Checkpoint.

»Wir sehen uns dann heute abend im Lager«, sagte Jane und blieb stehen.

»Lassen Sie mich Ihre Tasche tragen«, sagte Ahmed.

»Das geht nicht. Ich bringe sie durch den Kontrollposten nach Israel rein. Dich würden die Soldaten durchsuchen, und dann würden sie die Tasche konfiszieren.«

»Nein, ganz bestimmt nicht.« Ahmed grinste. »Ich kenne ein paar von denen. Sie werden nur einen kurzen Blick darauf werfen und mich dann durchwinken. Das machen sie immer so.«

»Ich habe Suliman aber versprochen, daß ich es mache«, sagte Jane.

»Es kommt ja aufs gleiche raus. Lassen Sie mich Ihnen doch diesen Gefallen tun!«

Jane kam ins Schwanken. Sie wollte wirklich gerne etwas mehr von Tulkarem sehen und ein paar Souvenirs kaufen. Sie schaute auf die Uhr. »Meinst du wirklich, daß es okay ist?«

»Ganz bestimmt. Da ist nur Medizin drin, oder? Nichts, weswegen ich Ärger kriegen könnte?«

»Nein, es dient einem guten Zweck.«

»Dann wird's keine Probleme geben. Geben Sie mir nur noch das Telefon, das Mustafa Ihnen gegeben hat. Ich komme so schnell zurück, wie ich kann.«

Jane lächelte und gab ihm die Tasche. »Vielen Dank, Ahmed. Das ist wirklich sehr nett von dir.« Sie wollte sich schon von ihm verabschieden, als ihr noch etwas einfiel. »Bitte erzähle niemandem, daß du mir diesen Job abgenommen hast.«

Ahmed legte eine Hand aufs Herz und sagte: »Ich schwöre bei Gott.«

57

Der Sonnenuntergang tauchte die biblische Landschaft in dramatisches Licht. Plotnick und Eva erklommen den höchsten Hügel der Umgebung und schauten ergriffen auf das Naturschauspiel.

»Ich habe schon grandiose Sonnenuntergänge in Mexiko und Thailand gesehen«, sagte Eva. »Aber das hier schlägt alles.«

Als Eva den Spaziergang vorschlug, hatte Plotnick gar nicht an den Sonnenuntergang gedacht. Er hatte ihn ja schon Tausende von Malen gesehen, allein oder mit Kommilitonen der Jeschiwa. Es war das erste Mal, daß er ihn sich zusammen mit einer Frau anschaute. Er blickte auf die Sonne, hoffte, sie würde niemals untergehen und dieser Moment würde niemals enden.

Sie hatten eine ganze Weile so dagestanden, als Eva seine Hand nahm. Er erstarrte und biß sich auf die Lippen. Am liebsten hätte er ihre Hand wieder losgelassen, aber er konnte nicht. Er war wie hypnotisiert. Es erschien ihm wie eine Ewigkeit, bis er sich von ihr löste und die Arme vor der Brust verschränkte.

Eva lächelte ihn an, stellte sich dann hinter ihn und begann, seine Schultern zu streicheln.

Plotnick fühlte sie wie elektrisiert. Er bekam eine Gänsehaut.

Eva drehte ihn zu sich herum und zwang ihn, sie anzusehen. Die verblassenden Sonnenstrahlen brachten ihr Gesicht zum Leuchten. Sie führte seine Hand an ihre Wange, und er spürte, wie weich sie war. Dann führte sie seine Hand an ihre Lippen. Plotnick spürte, wie feucht sie waren. In seiner Hose regte sich etwas, und er versuchte, dagegen anzugehen. Er fürchtete, sie würde ihn auslachen, so wie seine Mitschüler in der Talmudschule, als er fünfzehn war. Damals hatte er eines Nachts eine Erektion bekommen und war vom Gelächter der anderen aufgewacht, die auf seine Unterhose zeigten.

Eva strich ihm durchs Haar und spielte mit seinen Ohrläppchen.

»Eva«, murmelte er.

Sie legte ihm einen Finger auf die Lippen und streichelte seinen Mund. »Mach dir keine Sorgen, Arie. Entspann dich und genieße den Augenblick.«

Er schloß die Augen, betete und bat Gott um Verzeihung.

»Wir sollten das nicht tun«, sagte er schließlich, holte tief Luft und wich ein paar Schritte zurück.

Eva seufzte. »Warum nicht, Arie?« Sie folgte ihm und nahm wieder seine Hände.

Plotnick schluckte und begann zu zittern. »Weil … weil … weil es nicht normal ist. Es kann nicht funktionieren.«

»Warum nicht?«

Sie trat ganz nah an ihn heran und strich ihm die Haare aus dem Gesicht.

Er schaute ihr in die Augen und war von ihrer Wärme und Lebendigkeit fasziniert. Jedes Mal, wenn er sie ansah, kam sie ihm schöner vor.

»Ich bin vierundzwanzig, und du bist … ein paar Jahre älter. Ich bin Jude, und du bist Christin. Ich bin Israeli, und du bist … ähm … Deutsche.«

»… *ähm … Deutsche* klingt ja schlimmer als ›älter‹ und ›Christin‹«, sagte Eva amüsiert.

Plotnick versuchte, ihrem Blick auszuweichen. Natürlich war das das Schlimmste für den Nachkommen von Holocaust-Überlebenden. Sein Leben lang hatte man ihm beigebracht, alles Deutsche zu meiden. Seine Familie kaufte keine deutschen Produkte, hatte niemals deutschen Boden betreten und sich geweigert, Wagner oder andere nichtjüdische deutsche Komponisten zu hören. Deutschland war der Teufel, gegen den man stets anzukämpfen hatte.

Die Werte und Überzeugungen, mit denen er aufgewachsen war, kollidierten nun mit einer anderen Realität. Er war dabei, sich in eine deutsche Frau zu verlieben. Das konnte einfach nicht wahr sein!

»Meine Großeltern würden sich im Grabe umdrehen, wenn sie wüßten, daß sich ihr Enkel mit einer deutschen Frau abgibt. Das kann ich moralisch nicht verantworten.«

Eva hielt seine Hand fest umschlossen. »Ich bin für die Vergangenheit nicht verantwortlich, und zufällig finde ich dich sehr anziehend. Ist das eine Sünde?«

»Ich … ich kann nicht! Um meiner Großeltern willen. Ich darf die Vergangenheit nicht vergessen.«

Eva zog ihn an sich. Dann führte sie seine Hand an ihre Brust.

Plotnick war fassungslos. Es war das erste Mal, daß er die Brust einer Frau berührte. Er fühlte die feste Rundung, die vorstehende, harte Brustwarze.

Eva öffnete zwei Knöpfe ihrer Bluse und schob seine Hand unter ihren BH.

Etwas so Sensationelles hatte Plotnick noch nie erlebt. Langsam und unendlich vorsichtig befühlte er die Brust und streichelte jeden Millimeter.

Er war hin und her gerissen und mußte sich schnell entscheiden. Er mißachtete Gott, beging Verrat an seinen Großeltern und verstieß gegen seine eigenen Werte. Wenn er so weitermachte, würde er bis in alle Ewigkeit verdammt werden. Andererseits lag seine Hand auf einem Busen!

»Vielleicht kann ich die Vergangenheit eine Zeitlang vergessen«, sagte er.

Eva strich mit der Hand über seinen Bauch, geradewegs auf seine erogene Zone zu.

Plotnicks Herz schlug bis zum Hals, als Eva den Reißverschluß seiner Hose öffnete. Dann küßte sie ihn, zuerst ganz sanft und dann immer leidenschaftlicher. Plötzlich machte sie sich von ihm frei, und ihre Augen versprühten pure Lust.

»Hast du schon mal mit einer Frau geschlafen?« fragte sie.

Plotnick atmete schwer. »Nein«, sagte er, ohne die Hände von ihren Brüsten zu nehmen.

Evas Augen weiteten sich vor Verlangen. Ein Traum wurde wahr. Ein jüdischer Novize! Genau das, was sie immer ersehnt hatte.

»Soll ich dir den Weg zum Glück zeigen?«

»Ja, Eva!«

Sie küßten sich wieder, und in seinem Herzen versprach Plotnick Gott, diese Sache eines Tages irgendwie wiedergutzumachen. Eva hingegen dankte Gott für das wunderbare Geschenk.

Es gab nur ein erstes Mal, und sie würde dafür sorgen, daß Plotnick es niemals vergaß. Sie wußte, daß sie sein Leben für immer verändern konnte. Sie würde seine Mentorin sein, seine Erschafferin, sein Leitstern. Das Wichtigste war jetzt ein guter Start.

»Hast du zufällig eine sechs Meter lange schwarze Schnur im Wohnwagen?« fragte sie und zog ihn mit sich den Hügel hinab auf Mavo Dotan zu.

58

Adaui sang mit, als im Autoradio ein Song von Farid El-Atrash gespielt wurde. Plötzlich bemerkte er Janes Portemonnaie auf dem Beifahrersitz. Nachdem er sie abgesetzt hatte, war er mit Freunden auf den Markt gegangen und hatte Snacks für das Endspiel eingekauft, das um 22 Uhr übertragen werden sollte. Er griff nach dem Portemonnaie und nahm es auf den Schoß. Ohne den Blick vom Verkehr abzuwenden, faßte er hinein und prüfte seinen Inhalt – Geld, israelisches und palästinensisches, zwei Kreditkarten und ein Paß.

»Scheiße!« Adaui warf alles zurück auf den Beifahrersitz. »Sie hat ihren Paß vergessen!« Die Aktion mußte sofort abgebrochen werden. Er verließ die Hauptstraße und bog in einen schmalen Weg ein, der zu seinem Unterschlupf führte. Er stellte den Wagen in einer gut getarnten Garage ab und sprang heraus. Das Portemonnaie nahm er mit.

Ali stand ganz in der Nähe. Er hatte die Motorengeräusche gehört und war schnell hergelaufen.

»Was ist deine Telefonnummer?« fragte Adaui erregt. »Schnell!« In der Hand hielt er sein eigenes Telefon.

Ali begriff, daß irgendwas schiefgegangen war, und suchte seine Hosentaschen nach dem Telefon ab. »Ich weiß nicht, wo es ist, Kommandant.«

»Nicht dein Telefon, du Idiot! Das hat die jüdische Touristin. Ich will bloß die Nummer wissen.«

»Oh.« Ali verstand. Es war ihm sehr peinlich, aber er mußte es sagen. »Ich … ich weiß meine Nummer nicht. Ich rufe mich ja nie selbst an.«

Adaui klickte sich durch die Nummern seines Telefonverzeichnisses. Als er die richtige fand, wählte er sie an.

»Leg das in ihr Zelt zurück.« Er warf Ali das Portemonnaie zu.

Das Telefon klingelte und klingelte. Endlich meldete sich jemand auf Arabisch.

»Aywah.«

Adaui hatte die Stimme schon einmal gehört, konnte sie aber nicht zuordnen. »Wer ist da?«

Ahmed erkannte Adauis Stimme. »Ich bin's, Ahmed.«

Adaui verstand gar nichts mehr. »Wo … Was … Woher hast du das Telefon?«

Schweigen.

»Hallo?«

»Ich kann leider … er … all …« Die Verbindung wurde immer schlechter.

»Wo ist die jüdische Touristin, Ahmed?«

Adaui hörte nur unzusammenhängende Wortfetzen, die keinen Sinn ergaben.

»Ahmed?«

»Ich sag … ollte … helfe … ber …«, verstand Adaui. » … be … eisetasch … ablief …« Dann hörte Adaui gar nichts mehr.

»AHMED!« brüllte er. »Komm sofort zurück! In der Tasche ist nicht das Richtige drin!«

Schweigen.

»AHMED! AHMED!« Adaui brüllte, so laut er konnte. Aber die Verbindung war endgültig abgebrochen. Adaui drückte auf Wahlwiederholung, bekam aber keine Antwort. Verzweifelt raufte er sich die Haare.

Suliman Katib hatte das Geschrei gehört und kam nach draußen gelaufen. »Was ist passiert?«

Adaui lehnte an der Garage, aschfahl im Gesicht. »Irgendwie ist Ahmed die jüdische Touristin über den Weg gelaufen. Er hat ihr die Tasche abgenommen und sagt, er will sie für sie abliefern.«

Katib reagierte genauso schockiert. »*Die* Tasche?«

»Ja.«

»Kommandant, ich glaube, Sie sollten sich das hier mal ansehen«, sagte Ali, der mit Janes Portemonnaie in der Hand zurückgerannt kam. Er gab es Adaui.

Adaui schaute hinein und entdeckte den kleinen Chip. »Was, zum Teufel, ist das denn?« Er riß die Wanze heraus und betrachtete sie von allen Seiten.

Katib streckte die Hand aus und nahm Adaui das Ding ab. Er wußte, was es war, warf es zu Boden, trat drauf und zerquetschte es zu Staub.

»Eine Wanze«, sagte er und sah Adaui vielsagend an.

Adaui wurde noch bleicher.

»Wahrscheinlich wissen die Israelis alles«, sagte Katib.

Adaui schüttelte fassungslos den Kopf. Er trat gegen einen herumliegenden Reifen und begann, nervös auf und ab zu gehen. Er versuchte, seine Gefühle unter Kontrolle zu bekommen und die Lage zu analysieren.

Katib schaute zu der Touristengruppe hinüber und tat es ihm nach. Die Gruppe war vor einer Stunde von einer Sightseeing-Tour zurückgekehrt und machte jetzt Pitabrot auf einer heißen Steinplatte. Sie mußten umziehen und ihr Lager woanders aufschlagen. Das war die einzige Lösung. Hier war es zu gefährlich geworden.

Adaui dachte dasselbe.

»Ruf Riad Abu Aziz an, sag ihm, daß wir nach Arka umziehen«, sagte Katib zu Ali.

»Wann?«

»Heute abend.«

»Nicht heute!« schrie Adaui auf. »Das hat bis morgen Zeit.«

Katib schüttelte den Kopf. »Es muß heute sein.«

»Suliman, heute ist das Endspiel!« sagte Adaui eindringlich.

Katib machte ein erstauntes Gesicht. »Du würdest dein Leben für ein Fußballspiel opfern?«

Adaui schloß Janes Portemonnaie und warf es Ali zu. »Wir riskieren nichts. Wahrscheinlich ist Arad schon tot. Und selbst wenn nicht, würde er sich das Endspiel um nichts in der Welt entgehen lassen, nicht mal um endlich den Fuchs zu schnappen. Außerdem soll heute nacht doch der simulierte Überfall stattfinden. Die Israelis würden niemals zuschlagen, wenn jede Menge wehrlose Touristen durch die Gegend streifen. Wir können wirklich bis morgen warten.«

Katib strich sich über den dichten schwarzen Bart. »Wenn du meinst«, sagte er schließlich. »Und was unternehmen wir wegen Ahmed?«

Beide Männer blickten Ali an. Sie hatten noch nicht gewagt, ihm zu sagen, was sein Bruder getan hatte.

Ali versuchte, ihren Blick zu interpretieren. »Was ist mit Ahmed?« fragte er.

Adaui räusperte sich. »Er hat der jüdischen Touristin die Tasche abgenommen.«

»Was?«

Adaui wählte noch einmal Alis Nummer, aber die Verbindung baute sich nicht auf.

59

Arad lag auf der dünnen Isomatte in seinem Zelt. Er trug nur seine Unterhose. Valerie Pirette massierte seinen verspannten Rücken.

»Ach, Esmeralda, das tut gut!« stöhnte er.

Jean saß neben seiner Frau, spielte mit ihren Haaren und sah zu, wie sich ihre Finger in Arads sonnengebräunte Haut gruben.

»Ihre Frau ist eine wahre Künstlerin, Quasi!«

»Merci, Major. Wir sind so glücklisch, daß Sie nun doch mitmachen.«

Arad schloß die Augen und grinste. »Na ja, ich habe mir überlegt, daß Sie sonst nie in den Genuß kommen würden, einen Offizier der israelischen Armee richtig kennenzulernen. Das ist das mindeste, was ich für Sie tun kann, nachdem die Franzosen uns im Sechstagekrieg unterstützt haben.«

Valerie goß noch etwas Mandelöl auf seinen Rücken und verrieb es bis in die hintersten Winkel.

»Ach, ist das gut!« Arad war selig. Nach all den Anstrengungen der letzten Wochen war es eine wahre Wohltat.

Valerie arbeitete sich langsam zu seinem Kopf vor.

Wenn es eins gab, was Arad sexuell erregte, so war es eine gefühlvolle Kopfmassage. Langsam kam er in Stimmung.

»Sagen Sie, Quasi ... Das ist meine erste Swingerparty. Wie geht es denn nun eigentlich weiter?«

Pirette lächelte. »Das 'ängt ganz von Valerie ab. Wenn sie Lust 'at auf Sie, können Sie tun mit ihr, was gefällt.«

Das erregte Arad noch mehr. »Egal, was? Wow! Ich weiß ja nicht, wie es mit Ihnen ist, aber ich hätte schon Lust auf eine richtige Nummer mit allem Drum und Dran.«

Valerie sah ihren Mann an und lächelte. »Woran denken Sie denn?« fragte sie Arad mit ihrem charmantesten französischen Akzent.

Arad drehte sich zu ihr um und blickte in ihre grünen Augen. »Sie haben eine sehr schöne Stimme«, sagte er. »Quel accent! Französisch ist so eine sinnliche Sprache! Man braucht sie bloß zu hören, und gleich ist man erregt.«

Valerie rollte ihn sanft auf den Rücken und goß etwas Mandelöl auf seine Brust.

»Ich habe mir in den 70er Jahren immer französische Pornofilme angesehen.« Arad schloß wieder die Augen. »Meine ganze Sexualerziehung basiert sozusagen auf dem französischen *faire l'amour*.«

Er mußte an seine Schuljahre in Haifa denken. Wann immer es ging, hatte er damals die Schule geschwänzt und sich in den einschlägigen Kinos herumgetrieben. Tagsüber liefen die Filme nonstop. Ein Karatefilm mit Bruce Lee, dann ein Pornofilm und dann der nächste Reißer.

»Haben Sie ›Emmanuelle‹ gesehen?« fragte er.

Pirette kicherte. »Isch bin doch erst in die 70er Jahren geboren.«

»Ein schöner Film! Kein anderer Film hat mich so stark beeinflußt. Höchstens noch die Fortsetzungen ›Emmanuelle 2, 3, 4, 5, 6, 7 und 8‹. Haben Sie vielleicht den zweiten gesehen? Der war auch toll.«

Er verstummte, weil sein Telefon klingelte.

»Tut mir leid, Esmeralda. Hör nicht auf. Ich muß nur mal eben telefonieren.«

Es war Brigadier Rotem. Er sagte: »Sie haben sie gefunden.«

Arad staunte. »Die Drogen?«

»Nein, die Wanze. Sie haben die Wanze gefunden.«

Arad drehte sich auf den Bauch und seufzte. »Das ist nicht gut.«

»Das ist überhaupt nicht gut. Jetzt wissen sie, daß wir sie belauscht haben.«

»Wir müssen noch heute zuschlagen«, sagte Rotem.

Das wußte Arad, aber er hatte bis zuletzt gehofft, daß es sich vermeiden ließe. »Heute abend ist das Endspiel.«

»So eine Chance kriegen wir nie wieder. Wir müssen zuschlagen, ehe er uns wieder entwischt.«

»Können wir sicher sein, daß er nicht schon umgezogen ist?«

»Abu Aziz hat Rosman erzählt, daß sie morgen früh umziehen. Ich will Adauis Kopf noch heute. Heute abend erwarten sie uns nicht, weil sie genau wissen, daß du ein großer Fußballfan bist.«

»Dann laß uns gleich nach dem Spiel losschlagen«, schlug Arad vor.

»Nein, während des Spiels! Ich gebe dir während der Operation den aktuellen Spielstand durch.«

Arad wußte, daß Rotem recht hatte. Sie mußten heute abend zuschlagen, und zwar während des Spiels.

Ein wohliges Gefühl stieg in ihm auf, als er das Gespräch beendete. Wie schaffte es Valerie, gleichzeitig seine Schultern und seine Schenkel zu massieren? Er schaute sich um und sah, wie sich Pirette an seinen Schenkeln zu schaffen machte.

»Was tun Sie da, Quasi?«

»Isch 'elfe meine Frau.« Pirette grinste und goß Massageöl auf Arads Schenkel.

Arad gefiel das ganz und gar nicht. »Ich glaube nicht, daß sie Hilfe braucht, Quasi. Sie macht das sehr gut.«

»Aber dieses ist eine *ménage à trois*. Wir machen Sachen zu dritt. Darum geht es doch.«

Arad setzte sich auf und bedeckte sich mit seinem Hemd.

»Jetzt hören Sie mir mal gut zu, Quasi! Ich habe mich darauf eingelassen, mit Ihrer Frau zu vögeln, nicht mit Ihnen. So nötig habe ich es nun auch wieder nicht.«

»Entspannen Sie sisch einfach, Major. Wir wollen doch nur ein bißchen Spaß ’aaben.«

»Quasi!« Arad verlor langsam die Geduld. »Wissen Sie was?« Er packte Pirettes Arm und schob ihn aus dem Zelt. »Vielleicht warten Sie einfach draußen, bis Esmeralda und ich fertig sind.«

»Aber sie is’ mein Frau, mon dieu!«

»Jetzt stellen Sie sich nicht so an!« Arad seufzte. »Na schön. In meinem Zelt finden Sie eine Flasche 1972er Beaujolais. Lassen Sie es sich schmecken. In der Zwischenzeit mache ich hier eine *ménage à deux*.« Arad ging wieder ins Zelt zurück.

Pirette hatte mit seiner Frau schon genug Swingerparties mitgemacht. Eine Flasche Rotwein hingegen war nach einer trockenen, asketischen Woche ein verlockendes Angebot.

»Ca va, chérie?« fragte er ins Zelt hinein.

»Oui, tout va bien, mon amour.«

»Da haben Sie es gehört, Quasi, sie nennt mich *mon amour*. Alles läuft bestens.«

Arad zog sein Hemd wieder aus und legte sich auf den Rücken. »Wo waren wir stehengeblieben, Esmeralda? Ach ja. Ich wollte von den Emmanuelle-Filmen erzählen.«

60

»Vierhundertzwanzig Anmeldungen allein diese Woche.« Triumphierend legte McGillis ein Fax auf den Tisch, kreuzte die Arme vor der Brust und hob das Kinn.

»Ich habe das Jerusalemer Kongreßzentrum für die

Abschiedsparty gebucht.« Brant war genauso begeistert und blätterte in seinem Terminkalender. »Wir müssen die nächsten Termine festlegen.«

»Und raten Sie mal, wer mich angerufen hat!« McGillis konnte seinen Stolz nicht verbergen.

Rosman und Abu Aziz hatten ebenfalls ihre Terminkalender aufgeschlagen und schauten jetzt auf.

»Richard Gere!« verkündete McGillis.

»Richard Gere, der Filmstar?«

McGillis kicherte in sich hinein. »Nein, Richard Gere, der Gebrauchtwagenhändler.«

»Was wollte er denn?« fragte Brant erstaunt. Seit er ›Ein Offizier und Gentleman‹ gesehen hatte, war er ein großer Richard-Gere-Fan.

»Er ist Friedensaktivist und wollte uns zu unserer grandiosen Idee beglückwünschen. Er sagte, ein Projekt, bei dem Israelis und Palästinenser miteinander kooperieren, sei ›der einzig wahre Friedensplan‹.«

Alle drei starrten McGillis ungläubig an.

»*Friedensplan*?« sagte Brant.

»Ja. So nennt man das, wenn man verfeindete Nationen dazu bringt, ein gemeinsames Ziel zu verfolgen«, sagte McGillis.

Abu Aziz zuckte mit den Schultern. »Ich dachte, wir wollten bloß ein lukratives Geschäft machen.«

McGillis nickte. »Das wollte ich ihm nicht so deutlich sagen. Außerdem kann man es ja auch so sehen wie er. Denken Sie bloß einmal daran, was innerhalb der letzten Woche in der Gegend von Tulkarem und Nablus passiert ist.«

»Wieso, was war denn?« fragte Rosman.

McGillis beugte sich über den Tisch. »Nichts!« sagte er triumphierend. »Überhaupt gar nichts. Rien, niente, nada! Eine Woche lang keine Horrormeldungen, und zwar seit unsere Reisegruppe dort eingetroffen ist. Seitdem schweigen die Waffen. Keine Toten, keine Verletzten. Können Sie sich daran erinnern, wann das in der Region das letzte Mal der Fall war?«

Die Männer dachten nach und begannen zu verstehen. McGillis beziehungsweise Richard Gere hatten recht. In den sechs Jahren der blutigen Intifada hatte es dort durchschnittlich zwanzig Schießereien pro Woche gegeben, mit mindestens zwei Toten auf beiden Seiten. Mehr als tausend Menschen hatten während dieser Zeit ihr Leben verloren. Es war wirklich ein absolutes Novum, daß in dieser einen Woche nichts dergleichen vorgekommen war.

»Ich bin von Regierungsmitarbeitern angesprochen worden«, sagte Rosman. »Sie haben ihre Hilfe angeboten. Auch die Palästinenserbehörde hat unser Programm zur Kenntnis genommen.«

Ein Kellner kam an ihren Tisch. Die vier Männer warfen einen schnellen Blick in die Speisekarte.

»Latte«, sagte Brant.

»Espresso«, sagte Abu Aziz und sah Rosman an. »Du auch, nicht wahr?«

»Ja, bitte«, sagte Rosman.

»Und für mich bitte noch das Filet Mignon zu sechshundert Gramm«, sagte McGillis.

Rosman nahm die Lesebrille ab und legte sie auf seinen Terminkalender. »Es ist erst vier Uhr, Josh! Vor drei Stunden haben wir Mittag gegessen.«

McGillis steckte sich eine Serviette in den Hemdkragen. »Bei dieser Masse von Anmeldungen kann ich mir ohne weiteres einen gepflegten Nachmittagsimbiß leisten.«

»Passen Sie auf, daß Sie keinen Herzinfarkt bekommen!«

Statt zu antworten, holte McGillis weitere Faxe aus seiner Aktentasche. »Was sollen wir mit diesen machen?« Er legte sie in die Mitte des Tisches.

»Was ist das?«

»Fanpost für Major Arad und Mustafa Adaui, von Frauen, die die beiden in dem CNN Special gesehen haben und sie kennenlernen möchten.«

»Das ist nicht Ihr Ernst!«

»Die eine hier ...« McGillis blätterte nach dem betreffenden Fax. »Das ist es. Diese Frau hier schreibt ... Ich muß euch das vorlesen.« Er zog das Fax zu sich heran. »Also:

Lieber Major Arad,

ich heiße Rosemary Jacobs. Ich bin 43, weiß und wohne in Portland, Oregon. Ihr Auftritt im Fernsehen hat mich sehr beeindruckt. Ich bin gerade auf der Suche nach einem Mann, mit dessen Hilfe ich ein weiteres Kind zur Welt bringen könnte. (Ich habe bereits zwei Töchter von anderen Samenspendern.) Da Sie einen sehr fitten Eindruck machen, würde ich Sie gerne einmal kennenlernen. Möglicherweise entdecken wir ja einige Gemeinsamkeiten. Ich bin übrigens Stier, falls das für Sie von Bedeutung ist – auch im Hinblick auf unser gemeinsames Kind.«

Als McGillis geendet hatte, wollte Abu Aziz das Fax mit eigenen Augen lesen. Rosman und Brant fischten sich andere Faxe aus dem Stapel und lasen darin.

»Unglaublich«, sagte Rosman nach einer Weile. »Sollen wir den beiden diese Fanpost zukommen lassen?«

Abu Aziz war dagegen. »Die beiden sind doch ohnehin größenwahnsinnig«, sagte er. »Diese Briefe würden ihnen den Rest geben.«

Die nächste Viertelstunde beschäftigten sie sich mit den Faxen und amüsierten sich köstlich. Ein Geschäftsmann aus Miami bot sich als Vermittler für ein versöhnliches Gespräch zwischen den beiden an. Eine Frau aus St. Paul lud sie als Redner in den örtlichen Rotary Club ein. Aber die meisten – abgesehen von zwei schwulen Männern – stammten von einsamen Frauen, die die beiden kennenlernen wollten.

Als das Essen kam, sammelte McGillis die Papiere wieder ein und steckte sie in seine Aktentasche.

Eine Weile lang saßen und tranken sie. Schließlich fragte Brant McGillis: »Hat Richard Gere noch mehr gesagt?«

»Nein.«

»Zwei Sätze – das war das ganze Gespräch?«

»Ja.« McGillis schien nicht darüber reden zu wollen.

»Und Sie? Haben Sie noch was gesagt oder ihn was gefragt?«

McGillis ruckte unbehaglich auf seinem Stuhl herum. »Ich war total überrascht von dem Anruf. Als ich begriff, daß er es tatsächlich war, hat es mir die Sprache verschlagen.«

Brant nickte. Das war schade, aber er konnte McGillis verstehen.

Im selben Moment klingelte McGillis' Handy. Als er das Gespräch angenommen hatte, schaute er die anderen mit großen Augen an.

»Richard Gere noch mal«, sagte der Anrufer. »Ich überlege, ob ich an der nächsten Reise teilnehmen soll.«

McGillis reagierte schnell und überraschend. Er stellte das Handy aus und legte es auf den Tisch. Er war blaß, seine Augen starrten ins Leere, und er saß reglos da.

Die drei Männer schauten ihn besorgt an.

»Wer war das?« fragte Rosman.

McGillis antwortete nicht gleich. Als er es schließlich tat, saß er immer noch starr und steif da. »Richard Gere überlegt, ob er an der nächsten Reise teilnehmen soll.«

Brant fiel die Kinnlade herunter. »Und Sie haben einfach aufgelegt?« Brant regte sich furchtbar auf und begann, McGillis zu beschimpfen.

McGillis starrte immer noch ins Leere, als sein Handy wieder klingelte. Bevor er reagieren konnte, beugte sich Brant vor und griff danach. »Ich gehe ran«, sagte er, nahm das Gespräch an und sagte: »Ja, hallo?«

Brant hörte seinem Gesprächspartner zu, und seine Miene versteinerte langsam. Plötzlich klappte er das Handy wortlos zu und schob es über den Tisch in McGillis' Richtung.

Die anderen sahen ihn neugierig an.

»Wer war das?« fragte Abu Aziz.

Brant starrte jetzt so vor sich hin wie eben noch McGillis. »Jennifer Lopez«, sagte er nach einer Weile.

61

Mustafa Adaui schaute zum Himmel auf und zog nachdenklich an seiner Zigarette. So eine dunkle Nacht hatte er schon lange nicht mehr gesehen. Wolken verdeckten den Halbmond und die Sterne, und man konnte kaum die Hand vor Augen sehen. Wenn die Israelis heute nacht zuschlagen wollten, würden sie es schwer haben, ihn zu erwischen.

Er hatte den Touristen eine Landkarte gegeben, in der ein Weg eingezeichnet war, der sie von hinten nach Mavo Dotan führte, und Mitch Taylor zum Anführer ernannt. Er würde die Gruppe durch das schmale Wadi führen, bis sie die Zwillingshügel hinter Mavo Dotan erreichten.

Weder Ahmed noch Jane Goldman waren bisher ins Lager zurückgekehrt.

Adaui schaute auf die Uhr. Das Endspiel würde in einer halben Stunde beginnen. Die Touristen würden mindestens drei Stunden unterwegs sein. Er horchte und blickte sich um, ob er wirklich allein war.

Falls Arad überhaupt noch am Leben war, würde er heute nacht nicht zuschlagen, wenigstens nicht während des Spiels. Adaui hatte seinen Erzfeind über Jahre ausspioniert und wußte, daß dieser in den letzten acht Jahren nicht eine einzige Militäraktion während eines Fußballspiels gestartet hatte. Außerdem hatte Adaui eine feste Zusage von Abu Aziz, daß nichts passieren würde. Allerdings bezweifelte Adaui, daß Abu Aziz Einfluß auf Aktionen der israelischen Armee hatte.

Um sicherzugehen, würde er sich zusammen mit zehn Kriegern der Roten Amal im Haus aufhalten. Alle Magazine würden geladen und die halbautomatischen Maschinenpistolen schußbereit sein.

Eine Sorge aber blieb: ob Brasilien gewinnen würde. Adaui nahm einen letzten Zug von der Zigarette, warf sie auf den Boden und trat sie aus. Dann ging er ins Haus zurück.

Die einzigen Geräusche, die Ravi Kumar ausmachen konnte, kamen von den Schritten der Soldaten und den Munitionswesten, die sich an ihren Uniformjacken rieben. Insgesamt waren es sieben, die sich in flottem Marschtempo am Fuße der Hügel entlang bewegten.

Kumar marschierte direkt hinter Arad. Er hatte das Gewehr mit dem Teleskopfernrohr dabei und einen kleinen Rucksack mit Wasser, zwei Magazinen, einem Mobiltelefon und seinem neuen Laptop. Arad würde ihn nach Hirbet Musa bringen, einem verlassenen Wachposten hundertfünfzig Meter von Adauis Lager entfernt. Dort würde ihn niemand bemerken. Er selbst würde in Sicherheit sein und freie Sicht auf jeden haben, der sich aus dem Haus bewegte, inklusive Adaui und Katib.

Arad wußte nicht, daß er selbst auch Zielscheibe war.

Schweigend gingen sie weiter, bis sie nach zwanzig Minuten zum Wrack eines 74er Subarus kamen, der wahrscheinlich eine Kurve auf der Straße hundert Meter über ihnen nicht richtig erwischt hatte. Dort gab Arad das Signal zum Anhalten.

Er winkte den Funkoffizier zu sich und schaltete das

Funkgerät an. »Greyhound eins, Greyhound eins, hier spricht Weißbrot«, flüsterte er in das Gerät.

Der Codename Weißbrot gefiel Kumar. Irgendwie hatte er etwas Beruhigendes, als ob es um eine landwirtschaftliche Operation ginge.

»Hier ist Greyhound eins – over. Was ist eure genaue Position?«

Arad breitete seine Karte aus und hielt eine winzige Taschenlampe davor. »Blau vier-vier-drei-zwei, rot sechs-sieben-zero-zero. Wie steht's?«

Brigadier Rotem antwortete nicht sofort. Dann sagte er: »Zwei Strich-zero.«

Arad nahm den Apparat vom Mund, schaute die Soldaten an und gab die Information weiter: »Anpfiff vor zwei Minuten, noch kein Tor.«

Das Sonderkommando setzte seinen Weg fort. Eine knappe halbe Stunde später erreichten sie Hirbet Musa.

Gestikulierend gab Arad einem Soldaten zu verstehen, er solle in das Gebäude eindringen und das Terrain sichern.

Ein paar Ratten ergriffen pfeifend die Flucht, als die Männer vorrückten. Es war sehr dunkel, und Arad mußte seine Taschenlampe benutzen, um das alte Gebäude zu durchsuchen. Verrostete Dosen und Plastiktüten lagen auf dem Boden. Abgesehen davon gab es keine Anzeichen von Leben.

»Ihr bleibt hier«, sagte Arad zu den Soldaten und brachte Kumar auf die andere Seite des Gebäudes. Leise krochen sie zu einem Felsbrocken und hockten sich dahinter.

Kumar nahm seinen Rucksack ab und stellte ihn neben sich auf den Boden. Dann holte er die Wasserflasche heraus und trank ein paar Schluck.

»Was können Sie sehen, Curry?«

Kumar nahm sein Gewehr, stützte es auf dem Felsen ab und schaute durch das Teleskop. Es war mit einem

Nachtsichtgerät kombiniert, und Kumar konnte Adauis Lager klar und deutlich erkennen. Kumar suchte das ganze Gelände ab. Alles war ruhig. Kein Mensch war zu sehen. Plötzlich blitzte ein Licht auf, das aber sofort wieder erlosch. Kumar richtete das Gewehr auf die Stelle. Unter der alten Eiche, die ihm so vertraut war, rauchte jemand eine Zigarette.

»Jemand hält Wache«, flüsterte Kumar und beobachtete die Figur noch eine Weile. Dann sagte er: »Es ist nur einer.«

Arad griff zu seiner Wasserflasche und trank nun ebenfalls ein paar Schluck. »Wir müssen warten«, sagte er.

»Worauf?«

Arad streckte die Beine aus und legte sich seinen Rucksack unter den Kopf. »Auf die Touristen.«

62

M i t c h T a y l o r schaute auf die Karte, die Adaui ihm gegeben hatte. Die Zwillingshügel, hundert Meter hoch, lagen geradeaus vor ihm. Oben angekommen würden sie die Lichter der Siedlung sehen.

»Kurze Pause vor dem Infiltrationsprozedere«, sagte er militärisch knapp. Dann schaute er auf die Uhr. Es war 22 Uhr 30.

»Weiß jeder, was er zu tun hat?«

Terry Hampton nickte. Seit gestern hatte sie nichts anderes getan, als den Fuchsgang zu üben. Yamamotos Aufgabe war noch schwieriger. Er sollte wie ein Wildschwein laufen. Er war kein junger Mann mehr, und auf allen vieren zu laufen und dabei einen Strick hinter sich her zu ziehen, verlangte ein hohes Maß an körperlicher Fitneß.

Fünf Minuten lang saßen sie schweigend da und ruhten sich aus, plötzlich hörten sie vom Hügel her Schritte.

»Hinlegen!« kommandierte Mitch leise.

Er brachte seine Farbpistole in Anschlag, da erklang eine vertraute Stimme. Es war Jean Pirette, der etwas auf französisch zu seiner Frau sagte. Frustriert stand Mitch auf.

»Können Sie nicht leise sein? Man soll Sie doch nicht bemerken!«

Pirette erschrak. Er blickte den Hügel hinab und versuchte zu erkennen, wer da gesprochen hatte. »Identifissieren Sie sisch!« verlangte er.

Mitch schüttelte fassungslos den Kopf. »Wenn ich gewollt hätte, hätte ich Sie längst töten können.«

»Sind Sie das, Mitch?«

»Ja, ich bin's. Und die anderen.«

»Oh! 'allo Leute!« Das französische Paar freute sich, sie alle wiederzusehen. Sie kamen den Hügel herunter und begrüßten alle per Handschlag.

»Was machen Sie denn hier?« fragte Terry.

»Patrouillengang. Major Arad hat mich ernannt zum Anführer von die Sonderkommando, die Adauis Lager überfällt«, sagte Pirette.

»Wie bitte? Arad hat *Ihnen* das Kommando übertragen?« Mitch staunte.

Pirette lächelte stolz. »Viele Dinge 'aben sisch verändert. Arad ist geworden so etwas wie ein intim Freund der Familie.« Dann blickte er auf die anderen. »Isch vermute, Sie wollen eindringen in die Siedlung?«

»Stimmt«, sagte Nathan.

»Sie brauchen nur noch zu steigen über die 'ügel.« Pirette zeigte hinter sich. »Aber isch muß Sie warnen. Es gibt eine Radarsystem. Es ist sehr schwierig, unbemerkt zu gelangen in die Siedlung.«

»Wir kriegen das schon hin«, sagte Mitch.

Pirette schob seinen kleinen Rucksack zurecht und

nahm seine Frau bei der Hand. »Wenn Sie wollen, wir können zusammen zum Tor gehen, und isch sage die Wache, daß Sie sind Freunde. Das wäre die einfachste Art, zu gelangen in die Siedlung.«

»So macht es aber keinen Spaß«, sagte Mitch.

Yamamoto stimmte ihm zu. Er hatte den Wildschweingang so lange geübt, daß er jetzt auch ausprobieren wollte, ob es funktionierte.

»Bien. Macht, was ihr wollt. Es war nett, Sie wiederzusehen. Wir sehen uns dann bei die Abschiedsparty.«

Mitch verstand nicht recht. »Wollen Sie die Siedlung denn gar nicht verteidigen, wenn wir angreifen?« fragte er enttäuscht.

»Tut mir leid, Mitch. Wir fahren bald los zu die Lager von die Rote Amal. Sie können einnehmen die Siedlung in alle Ruhe. Es werden nicht da sein viele Leute ... nur die Wache am Tor, drei Radarexperten, die jüdische Familien, Eva und Plotnick. Aber die beiden werden nicht mitmachen bei die Kämpfe. Sie 'aben sisch eingeschlossen vor zehn Stunden in Plotnicks Wohnwagen.«

Der Funkoffizier kroch aus dem Wachgebäude und kam auf Arad zu.

»Was gibt's?« fragte Arad.

»Kotem will wissen, wie die Lage ist.«

Arad schaute auf die Uhr. Es war noch früh. Nach seinen Berechnungen mußte die Gruppe ungefähr zum Spielende hier eintreffen.

»Können Sie was sehen, Curry?« fragte er.

Kumar saß mit gekreuzten Beinen und geschlossenen Augen da. Er schien zu meditieren. »Nein, Major«, sagte er, ohne die Augen zu öffnen.

»So können Sie ja auch nichts sehen!«

»Aber ich hätte was gehört. Niemand hat das Lager im Laufe der letzten halben Stunde betreten oder verlassen. Nichts war zu hören, abgesehen von einer Schreierei im Haus vor ungefähr zehn Minuten. Aber das schien etwas mit dem Fußballspiel zu tun zu haben, das sich alle ansehen.«

Arad drehte sich hastig zu dem Soldaten um. »Wie ist der neueste Spielstand?«

Der Soldat scharrte unbehaglich mit den Füßen. »Wir wollten Ihnen nicht die Laune verderben. Zidane hat für Frankreich ein Tor geschossen. Es steht eins-null.«

Arad verzog keine Miene, als er sich eine Zigarette in den Mund steckte. Er zündete sie aber nicht an, sondern starrte nachdenklich in die Dunkelheit.

63

Im Radio lief ein Song von Britney Spears, und der Wachmann hatte Mühe, sich wachzuhalten. Eine Zeit lang riß er die Lider immer wieder auf, aber schließlich siegte die Müdigkeit, und er schlief ein. Erst das Summen der siedlungsinternen Gegensprechanlage weckte ihn wieder. Er rieb sich die Augen und massierte ein Bein, das ganz taub geworden war.

»Ja?« sagte er schließlich in den Hörer.

»Wo warst du denn?« fragte der Radarexperte genervt.

»Mußte mal pissen. Was gibt's denn?«

»Ich habe ungewöhnliche Bewegungen auf dem Schirm.«

»Was denn für welche?«

Am anderen Ende der Leitung waren merkwürdige Geräusche zu hören, die der Wachmann nicht identifizieren konnte.

»Ungefähr siebenhundert Meter südwestlich vom Tor.

Etwas bewegt sich von Süden her auf den Zaun zu.« Der Radarexperte klang wirklich besorgt.

»Wonach sieht es denn aus?« Der Wachmann war immer noch nicht ganz bei sich. Auch sein Bein war noch ganz taub.

»Da sind so komische Punkte.« Der Radarexperte blickte gebannt auf die verschiedenen Punkte. Jeder repräsentierte eines der unidentifizierbaren Geräusche. Zwei Jahre waren vergangen, seit er den Radarlehrgang beendet hatte. Er versuchte, sich daran zu erinnern, und ging in Gedanken verschiedene Möglichkeiten durch. Aber nichts von dem, was man ihm damals beigebracht hatte, ähnelte dem, was er jetzt aus den Lautsprechern der Radaranlage hörte.

»Was könnte es denn sein?«

»Okay, also ...« Der Radarexperte mußte all seinen Mut zusammennehmen, um dem Wachmann mitzuteilen, was er dachte.

Der Wachmann stand inzwischen im Freien und schaute sich um. Es war dunkel. Er wußte nicht, wonach er Ausschau halten sollte, und brauchte mehr Informationen.

»Da wären einmal vier Tiger, die nur auf den Hinterbeinen laufen, einer davon geht am Stock, dann zwei riesige Kaninchen mit Rückenproblemen und ein Wildschwein, das wie ein Erdhörnchen herumhüpft und einen gebrochenen Schwanz hat.«

Der Wachmann versuchte, diesen Worten einen Sinn zu geben. »Und diese Menagerie bewegt sich von Süden her auf den Zaun zu?«

»Korrekt«, bestätigte der Radarexperte.

»Ich soll jetzt losgehen und nachschauen, was das ist?«

»Bitte!«

Der Wachmann dachte kurz nach. »Soll ich nicht lieber den Militärpsychologen rufen?«

»Es ist wirklich so, glaub mir! Bitte schau nach, was da los ist!«

Der Wachmann schulterte sein Automatikgewehr der Marke Galilon, hängte sich sein Fernglas um und nahm den Hörer der Gegensprechanlage mit. Als er den Zaun erreichte, suchte er mit dem Fernglas die Umgebung ab. Zuerst konnte er nichts Ungewöhnliches entdecken, aber dann bot sich ihm plötzlich der skurrilste Anblick, den er je gesehen hatte.

»Jetzt sehe ich sie«, flüsterte er in den Hörer.

»Was ist es denn?«

Der Wachmann sah noch einmal genau hin. »Ich bin mir nicht ganz sicher«, flüsterte er.

Ein Mann und eine Frau liefen auf der Stelle und schwenkten die Arme. Andere hüpften mit beiden Füßen gleichzeitig vorwärts, und ein Mann, offenbar ein Japaner, ging auf den Füßen und einer Hand, und mit der anderen Hand hielt er eine Art Röhre, die in seinem Hintern zu stecken schien.

»Falscher Alarm«, flüsterte der Wachmann. »Aber merkwürdig ist es schon. Ich habe noch nie erlebt, daß sie nachts aktiv werden.«

»Wer denn?«

Der Wachmann ließ das Fernglas sinken und machte sich auf den Rückweg. »Die Zeugen Jehovas«, sagte er.

64

Jean Pirette orientierte sich an Arads Plan, als er die Gruppe zu Adauis Lager führte.

»Möchte jemand noch 'aben eine Pause?« fragte er über die Schulter nach hinten.

Niemand antwortete, also summte er die Marseillaise und ging weiter.

Sein Großvater war während des Zweiten Weltkriegs in der Résistance gewesen. Sicher wäre er stolz auf seinen Enkel gewesen, wie er eine Gruppe von Guerilla-Touristen in Feindgebiet führte. Zu schade, daß sein Großvater das nicht mehr miterleben konnte.

Kurz darauf erreichten sie den Fuß des Hügels und mußten nun nur noch durch das Wadi marschieren.

Pirette stellte fest, daß Arads Plan ziemlich genau zu sein schien. Wenn sie geradeaus weitermarschierten, würden sie direkt auf Adauis Lager treffen, und zwar auf das Haupthaus, die Haupttür ... und dann brauchten sie nur noch zu klopfen. Es war wirklich ganz einfach. Adaui würde höchst überrascht sein, weil er in der Nacht niemanden erwartete. Und dann würden sie ihm den Kuchen überreichen und »Happy Birthday« singen. Das hatte sich Arad schlau ausgedacht. Vor allem, weil Adaui gar nicht Geburtstag hatte. Sowie sie anfingen zu singen, würde Arad mit seiner Gruppe und all den Farbpistolen das Haus stürmen, und dann würde die Party losgehen. Arad hatte ihm versprochen, daß es sehr lustig würde.

»Jetzt kann ich sie sehen«, sagte Kumar.

Arad sprang auf. »Das will ich sehen«, sagte er, schnappte sich Kumars Gewehr und richtete es auf das Wadi. Durch das Nachtsichtgerät erkannte er die Gruppe, die vom gutgelaunten Quasi angeführt wurde. Direkt hinter ihm ging Valerie. Arad betrachtete sie mit großer Zuneigung. Wenn die Operation vorüber war, wollte er sich zu einem weiteren tête à tête mit ihr treffen. So hatten sie es zu dritt abgesprochen. Ihr Mann würde zur selben Zeit das Weingut Binyamina genießen.

Die Gruppe war noch etwa zwei Kilometer entfernt. Das Timing war perfekt. Arad gab Kumar die Waffe zurück und ging zu seinem Sonderkommando hinüber.

»Bereit machen!« befahl er.

Das Sonderkommando lud die Halbautomatikwaffen mit 9-mm-Geschossen.

Arad überprüfte jeden Mann. Alle waren bereit.

Das Funkgerät machte kratzende Geräusche.

»Hier Weißbrot«, sagte der Funker schnell.

Arad blickte ihn erwartungsvoll an.

Der Funker bestätigte die übermittelte Information mit einem Nicken, reckte einen Daumen in die Höhe und sah seinen Kommandanten triumphierend an. »Ronaldino hat den Ausgleichstreffer erzielt, Sir. Eins-eins, achtzig Strich.«

Arad lächelte. Zehn Minuten vor Spielende schien sich das Blatt doch noch zu wenden.

»Denkt an unsere Absprache«, sagte er leise. »Niemand schießt, bevor ich das Feuer eröffne. Die Touristen werden sich dem Haus von links her nähern. Dort sind sie am sichersten. Adaui und die anderen Drecksäcke sitzen auf der rechten Seite des Hauses vor dem Fernseher. Und niemand schießt vor mir.«

Dann ging Arad zu Kumar hinüber und legte ihm eine Hand auf die Schulter. »Erst schießen, wenn Adaui und Katib aus dem Haus kommen«, sagte er.

65

Weder Arad noch Kumar konnten wissen, daß Katib gar nicht in Adauis Lager war. Zehn Kilometer entfernt, in einer der ärmlichsten Gegenden von Tulkarem, stand er vor einem Haus, rauchte eine Zigarette und beobachtete, wie Ahmed die Treppe hochging, die wertvolle Tasche in der Hand.

Katib konnte sich auf seinen Instinkt verlassen. Er hatte geahnt, daß Ahmed gar nicht daran dachte, die Ware auszuliefern.

Als Ahmed ins Haus ging, drückte Katib seine Zigarette aus und ging langsam auf die Treppe zu.

Ahmed hatte ein Poster von John Travolta und Olivia Newton-John an der Wand hängen. Unter dem Fenster, das zu einem kleinen Hinterhof hinausging, stand ein Bücherregal mit nur einem Brett. Darauf standen der Koran, ein paar Hefte und eine arabische Übersetzung des ersten Harry-Potter-Bands.

Ahmed legte die Tasche aufs Bett und kramte in seinen CDs. Dann legte er eine in den CD-Player. Eine melodiöse orientalische Version des Billy-Joel-Songs »Honestly« ertönte.

Ahmed beugte sich über die unterste Schublade des Schranks und holte ein paar T-Shirts heraus, um die Tasche darunter zu verstecken.

Als er wieder hochkam und nach der Tasche griff, sah er ihn. Suliman Katib lehnte gelassen am Türpfosten. Ahmed erschrak und riß die Tasche an sich.

»Ich glaube, das gehört mir«, sagte Katib. Er schien nicht verärgert zu sein, sondern sprach ganz beiläufig.

»Es tut mir leid«, murmelte Ahmed.

Katib kam auf ihn zu und setzte sich aufs Bett. Langsam streckte er die offene Hand nach der Tasche aus.

»Tut mir wirklich sehr leid, Suliman, aber … ich kann sie Ihnen nicht geben.«

Katib blickte den Jungen überrascht an.

Ahmed machte einen Schritt zurück, die Tasche eng an den Körper gepreßt.

»Du willst das Zeug in der Tasche ganz für dich allein haben? Ich weiß nicht, ob du das überlebst«, sagte Katib amüsiert.

»Niemand wird dieses Zeug bekommen.«

Obwohl er innerlich bebte, sprach Ahmed ganz ruhig. Er wußte, daß er die Konsequenzen zu tragen haben würde, aber der Augenblick der Entscheidung war für ihn gekommen, der Augenblick, der sein Leben verändern würde. Nicht viele Menschen erlebten so einen Augenblick, konnten entscheiden, ob sie Schaf oder Schafhirt sein wollten.

Ahmed war entschlossen, lieber zu sterben, als weiter den unmoralischen, aussichtslosen Weg mitzugehen, den sein Bruder und der Mann auf seinem Bett eingeschlagen hatten.

»Was ist mit dir los, Ahmed?« fragte Katib in väterlichem Ton.

Es überraschte Ahmed, daß Suliman nicht böse auf ihn war. Der alte Mann schien seinen Mut sogar zu bewundern.

»Ihr bekommt doch genug Geld aus dem Iran, um die Bewegung zu finanzieren«, sagte Ahmed.

Beiden war bewußt, was er da gesagt hatte: Er hatte *ihr* gesagt – nicht *wir*. Ahmed betrachtete sich nicht mehr als Teil der Bewegung, jedenfalls nicht, solange sie auf Gewalt setzte.

»Kennen Sie die Menschen, die diese Drogen nehmen?« Ahmed hob die Tasche und schüttelte sie.

»Ja, unsere Feinde, die Israelis. Es ist mir egal, ob sie nur high oder gleich süchtig werden. Unserer Sache hilft es auf jeden Fall, Ahmed. Wenn die Israelis schwach sind, sind wir um so stärker.«

Ahmed grinste. »Dann definieren Sie doch mal *Israelis*!«

Katib runzelte die Stirn, als Ahmed einen zusammengefalteten Zeitungsartikel aus einer Schublade holte. Voller Abscheu warf er Katib die Tasche zu.

Katib war darauf nicht vorbereitet und sprang hoch, um die Tasche aufzufangen.

Ahmed faltete den Artikel auseinander und

schwenkte ihn in Katibs Richtung. »Sechzig Prozent der Drogenkonsumenten sind Araber, die in Israel wohnen«, sagte er erregt. »Die restlichen vierzig Prozent sind jüdische Jugendliche aus ärmlichen Verhältnissen, alle in meinem Alter. Sie werden zu Junkies, weil sie keine Hoffnung haben und keine Zukunft für sich sehen. Das letzte, was sie in ihrem eigenen Überlebenskampf interessiert, ist der Überlebenskampf der Palästinenser. Das sind nicht unsere Feinde, Suliman. Eher sind sie so was wie Kollegen oder wenigstens arme Schweine, denen es genauso schlecht geht wie uns.« Ahmed warf Katib den Artikel zu.

Katib starrte auf das Stück Papier und sagte nichts.

Ahmed sagte: »Und das ist noch nicht alles. Sie haben Jane Goldman in Gefahr gebracht.«

»Sie ist Jüdin, verdammt!«

»Nein, Suliman! Zufällig steht sie auf unserer Seite, obwohl sie Jüdin ist. Ist das unsere neue Strategie? Stoßen wir die vor den Kopf, die uns unterstützen, damit sie uns *auch* noch hassen?«

Katib schloß die Augen. Wie ein Skorpion, der den Elefanten sticht, der ihn über den Fluß trägt, war er blind vor Haß gewesen. Er mußte zugeben, daß er die möglichen Konsequenzen dieser Aktion nicht bedacht hatte – den Imageverlust in der Öffentlichkeit, wenn Jane Goldman aufflog. Außerdem hatte er noch nie richtig darüber nachgedacht, wen er durch den Drogenhandel letzten Endes schädigte. Ahmed hatte recht. Diese Geschäfte schadeten weniger den Juden, als daß sie seine arabischen Brüder töteten.

Er hob den Kopf und blickte den intelligenten jungen Mann traurig an. »Was sollten wir deiner Meinung nach damit tun?« Er zwang sich zu einem Lächeln und bat Ahmed, sich zu ihm aufs Bett zu setzen.

»Wir sollten es verbrennen«, sagte Ahmed, während Katib die Tasche öffnete.

»Bist du verrückt? Das Zeug ist eine viertel Million Schekel wert!«

»Verbrennen Sie es!«

»Hier, sieh mal!« Katib zog eine Plastiktüte aus der Tasche, aus der Pflanzenfasern herauslugten. »Das ist reines Haschisch aus dem Sudan, hervorragende Qualität und absolut nicht tödlich. Viele Leute rauchen das. Manche Ärzte halten es sogar für ausgesprochen gesund. Möchtest du mal probieren?«

»Nein!« schnaubte Ahmed.

»Fein. Mustafa und Ali werden sich freuen, daß du ihren Anteil nicht wegrauchst.«

»Werden Sie sich bei Miss Goldman entschuldigen?«

Katib holte ein Blättchen aus seiner Galabija, legte etwas Gras darauf und drehte einen Joint. »Ich kann mich nicht entschuldigen«, sagte er dabei. »Araber entschuldigen sich nicht bei Juden. Aber ich sage dir, was ich tun werde.« Er holte noch eine Plastiktüte aus der Tasche. »Ich gebe ihr dieses Päckchen feinstes persisches Kokain, damit sie es deiner kranken Tante in New York geben kann. Was hältst du davon?«

66

Sie marschierten im Gänsemarsch und erinnerten Arad an Schneewittchen und die sieben Zwerge. Schneewittchen wiederum weckte bei ihm angenehme Erinnerungen an Emmanuelle – sieben Männer, die sich eine willige Frau teilten. Nur das Ende von Schneewittchen gefiel ihm nicht. Eine Frau zu küssen, die vierzig Jahre lang geschlafen hatte? I pfui! Wenigstens hätte er von ihr verlangt, daß sie sich vorher die Zähne putzt.

Kumar behielt Adauis Lager im Auge. Die Wache, die vorher im Freien geraucht hatte, war wieder ins Haus gegangen, um sich das Spiel zu Ende anzusehen, genauso wie Arad es vorausgesagt hatte.

Mit äußerster Vorsicht folgte das Sonderkommando Arad zum Haus.

Den Touristen hatte man gesagt, daß das Sonderkommando in der Nähe auf sie warten würde, aber keiner von ihnen hielt danach Ausschau. Dafür waren sie viel zu aufgeregt. In Gedanken waren sie schon bei der Überraschungsparty für Adaui. Wie eine Horde Lausbuben folgten sie Jean Pirette, der auf Zehenspitzen und mit gebeugtem Rücken auf die Haustür zu schlich. Es gab keinen vernünftigen Grund für diese Körperhaltung, aber der Franzose hatte zu viele Tom-&-Jerry-Filme gesehen.

Adaui knabberte an seinen Fingernägeln. Sechs Minuten vor dem regulären Spielende ließ sich Fabian Bartez, der französische Torwart, alle Zeit der Welt und alberte mit dem Ball herum.

»Nun schieß doch, du Bastard!« schrie Adaui.

Ali spielte an seiner Waffe herum, den Blick starr auf den Fernseher gerichtet. Er war zwar für Frankreich, hoffte aber trotzdem, daß Brasilien gewann. Wenn Adaui so scharf darauf war, war es besser, wenn sie gewannen. Das letzte, was Ali gebrauchen konnte, war ein verärgerter Kommandant im Haus.

Tierry Henri war schon jenseits der Mittellinie, als Ronaldo ihm plötzlich den Ball abnahm und Bebeto anspielte.

»Ja!« Adaui schwang die Faust und rutschte an die Sofakante. Brasilien stürmte aufs Tor zu, als es plötzlich an der Tür klopfte.

Adaui warf Ali einen Blick zu, und beide brachten ihre Waffen in Anschlag. »Wahrscheinlich die Touristen«, sagte er. »Die Israelis würden nicht anklopfen.« Dann schickte er einen seiner Männer zur Tür und wandte sich wieder dem Spiel zu.

»Happy birthday to you!« Fröhlicher Gesang drang ins Zimmer.

»Tatsächlich«, murmelte Adaui. »Diese albernen Touristen.« Er hielt sie für seine eigene Gruppe. Allerdings hatte er sie frühestens in einer halben Stunde zurückerwartet. »Seien Sie bitte leise«, rief er über die Schulter zur Haustür. »Ich komme gleich zu Ihnen.«

Roberto Carlos nahm maß, schoß und knallte den Ball an die Latte.

Adaui und die anderen sprangen auf. Adaui faßte sich an den Kopf. »Scheiße, das war knapp.«

»Wie knapp?« hörte er eine eiskalte Stimme hinter sich.

Adaui erstarrte. Er wußte, daß es Arad war. Den Blick weiter auf den Fernseher gerichtet, arbeitete sein Hirn fieberhaft, aber er konnte nichts tun. Langsam senkte er die Waffe und legte sie auf den Tisch. Aus dem Augenwinkel erhaschte er einen Blick auf Arad.

»Gute Idee«, sagte Arad mit Blick auf die abgelegte Waffe.

Adaui bemerkte jetzt auch das israelische Sonderkommando, das sich im Zimmer verteilte und die Waffen auf die Rote Amal Mitglieder richtete.

Die Geräusche aus dem Fernseher schwollen an, als die Zuschauer Zidane anfeuerten, der drei brasilianische Spieler abhängte.

Arad konnte dem Impuls nicht widerstehen und blickte auf den Bildschirm.

Eine Sekunde Unaufmerksamkeit seines Gegners genügte Adaui. Blitzschnell riß er seine Waffe hoch, drehte sich um und zielte auf Arads Kopf. »Willkommen in meiner bescheidenen Hütte, Arnon«, sagte er und lächelte.

Es war das erste Mal, daß Arad Adauis Gesicht sah.

Er war völlig perplex, nicht nur wegen der unerwarteten Wendung, sondern wegen Adauis Aussehen. Der Mann sah wirklich gut aus. Das hatte Arad nicht erwartet.

Sie starrten einander an – Rivalen, die sich zum ersten Mal gegenüberstanden, obwohl sie einander seit Jahren gut kannten. Sie konnten den Blick nicht voneinander lösen. Eine Minute verging, eine zweite, und beiden Männern war klar, daß der andere ihn längst hätte töten können.

Langsam, sehr langsam, wanderten ihre Blicke zum Fernseher. Sie hielten die Waffen weiter aufeinander gerichtet, und ihre Blicke blieben hellwach, nur daß ihre Aufmerksamkeit jetzt dem Spiel galt. Es war nicht zwingend notwendig, den anderen jetzt auf der Stelle zu töten. Das hatte Zeit.

Noch zwei Minuten zu spielen. Während dieser zwei Minuten ließen beide Männer langsam die Waffen sinken, weil ihre Muskeln erschlafften und weil sie nicht bei der Sache waren. Sowie sie es merkten, hoben sie die Waffen wieder und zielten aufeinander, doch dann wiederholte sich alles. Den anderen Männern – Adauis Leuten und den Soldaten des Sonderkommandos – ging es nicht anders. Inzwischen zielten alle auf alle, ohne richtig hinzusehen.

Arad schaute direkt in den Fernseher. Adaui hingegen hatte den Fernseher schräg hinter sich, seit er sich zu Arad umgedreht hatte. Das war sehr unbequem.

»Möchtest du dich nicht setzen?« fragte Adaui.

»Vielen Dank.«

Adaui setzte sich bequem zurecht, während Arad auf dem Stuhl neben ihm Platz nahm. Beide verfolgten einen erneuten Angriff der Franzosen.

Dann waren die neunzig Minuten um, und Collina, der italienische Schiedsrichter, ließ drei Minuten nachspielen.

Das war der Moment, in dem Jean Pirette beschloß,

den Kuchen anzuschneiden. Inzwischen war er mit den anderen unbemerkt ins Zimmer getreten. »Wer möschte eine Stück Erdbeerkuchen?« fragte er.

Ali, die Waffe auf einen Soldaten gerichtet, fragte skeptisch: »Wo ist er gebacken worden?«

Pirette betrachtete die Schachtel und las das Kleingedruckte auf der Rückseite. »Keine Sorge«, sagte er dann. »Er ist koscher, kontrolliert vom Rabbinerrat in Netanya.«

»Das ist unislamisch«, sagte Ali verächtlich.

»Erdbeerkuchen ist unislamisch?«

»Wenn er aus Israel kommt, ja.«

»Wie Sie meinen.« Pirette zuckte mit den Schultern. Er schnitt ein paar Stücke ab und reichte sie herum. Schließlich kam er zu Adaui und Arad. »Möschten Sie eine Stück?«

Beide griffen zu, ohne die Waffen loszulassen.

Drei Minuten später pfiff Collina das Spiel ab. Es gab Verlängerung. Wenn innerhalb der nächsten halben Stunde kein Golden Goal fiel, würde es ein Elfmeterschießen geben.

67

Eine Dreiviertelstunde später waren Adaui und Arad mit den Nerven fertig.

»Ronaldo ist definitiv überbezahlt«, schimpfte Adaui. »Er ist nicht halb so gut wie früher.«

»Das stimmt.« Arad wand sich vor Enttäuschung, als Ronaldo danebenschoß. Dann lehnte er sich zurück, schlug die Beine übereinander und trank einen Schluck von dem Kaffee, den ein Rote Amal Kämpfer gekocht hatte.

Es war der kritischste Augenblick des Spiels. Frankreich führte im Elfmeterschießen mit drei zu zwei, und jede Mannschaft hatte noch zwei Schuß.

»Zigarette?« Arad hielt Adaui ein Päckchen hin. Die Spannung war unerträglich. In weniger als fünf Minuten würde es einen neuen Weltmeister geben, und zu ihrem größten Bedauern sah es nicht so aus, als würde er Brasilien heißen.

»Danke.« Adaui nahm eine Zigarette.

Arad beugte sich vor, um ihm Feuer zu geben.

Arad und Adaui hatten nach und nach festgestellt, daß die Jagd nach dem Kopf des anderen nicht das einzige war, was sie verband. Abgesehen davon, daß beide für Brasilien waren, mochten beide Pizza mit Anchovis, Sandwichs und Erdbeerkuchen, beide rauchten, waren mal in Farah Fawcett verknallt gewesen und hatten nicht vor, Kurt Vonnegut zu lesen. Jeder gönnte es dem anderen, wenigstens noch so lange zu leben, bis das Endergebnis feststand.

Arads Waffe war irgendwo unters Sofa gerutscht, und Adaui konnte seine auch nicht finden. Vor ein paar Minuten hatte er mit Arad in der Küche ein paar Sandwichs gemacht und sie da vermutlich liegengelassen.

Arad brülle vor Begeisterung, als der Franzose Des Champs am Tor vorbeischoß. Es herrschte wieder Gleichstand.

Der junge Ronaldino legte sich den Ball zurecht und nahm Anlauf zum letzten Schuß.

Adaui und Arad hielten den Atem an. Zwei Sekunden später führte Brasilien wieder. Wie ein Mann sprangen Arad und Adaui auf, applaudierten und schrien ihre Freude heraus.

Doch jetzt hieß es Beten, daß Frankreich verschoß. Während Arad seinen Gott auf hebräisch anrief, tat Adaui dasselbe auf arabisch und Millionen andere Menschen auf der Welt auf portugiesisch und französisch.

Vor Aufregung packte Arad Adauis Arm, als der Franzose Thoaram tief durchatmete und Anlauf nahm.

Im nächsten Moment fiel der Strom aus. Im Zimmer herrschte komplette Dunkelheit. Nur ein heller Fleck auf dem Fernsehbildschirm leuchtete noch, wurde aber rapide kleiner und verschwand schließlich ganz.

Niemand sagte etwas.

Plötzlich zündete jemand ein Streichholz an, und dann krachte ein Schuß.

68

Um fünf Uhr morgens drangen die ersten Sonnenstrahlen durch die Jalousien von Plotnicks Wohnwagen. Plotnick lag auf dem Bett, mit Händen und Füßen ans Bettgestell gefesselt. Eva lag neben ihm und streichelte seinen nackten Bauch.

»Soll ich dich jetzt losbinden?« fragte sie und küßte ihn.

Plotnick lächelte. »Nein, laß nur.«

Seit über zehn Stunden waren sie jetzt im Bett. Sie hatten sich die ganze Zeit über geliebt. Eva schwebte im siebten Himmel. Sie konnte sich nicht daran erinnern, schon mal einem Mann begegnet zu sein, dessen Erektion acht Stunden anhielt.

Plotnick war mit seinen eigenen Gedanken beschäftigt. Er hatte eine ganz neue Welt entdeckt. Sein Handbuch für koscheren Geschlechtsverkehr stimmte hinten und vorne nicht. Wie alle Talmudschüler, die ein Exemplar ergattern konnten, hatte er es gelesen. Aber jetzt wußte er, daß die Wirklichkeit ganz anders aussah. In dem lebensfernen Buch war die Rede von umständlichen Handlungen, bei denen der Mann die Frau erst einmal geschmeidig machen und ein ausgiebiges Vorspiel absolvieren mußte, um den eigentlichen Akt überhaupt erst zu ermöglichen. Plotnick war unendlich erleichtert, als er feststellte, daß es genau umgekehrt war. Es war der Mann, der sorgsam in Stimmung gebracht wurde. Er brauchte nur auf dem Rücken zu liegen, während die Frau die ganze Arbeit machte. Gefesselt zu sein und sie nicht berühren zu können, kam ihm völlig logisch vor. Es diente dazu, die Würde der Frau zu wahren.

Auch Eva hatte ihm Respekt gezollt. Auch sie hatte nicht die Hände benutzt. Sonst hatte sie alles mit ihrem Körper gemacht, aber nicht mit den Händen. Plotnick wußte das zu schätzen.

Es war eine wunderbare Nacht für beide gewesen, und beide wünschten sich noch viele solcher Nächte. Doch nun meldete sich die Realität am Fenster. Es war der letzte Tag der Reise.

»Komm mit mir nach Deutschland«, bat Eva. Sie hatte das schon ein paarmal gesagt, aber Plotnick behagte dieser Gedanke nicht. Lieber sollte sie zu ihm in die Siedlung ziehen.

»Ich kann nicht in Deutschland leben, Eva«, sagte er.

»Warum nicht?«

Er seufzte. »Zu viele Deutsche ...«

Eva löste die Fesseln. Seine Handgelenke waren ganz blau, und sie massierte sie zärtlich. »Gott würde es bestimmt gut gefallen, wenn du nach Deutschland gingst.«

»Wie kommst du denn darauf?«

»Wir brauchen mehr Juden in Deutschland.«

Plotnick fuhr mit den Fingern durch ihr Haar. Die Vorstellung begann ihm zu gefallen. »Wo denn, zum Beispiel?« fragte er.

»Wir suchen uns eine nette, menschenleere Gegend, so wie diese Siedlung. Es gibt viele winzige Ortschaften in Deutschland. Wir würden bestimmt etwas Passendes finden.«

Plotnick wurde ganz still und dachte nach. Eine interessante Erfahrung würde es auf jeden Fall sein. Sie mußten ja nicht unbedingt heiraten. Sie konnten einfach so zusammensein, solange es ihnen gefiel. Vielleicht hielt es ein paar Wochen, vielleicht ein paar Monate. Was war schon Schlimmes dabei? Er küßte sie auf die Schulter, und ihre Finger verschränkten sich ineinander.

Jane Goldman wurden die Füße immer schwerer, als sie sich auf Mavo Dotan zu schleppte. Den ganzen Tag hatte sie über Ahmeds Worte nachgedacht. Sie waren schmerzhaft, aber sie waren wahr. Immer noch liefen ihr die Tränen. Jahrelang hatte sie so getan, als sei sie jemand anders. Doch das war nun vorbei. Vorbei war die Zeit, in der sie eine undurchdringliche, gefühlslose Maske zur Schau trug.

Ahmed hatte ihr den Weg zu ihren Wurzeln gewiesen, den Weg zu ihrem Volk. Sie fühlte sich wie Moses beim Besteigen des Berges Sinai, als sie im ersten Sonnenlicht auf die Siedlung zuging. Gott selbst schien die Strahlen zu schicken, die sie auf diesem biblischen Hügel empfingen.

Als sie die Siedlung erreichte, wußte sie genau, wohin sie sich wenden mußte. Beherzt klopfte sie an Plotnicks Wohnwagen.

Kurz darauf machte er ihr auf. In Unterhose und T-Shirt stand er vor ihr, aber Jane war so mit sich selbst beschäftigt, daß ihr nichts Ungewöhnliches an ihm auffiel.

»Ich möchte mich entschuldigen, Arie«, sagte sie. »Du hattest absolut recht, und ich hatte unrecht. Das hier ist unser Land, und wir alle sind eine große Familie. Wir müssen uns gegenseitig unterstützen. Wenn wir nicht für unsere Prinzipien, unseren Glauben, unsere Religion eintreten, wird es sonst niemand tun.«

Plotnick starrte sie verständnislos an.

»Ich bin heimgekehrt, Arie.« Jane strahlte ihn an. »Ich gehöre hierher. Ich möchte von jetzt an in Mavo Dotan leben. Ich möchte helfen, dieses Stück Land fruchtbar zu machen, und einen eigenen Beitrag zu der großen Aufgabe leisten, der sich die Siedler verschrieben haben. Ich möchte mit dafür sorgen, daß diese kahlen Hügel grün werden, und den Willen des Herrn erfüllen, der uns dieses Land versprochen hat und es nun besiedelt sehen will. Ich bin wieder Jüdin geworden, Arie. Der Segen des Herrn ist auf mich gekommen.«

Plotnick hörte sich das alles geduldig an. »Nun, Jane«, sagte er, als sie fertig war, »das ist wirklich schön für dich. Willkommen daheim. Wenn du möchtest, kannst du meinen Wohnwagen übernehmen.«

Jane verstand nicht gleich. Sie wußte auch nicht, was sie von dem merkwürdigen Glanz in seinen Augen halten sollte.

»Ich gehe nach Deutschland«, verkündete er strahlend. »Um das Wort des Herrn in eine deutsche Siedlung zu tragen.«

29

Die Lieblingssprache Gottes war Hebräisch. Sein größter Prophet war Mohammed und Brasilien sein erwähltes Volk.

Zu diesem Schluß war man in Adauis Lager gekommen, als nach einer halben Stunde der Strom wiederkehrte und mit ihm die Live-Reportage aus den Straßen Sao Paolos und Rios, die keine Frage offenließ, wer der neue Fußballweltmeister war.

Genauso einig war man sich darin, daß Gott kein

Französisch verstand oder die Franzosen ganz einfach nicht mochte, möglicherweise wegen der schrecklichen Dinge, die sie mit seinem Meeresgetier anstellten.

Es war kein guter Abend für die Franzosen, und besonders hart traf es Jean Pirette, ihren Repräsentanten bei den christlichen Survival-Tours im Nahen Osten.

Das Streichholz anzuzünden, war das Dümmste, was er tun konnte. Bei der gespannten Stimmung im Raum genügte das »Rrratsch« an der Streichholzschachtel, um Ali in Aktion treten zu lassen. Er hielt das Geräusch für einen Schuß und reagierte prompt, indem er in die Richtung feuerte, aus der das Geräusch gekommen war. Seine Kugel hatte Pirettes Arm sauber durchbohrt, ohne dabei lebenswichtige Organe zu treffen.

»Nicht schießen!« hatten Adaui und Arad gleichzeitig gerufen. Keiner von beiden wollte ausgerechnet jetzt die Kontrolle über die Situation verlieren.

Mit Hilfe von Arads Taschenlampe hatten sie den blutenden Pirette ausfindig gemacht und seinen Arm verbunden.

Jetzt saß er total schockiert auf einem Stuhl. Wie stolz wäre sein Großvater auf ihn gewesen, da nun sogar auf ihn geschossen worden war!

Eine Stunde später brachte ihn ein israelischer Hubschrauber der Marke Sikorski ins nächstgelegene Krankenhaus. Seine Frau begleitete ihn, wenn auch schweren Herzens. Zum Abschied warf sie Arad einen sehnsüchtigen Blick zu.

Ravi Kumar blieb fast die ganze Nacht auf seinem Posten. Er konnte nicht sehen, was im Haus vorging, aber er hatte den Schuß gehört und später den Hubschrauber gesehen. Dann waren alle aus dem Haus gekommen, und als der Hubschrauber wieder abflog, waren alle wieder hineingegangen.

Danach hatte sich Kumar etwas aufs Ohr gelegt, bis

das Morgengezwitscher eines Spatzes ihn aufweckte. Die Sonne schien hell und klar, und als Kumar auf die Uhr schaute, stellte er fest, daß es schon acht war.

Aus dem Haus drangen Stimmen. Kumar versteckte sich hinter dem Felsbrocken, brachte seine Waffe in Anschlag und schaute durch das Teleskopfernrohr.

Der Anblick, der sich ihm bot, überraschte ihn. Mustafa Adaui und Major Arad saßen auf Liegestühlen vor dem Haus und tranken etwas. Sie trugen keine Hemden und sahen aus, als nähmen sie ein Sonnenbad.

Kumar stellte sein Fernrohr ein.

Arad las Adaui etwas vor.

Kumar grinste von einem Ohr bis zum anderen, als er erkannte, worum es sich handelte. Er konnte sogar leise mitsprechen:

»Blätter fallen
Wo kein Fleck Erde grünt
Willst du dich wohl fühlen in deiner Haut
Trage ein einfaches weißes Gewand.«

Es war ein Gedicht von Chia-Tao, eins der drei buddhistischen Gedichte, die Kumar Arad gegeben hatte, damit er sie dem Fuchs vorlese, wenn er ihn zur Strecke gebracht hätte.

»Das ist wunderschön, Arnon«, sagte Adaui und legte die Hand auf Arads Oberschenkel. »Ich habe kein Wort verstanden.«

Die Männer sahen einander mit gegenseitigem Respekt an.

»Es handelt von der Natur und dem Herbst und Ronaldo in der Umkleidekabine nach dem Spiel«, erklärte Arad. »Ich lese dir noch eins vor.«

Er wollte gerade anfangen, als ihm ein glänzendes Stück Metall auffiel, das aus dem Boden ragte. Arad wurde neugierig. »Ist das der Prototyp?« fragte er.

Adaui beugte sich vor. »Ja«, sagte er stolz. »Eine nuklear betriebene C-20.«

»Wow!« Arad war beeindruckt und wollte danach greifen.

»Ähm ... es ist ein russisches Modell«, sagte Adaui warnend. »Du solltest es lieber nicht berühren.«

Arad hielt den Blick starr darauf gerichtet und holte eine bunte Gedichtkarte aus seiner Patronentasche. Er wischte den Staub ab und sagte: »Dieses Gedicht heißt *Das Fischerboot*. Ein gewisser Saigyo hat es im elften Jahrhundert geschrieben.«

»Ich höre«, sagte Adaui und lehnte sich zurück.

Kumar legte die Waffe auf den Boden und holte seinen Laptop aus dem Rucksack. Arad hatte sein Versprechen gehalten. Er würde ihn nicht erschießen müssen. Langsam und vorsichtig drückte er auf verschiedene Tasten und wartete. Sobald auf dem Bildschirm die Bestätigung erschien, würde es nur eine Minute dauern, bis die Transaktion perfekt war.

50.000 Dollar von dem Geld, das Arad für die Ermordung Adauis bezahlt hatte, wurden dem Konto der »Muslimischen Hilfsorganisation für blinde Kinder« gutgeschrieben.

Dann tippte Kumar einen weiteren Befehl ein. 50.000 Dollar von dem Geld, das Adaui auf Arads Kopf ausgesetzt hatte, würden in Kürze der »Yad Sarah – Jüdische Hilfsorganisation für behinderte und bedürftige Israelis« gutgeschrieben.

Als die Bestätigung der Arabischen Nationalbank eintraf, drückte Kumar auf »send«. Nun war auch das erledigt.

Den größten Teil des Geldes hatte Kumar nun weitergeleitet, aber er hatte auch etwas für sich zurückbehalten. Während der Nacht hatte er eine E-Mail von Ramirez erhalten. Es ging um einen Job in Florida. Kumar brauchte das Geld, um Business class fliegen zu können. Er wartete noch auf Antwort von Ramirez mit den Angaben über Zielobjekt und Auftraggeber. Kumar hoffte, das neue Zielobjekt würde ein Politiker sein, denn Politiker waren das Grundübel der Welt. Aber letzten Endes war es ihm egal. Immerhin hatte Ramirez ihm 400.000 Dollar angeboten. Bei so einer Summe mußte es sich um eine hochrangige Persönlichkeit handeln, die für das Elend vieler Menschen verantwortlich war. Im Moment konnte er nichts anderes tun als warten.

Er schaute noch einmal durch das Teleskopfernrohr. Arad und Adaui saßen nicht mehr vor dem Haus. Er suchte das Gelände ab, bis er sie fand.

Beide standen an einem Tisch. Die Touristen standen davor Schlange und schienen den beiden etwas abzukaufen. Kozo Yamamoto, der erste in der Schlange, verdeckte die Sicht, und Kumar konnte nicht erkennen, was es war.

Als Arad ihm eine große Papiertüte gegeben hatte und Yamamoto wegging, sah Kumar endlich, was auf dem Tisch lag. Auf dem dazugehörigen Schild stand: *Survival Souvenirs – 3 Dosen nur $ 10.* Auf dem Tisch türmte sich eine Pyramide von Loof-Dosen, und einer nach dem anderen kauften die Touristen die Delikatesse für ihre Familien und Freunde und aus Nostalgie.

Kumars Laptop begann zu piepen. Es war Ramirez. Kumar öffnete den Dateianhang, und ein Foto des Zielobjekts wurde heruntergeladen. Ramirez hatte es in hoher Auflösung geschickt, und es dauerte fünf Minuten, bis es sich aufgebaut hatte. Zuerst konnte Kumar den Hintergrund erkennen – ein schöner Palmenstrand bei Sonnenuntergang. Als das Gesicht des Mannes komplett war, erkannte Kumar es nicht. Der Mann schien in den Sechzigern zu sein, sah gut aus und war leicht gebräunt.

Kumar las seinen Namen: »Julio Iglesias«

Kumar hatte schon von ihm gehört, konnte sich aber nicht daran erinnern, wer er war und was er tat. Er hatte keine Ahnung, warum der Auftraggeber, die »Amerikanische Vereinigung lateinamerikanischer Rapper« ihn unbedingt loswerden wollte. Aber solche Dinge zu verstehen, gehörte nicht zu seinem Job. Er brauchte ihm nur eine Kugel zu verpassen.

Kumar klappte den Computer zu und steckte ihn vorsichtig in den Rucksack zurück. Das Gewehr über der einen, den Rucksack über der anderen Schulter machte er sich auf den Weg. Sein Flug nach Florida ging noch am selben Abend, und vorher wollte er ein wenig im Duty-free-Shop herumstöbern, denn er wollte Geschenke kaufen – nicht für sich, natürlich.

Noch einmal schaute er sich zu Arad und Adaui um. Die Geschenke waren für sie, seine neuen Freunde. Sie hatten ihn gelehrt, daß Liebe und Freundschaft selbst unter den widrigsten Umständen möglich waren und daß selbst die schlimmsten Feinde zu besten Freunden werden konnten. Dazu brauchte es nur ein paar Snacks, einen Fernseher und eine Fußballmannschaft, die besser war als das eigene Nationalteam.

Plötzlich sah Arad zu Kumar herüber und machte Adaui auf ihn aufmerksam.

Kumar winkte ihnen nicht zu. Er stand nur da und betrachtete die beiden gutgelaunten Männer eine Weile lang. Dann setzte er seinen Weg fort, den Blick auf die kahlen Hügel gerichtet, und wischte sich den Schweiß von der Stirn. Mit jedem Schritt freute er sich mehr auf sein neues Leben. Der Nahe Osten, dachte er, war wirklich eine höchst inspirierende Gegend.